RACINE

Phèdre

CHRONOLOGIE
PRÉSENTATION
NOTES
DOSSIER
BIBLIOGRAPHIE
LEXIQUE
de Boris Donné

GF Flammarion

Du même auteur
dans la même collection

ANDROMAQUE (édition avec dossier).
BAJAZET.
BÉRÉNICE (édition avec dossier).
BRITANNICUS (édition précédée d'une interview de François Taillandier).
IPHIGÉNIE (édition avec dossier).
LES PLAIDEURS (édition avec dossier).
THÉÂTRE COMPLET 1 : *La Thébaïde. Alexandre le Grand. Andromaque. Les Plaideurs. Britannicus. Bérénice.*
THÉÂTRE COMPLET 2 : *Bajazet. Mithridate. Iphigénie. Phèdre. Esther. Athalie.*

Boris Donné enseigne la littérature classique à l'université d'Avignon. Il a également édité, dans la collection GF-Flammarion, *Dom Juan* de Molière et *Le Cid* de Corneille.

ISBN : 978-2-0814-8975-2

SOMMAIRE

CHRONOLOGIE

	VIE ET ŒUVRES DE JEAN RACINE	REPÈRES HISTORIQUES ET CULTURELS
1639	(22 décembre) Baptême, à La Ferté-Milon (Aisne), de Jean Racine, fils aîné de Jean Racine (né en 1615) et de Jeanne Sconin (née en 1612). Jean Racine père est « procureur référendaire », petit officier de justice local. Conformément aux usages, l'enfant est placé en nourrice.	Règne de Louis XIII, né en 1601, fils d'Henri IV (assassiné en 1610) et de Marie de Médicis (régente jusqu'en 1617). Louis XIII a épousé Anne d'Autriche, infante d'Espagne, en 1615 ; contre toute attente, elle vient de donner un héritier au royaume, le Dauphin, futur Louis XIV, né en 1638. La guerre a été déclarée à l'Espagne en 1635 ; des persécutions sont déjà engagées contre les religieux de Port-Royal, dont le « directeur et confesseur », Saint-Cyran, a été arrêté en 1638. Pierre Corneille (né en 1606) a trente-trois ans ; il vient deux ans plus tôt de connaître un succès éclatant avec *Le Cid* (1637). Boileau (né en 1636) a trois ans.
1640		Naissance de Philippe, futur duc d'Orléans, frère du Dauphin. Disette à Paris. Création de l'Imprimerie royale. Corneille : *Horace*. Mort de Rubens.

1641	(24 janvier) Baptême de Marie Racine, sœur de Jean ; leur mère meurt en couches, à vingt-huit ans. Elle est inhumée le 29 janvier.	Descartes : *Méditations métaphysiques*. Corneille : *Cinna*.
1642		Conspiration de Cinq-Mars, favori de Louis XIII : le complot échoue, Cinq-Mars est décapité. Mort de Richelieu. Entrée de Mazarin au Conseil du Roi. Début de la révolution anglaise : Cromwell arrive au pouvoir. Corneille : *Polyeucte*.
1643	(7 février) Enterrement de Jean Racine père, mort à l'âge de vingt-sept ans. Les deux enfants sont orphelins ; la succession fait apparaître plus de dettes que d'actifs. Marie part vivre chez ses grands-parents maternels – les Sconin, famille aisée et considérée ; Jean est placé chez ses grands-parents paternels, dont le train est beaucoup plus modeste.	Mort de Louis XIII ; régence d'Anne d'Autriche. Victoire contre les Espagnols à Rocroi, sous le commandement de Condé, âgé de vingt ans. La bulle papale *In eminenti* condamne le jansénisme, cependant qu'Antoine Arnauld publie *De la fréquente communion*. Naissance de Marc Antoine Charpentier.
1644		Corneille : *Rodogune*.
1645		Mise en chantier du Val-de-Grâce, sous la direction de l'architecte François Mansart.

	VIE ET ŒUVRES DE JEAN RACINE	REPÈRES HISTORIQUES ET CULTURELS
1647		Vaugelas : *Remarques sur la langue française*. L'*Orfeo* de Rossi, premier opéra (italien) représenté à Paris.
1648		Début de la Fronde parlementaire. Traité de Westphalie, qui met fin à la guerre de Trente Ans. Fondation de l'Académie royale de peinture et de sculpture, autour de Charles Le Brun. Mort de l'érudit Marin Mersenne. Mort du poète mondain Vincent Voiture. Mort des peintres Antoine et Louis Le Nain.
1649	(septembre) À la suite de la mort de son époux, la grand-mère de Jean Racine se retire comme femme de service à l'abbaye janséniste de Port-Royal des Champs (vallée de Chevreuse), où étaient déjà entrés plusieurs membres de la famille, notamment Nicolas Vitart, oncle de Jean. L'enfant est scolarisé aux « Petites Écoles » tenues par les Solitaires.	Fuite du jeune Roi, siège de Paris, retour du Roi ; fin de la Fronde parlementaire. En Angleterre, exécution du roi Charles Ier. Descartes : *Les Passions de l'âme*. Mlle de Scudéry : *Le Grand Cyrus* (roman dont la publication se poursuit jusqu'en 1653). Mort du peintre Simon Vouet.
1650		Début de la Fronde des Princes ; arrestation de Condé et de Conti. Mort de Descartes.

1650-1653	Racine suit la scolarité des Petites Écoles : il y reçoit un enseignement marqué par une sorte de rationalisme ascétique, original à l'époque par la place accordée à la langue française, et par l'étude du grec (à côté du latin, sur lequel se fondait alors exclusivement l'enseignement des Jésuites). L'enfant reçoit évidemment une stricte éducation chrétienne.	
1651		Libération des Princes ; exil, puis retour en France de Mazarin.
1652		La Cour quitte Paris ; nouvel exil de Mazarin ; retour du Roi à Paris ; arrestation des frondeurs. Mort du peintre Georges de La Tour.
1653	(octobre) Racine poursuit ses études de lettres et de rhétorique au collège de Beauvais. Il y reste jusqu'en septembre 1655.	Retour définitif de Mazarin ; fin de la Fronde. Nicolas Foucquet devient surintendant des Finances. Une nouvelle bulle papale, *Cum occasione*, condamne le jansénisme ; Arnauld publie deux *Apologies* pour en prendre la défense. L'Italien Giambattista Lulli devient compositeur de la musique instrumentale du Roi. Mlle de Scudéry, *Clélie* (roman dont la publication se poursuit jusqu'en 1661). Mort de l'érudit Gabriel Naudé.
1654		Sacre de Louis XIV à Reims. Mort de l'écrivain Guez de Balzac.

	VIE ET ŒUVRES DE JEAN RACINE	REPÈRES HISTORIQUES ET CULTURELS
1655	(octobre) Retour aux Petites Écoles, où il suit l'enseignement de ses maîtres (Antoine Arnauld, Claude Lancelot, Pierre Nicole, Antoine Le Maître) comme élève particulier. Entre 1656 et 1658, il s'essaie à la poésie, compose quelques hymnes latines et, en français, une ode sur *Le Paysage ou les Promenades de Port-Royal des Champs*.	Louis XIV danse dans le *Ballet des plaisirs*. *L'Étourdi*, première comédie de Molière, est créé à Lyon. Mort du poète Tristan L'Hermite, du philosophe épicurien Pierre Gassendi, du peintre Eustache Le Sueur, de Cyrano de Bergerac.
1656	L'Église et le gouvernement inquiètent Port-Royal : en mars, Mazarin ordonne la dispersion des Solitaires. Antoine Le Maître, chassé du monastère, recommande ses livres au jeune Racine, qui demeure aux Granges sous la férule du médecin Jean Hamon. En octobre, les persécutions sont suspendues à la suite du « miracle de la Sainte-Épine ».	Pascal : *Lettres provinciales*, écrits polémiques en faveur de Port-Royal dont la publication se poursuit jusqu'en 1657.
1658	(octobre) Racine poursuit son cursus par une année de philosophie à Paris, au collège d'Harcourt (l'actuel lycée Saint-Louis).	Pourparlers pour un mariage du Roi avec une princesse espagnole. Année de disette. Factum des curés de Paris contre la casuistique jésuite. Le Brun entreprend la décoration de Vaux-le-Vicomte, le château que se fait construire le surintendant Foucquet.

1659	(30 septembre) Racine termine ses études. Protégé par Vitart, alors intendant du Duc de Luynes, il demeure à Paris, y fréquente certains cercles mondains et littéraires (il se lie notamment avec La Fontaine), écrit quelques poésies de circonstance.	Paix des Pyrénées, qui marque la victoire de la France sur l'Espagne. Premier grand succès parisien de Molière : *Les Précieuses ridicules*. Corneille, avec *Œdipe*, revient au théâtre après six ans de silence.
1660	Racine fait publier luxueusement une ode sur le mariage de Louis XIV, *La Nymphe de la Seine à la Reine*. Il commence à fréquenter les théâtres et rêve déjà de s'illustrer dans la poésie dramatique, ce qui l'éloigne de ses maîtres jansénistes, vigoureusement hostiles au théâtre. Mais la troupe du Marais refuse sa première pièce, *Amasie* (qui ne nous est pas parvenue, si elle fut jamais achevée).	Mariage de Louis XIV et de Marie-Thérèse. Retour en grâce de Condé. Mort de Gaston d'Orléans. Restauration des Stuarts en Angleterre : règne de Charles II. Dissolution officielle de la compagnie du Saint-Sacrement, noyau du « parti dévot ». Arnauld et Lancelot : *Grammaire générale et raisonnée*. Corneille publie une grande édition de son Théâtre accompagnée de discours théoriques. La troupe de Molière s'installe dans la salle du Palais-Royal. Mort de Scarron. Mort du peintre espagnol Vélasquez.
1661	(octobre) Avec l'appui de son oncle Antoine Sconin, vicaire général du diocèse d'Uzès, Racine part en Languedoc briguer un bénéfice ecclésiastique. Il ne se plaît guère en province, comme en témoignent les 24 lettres qu'il compose lors de ce séjour de 18 mois ; à la suite de complexes intrigues, le bénéfice lui échappe.	Mort de Mazarin ; début du règne personnel de Louis XIV, qui décide l'arrestation de Foucquet sous l'influence de Colbert. Naissance du Dauphin. Fondation des Gobelins. Lully (qui francise désormais son nom) est nommé surintendant de la musique du Roi. Mort à trente-cinq ans du compositeur Louis Couperin. Molière : *L'École des femmes*.

	VIE ET ŒUVRES DE JEAN RACINE	REPÈRES HISTORIQUES ET CULTURELS
1662		Arnauld et Nicole, *La Logique ou l'Art de penser*. Fondation de la manufacture des Gobelins. *L'Ercole amante*, opéra de Cavalli, inaugure la salle des Tuileries. Mort de Pascal.
1663	(avant juin) Retour à Paris. Il renoue avec la vie mondaine, compose une *Ode sur la convalescence du Roi* qui lui vaut d'être inscrit sur la liste des gratifications accordées aux écrivains. (12 août) Mort de sa grand-mère. Il se détache davantage encore de Port-Royal. Sa tante lui écrit : « J'ai appris avec douleur que vous fréquentiez plus que jamais des personnes dont le nom est abominable à toutes les personnes qui ont tant soit peu de piété », c'est-à-dire des comédiens… et des comédiennes.	Invasion de l'Autriche par les Turcs. Établissement du système de pensions aux gens de lettres. Pierre Mignard : peinture de la coupole du Val-de-Grâce.
1664	(20 juin) Création au Palais-Royal de *La Thébaïde ou les Frères ennemis*, sa première tragédie, par la troupe de Molière. Accueil médiocre ; cette troupe n'est de toute façon guère appréciée dans le jeu tragique.	Condamnation de Foucquet. Persécutions contre Port-Royal. Victoire du Saint-Gothard sur les Turcs. Le Brun devient premier peintre du Roi. Molière : première version de *Tartuffe*, rapidement interdite sous la pression du puissant parti dévot.

1665	(4 décembre) Création d'*Alexandre le Grand*, qui s'accompagne d'une rupture en forme de trahison avec Molière : Racine lui avait d'abord confié sa pièce, mais choisit le soir de la première de la donner à la troupe rivale de l'Hôtel de Bourgogne, plus prestigieuse. Molière ne soutient pas la concurrence.	Colbert devient contrôleur général des Finances. Mort de Philippe IV d'Espagne. La Rochefoucauld : *Maximes*. La Fontaine : premier recueil de *Contes*. Molière : *Dom Juan*. Mort de Poussin.
1666	(janvier) Publication d'*Alexandre le Grand*, dédié au Roi. Polémique entre Racine et ses anciens maîtres de Port-Royal : Nicole venait de publier un libelle où il jugeait qu'« un poète de théâtre est un empoisonneur public non des corps, mais des âmes des fidèles ». Racine fait paraître anonymement une réplique acerbe à ces attaques, la *Lettre à l'auteur des Hérésies imaginaires*. La polémique se poursuit jusqu'en avril 1667 ; Racine compose de nouvelles réponses qu'il renonce à publier.	Mort de la Reine mère, Anne d'Autriche. Grand incendie de Londres. Création de l'Académie des sciences. Molière : *Le Misanthrope*. Boileau : *Satires* I à VII.
1667	Liaison avec la Du Parc, comédienne de la troupe de Molière tout juste passée à l'Hôtel de Bourgogne. En novembre, elle tient le rôle-titre dans la création d'*Andromaque*. Accueil triomphal.	Guerre de Dévolution contre l'Espagne.

	VIE ET ŒUVRES DE JEAN RACINE	REPÈRES HISTORIQUES ET CULTURELS
1668	(novembre) Création des *Plaideurs*, unique comédie de Racine. (13 décembre) Mort de la Du Parc (peut-être à la suite d'un avortement clandestin).	Conquête de la Franche-Comté. Paix d'Aix-la-Chapelle, qui met fin à la Guerre de Dévolution et annexe la Flandre à la France. Le Pape apaise les relations de l'Église avec Port-Royal. La Fontaine, *Fables*, livres I à VI. Molière : *Amphytrion, George Dandin, L'Avare.*
1669	(13 décembre) Création de *Britannicus*. Accueil réservé.	L'astronome Jean Dominique Cassini prend la direction de l'Observatoire de Paris. Guilleragues : *Lettres portugaises*. Levée de l'interdiction pesant sur *Le Tartuffe* de Molière.
1670	(21 novembre) Création de *Bérénice*. Le rôle-titre est interprété par la Champmeslé, comédienne de vingt-huit ans récemment arrivée dans la troupe de l'Hôtel de Bourgogne. On ignore à quel moment Racine est devenu, ou devient, son amant. Fin novembre, la troupe de Molière monte *Tite et Bérénice* de Corneille. Une querelle s'ensuit ; la comparaison tourne à l'avantage de Racine.	Occupation de la Lorraine. Révolte du Vivarais. Mort d'Henriette d'Angleterre, belle-sœur de Louis XIV : Bossuet prononce son oraison funèbre. Traité de Douvres : alliance de la France et l'Angleterre contre les Provinces-Unies. Molière : *Le Bourgeois gentilhomme*. Pascal : *Pensées* (première édition, posthume). Mort de l'architecte Louis Le Vau.

1671		Mise en chantier des Invalides, sous la direction de l'architecte Libéral Bruand. Molière : *Les Fourberies de Scapin*. Nicole : *Essais de morale*.
1672	(5 janvier) Création de *Bajazet*. (fin décembre) Création de *Mithridate*. C'est vers cette époque, sans doute, que Racine se lie durablement avec Boileau.	Guerre de Hollande. Passage du Rhin. Fondation du *Mercure galant*. Lully rachète le privilège de l'opéra en France, et devient directeur de l'Académie royale de Musique. Molière : *Les Femmes savantes*.
1673	(12 janvier) Réception de Racine à l'Académie française. Il prépare une édition complète de ses *Œuvres*.	Coalition de l'Empire germanique, de l'Espagne et de la Lorraine contre Louis XIV. Prise de Maestricht par Louis XIV et Vauban. Premier opéra de Quinault et Lully, *Cadmus et Hermione*. Molière : *Le Malade imaginaire* ; le dramaturge meurt à l'issue de la quatrième représentation.
1674	(18 août) Création d'*Iphigénie* au cours des Divertissements de Versailles, fête de cour donnée à l'occasion des victoires de la Campagne de Franche-Comté. La pièce est reprise à Paris fin décembre. (27 octobre) Le Roi accorde à Racine une charge de trésorier de France à Moulins, qui anoblit son titulaire.	Nouvelle conquête de la Franche-Comté. Boileau : *Art poétique*. Dernière pièce de Corneille, *Suréna*. Mort du peintre Philippe de Champaigne.

	VIE ET ŒUVRES DE JEAN RACINE	REPÈRES HISTORIQUES ET CULTURELS
1675	Publication du premier volume de l'édition des *Œuvres* de Racine, corrigées et complétées parfois de préfaces nouvelles. Le second volume paraît début 1676.	Mort de Turenne.
1676		Quinault et Lully : *Atys*.
1677	(1er janvier) Création de *Phèdre et Hippolyte* à l'Hôtel de Bourgogne, avec la Champmeslé dans le premier rôle. La pièce fait l'objet d'une âpre querelle. (1er juin) Racine épouse Catherine Romanet, jeune femme de vingt-cinq ans, bien dotée, issue de bonne bourgeoisie anoblie par les charges. Sept enfants naîtront de cette union entre 1678 et 1692. (septembre) Avec Nicolas Boileau, il est officiellement nommé historiographe du Roi, c'est-à-dire chargé de transmettre à la postérité, par l'écrit, les grands moments du règne de Louis XIV ; Racine abandonne le théâtre. Le manuscrit de cette grande histoire du règne disparaîtra dans un incendie, en 1728…	Mort de Spinoza dont paraît (en latin) *L'Éthique*.

1678	Racine accompagne le Roi dans sa campagne contre Gand et Ypres ; c'est une des activités liées à sa charge d'historiographe royal. De même il suivra plus tard l'entrée du Roi à Strasbourg (1681), l'inspection des fortifications de Luxembourg (1687), les sièges de Mons et de Namur (1691-1692) et la campagne des Pays-Bas (1693).	Mme de La Fayette, *La Princesse de Clèves*. La Fontaine, *Fables*, livres VII à XI.
1679	Racine est mis en cause dans l'« Affaire des poisons », et soupçonné un moment d'avoir jadis empoisonné la Du Parc par jalousie. Mais aucune preuve ne sera apportée à ces allégations.	Le titre de « Louis le Grand » est décerné à Louis XIV. Mise en chantier du château de Marly. Mort du Cardinal de Retz.
1682		Naissance du Duc de Bourgogne, petit-fils de Louis XIV. Installation définitive de la Cour à Versailles. Pierre Bayle : *Pensées diverses sur la comète*. Mort du peintre Claude Gellée, dit Le Lorrain.
1683	(8 juillet) Mort de Nicolas Vitart. Racine est nommé, avec Boileau, membre de l'Académie des Inscriptions, chargée notamment de composer les devises des monuments et des médailles commémorant les événements marquants du règne.	Mort de Colbert. Mort de la Reine, Marie-Thérèse ; remariage secret de Louis XIV avec Mme de Maintenon. L'Espagne déclare la guerre à la France. Naissance de Jean-Philippe Rameau.

	VIE ET ŒUVRES DE JEAN RACINE	REPÈRES HISTORIQUES ET CULTURELS
1684	Publication de l'*Éloge historique du Roi sur ses conquêtes*, de Racine et Boileau.	Prise de Luxembourg. Trêve de Ratisbonne, passée avec l'Empire, censée établir une stabilité des frontières européennes pour vingt ans. Mort de Pierre Corneille.
1685	Racine compose une *Idylle sur la Paix* mise en musique par Lully, pour l'inauguration du château de Sceaux.	Révocation de l'Édit de Nantes, promulgué en 1598 par Henri IV, qui accordait aux protestants la liberté de culte dans le royaume. En Angleterre, mort du roi Charles II ; son frère, le catholique Jacques II, lui succède.
1686		Fondation, par Mme de Maintenon, de Saint-Cyr, institution de charité et d'enseignement pour les jeunes filles de la noblesse pauvre. Fontenelle : *Entretiens sur la pluralité des mondes*. Dernier opéra de Quinault et Lully, *Armide*. Construction du Grand Trianon.
1687	(15 avril) Racine donne une nouvelle édition, préparée avec grand soin, de ses *Œuvres*. La même année, il publie plusieurs paraphrases d'hymnes latines du bréviaire.	Ouverture de la « Querelle des Anciens et des Modernes » avec la lecture publique à l'Académie du *Siècle de Louis le Grand* de Charles Perrault. Mort de Lully.

1688		Tensions avec la papauté : occupation d'Avignon. En Angleterre, fuite de Jacques II et prise du pouvoir par Guillaume d'Orange. La Bruyère : *Les Caractères ou les Mœurs de ce siècle.*
1689	(26 janvier) Création d'*Esther*, tragédie biblique composée à la demande de Mme de Maintenon pour sa fondation de Saint-Cyr.	Entrée en guerre de l'Angleterre et des Provinces-Unies. Naissance de Montesquieu.
1690	(12 décembre) Faveur insigne, Racine obtient la charge prestigieuse (et lucrative) de « Gentilhomme ordinaire de Sa Majesté », traditionnellement réservée à la vieille noblesse. La charge sera rendue héréditaire en 1693.	Mort de la Dauphine. Publication du *Dictionnaire universel* de Furetière, mort l'année précédente. Mort de Le Brun ; Mignard devient le premier peintre du Roi.
1691	(5 janvier) Création d'*Athalie*, nouvelle tragédie biblique composée pour Saint-Cyr, devant un public restreint choisi par le Roi.	
1693		Fin de la crise gallicane : accord entre le Pape et le Roi. La Fontaine : *Fables*, livre XII et dernier. Mort de Mme de La Fayette.

	VIE ET ŒUVRES DE JEAN RACINE	REPÈRES HISTORIQUES ET CULTURELS
1694	Racine compose quatre *Cantiques spirituels*. Sans doute est-ce à cette époque également qu'il commence à rédiger en secret un *Abrégé de l'histoire de Port-Royal* que l'on trouvera, inachevé, à sa mort.	Publication du *Dictionnaire* de l'Académie. Fin officielle de la Querelle des Anciens et des Modernes ; réconciliation de Boileau et de Perrault. Naissance de Voltaire. Mort d'Antoine Arnauld.
1695	Le Roi attribue à Racine un appartement à Versailles ; il demande fréquemment à son historiographe de lui faire la lecture.	Mort de Pierre Nicole. Mort de La Fontaine. Mort du peintre Pierre Mignard. Mort du critique d'art André Félibien.
1696		Traité de paix entre la France et la Savoie. Pierre Bayle, *Dictionnaire historique et critique*. Mort de La Bruyère. Mort de Mme de Sévigné.
1697	Troisième édition complète des *Œuvres* de Racine, soigneusement revue et amendée. Ses relations avec le Roi semblent affectées par une semi-disgrâce, dont on ignore l'origine.	Mariage du Duc de Bourgogne. Charles Perrault : *Histoires ou Contes du temps passé*.
1699	(21 avril) Racine, qui vivait malade et retiré depuis l'année précédente, meurt à Paris. Le 23 avril, selon ses vœux, il est inhumé à Port-Royal des Champs, auprès de la tombe de M. Hamon, son ancien maître.	Disette à Paris. Fénelon, *Les Aventures de Télémaque*. Naissance de Chardin.

Présentation

Quoi de plus fascinant que la passion et le silence ?... Racine nous en persuade tout au long de *Phèdre*, où l'intensité dramatique naît de l'entrelacement subtil de ces deux thèmes, et de leurs variations. Passions : la passion destructrice de l'héroïne, cette « flamme si noire » – superbe métaphore-oxymore qui dit tout à la fois l'ardeur dévorante du désir, et son impureté fuligineuse ; la passion délicate, tendre, qui lie Hippolyte et Aricie ; la fureur passionnée de l'imprudent Thésée, qui scelle injustement le destin de son fils. Silences : le silence dans lequel Phèdre a d'abord voulu emmurer son amour, l'attisant au contraire – comme on le voit lorsque ce silence se rompt en aveux exacerbés ; la timide retenue d'Hippolyte, puis son silence plein de noblesse quand il refuse de noircir Phèdre pour se disculper d'une accusation qui doit entraîner sa disgrâce, sinon sa perte ; le silence coupable par lequel Phèdre couvre les calomnies d'Œnone, qu'elle n'a la force de briser qu'une fois que tout est consommé. Et par-delà, le silence des divinités antiques, si souvent invoquées ou évoquées dans le cours de cette intrigue : s'abstenant soigneusement de se manifester dans l'action même, elles laissent planer un doute concerté sur leur part réelle dans la marche fatale des événements que la pièce donne à voir.

Aussi bien, passion et silence se retrouvent dans les circonstances qui entourent la création de cette tragédie, sous le titre de *Phèdre et Hippolyte* [1], en janvier 1677. Les passions cette fois sont celles, basses, qui se déchaînent dans les polémiques suscitées par le succès de Racine [2] ; c'est

1. C'est dans l'édition de ses *Œuvres*, en 1687, que Racine modifie le titre de sa pièce.
2. Polémiques sur lesquelles on ne reviendra pas dans le cadre de cette présentation : elles sont évoquées dans le Dossier, p. 176-186.

aussi la passion de l'écrivain pour son art, pour la poésie dramatique, passion qui connaît ici un splendide apogée. Le silence pourtant y succède : Racine abandonne après *Phèdre* sa carrière de dramaturge, âgé de trente-sept ans à peine. (Les deux tragédies qu'il composa des années plus tard, *Esther* (1689) et *Athalie* (1691), répondaient comme l'on sait à une demande de Madame de Maintenon, la pieuse épouse morganatique de Louis XIV ; destinées aux pensionnaires de son institution pour jeunes filles de la noblesse désargentée, Saint-Cyr, leur veine biblique, voire édifiante, relève d'une tout autre inspiration que les tragédies composées pour les théâtres et le public parisiens ; elles sont comme un sublime *post-scriptum* de l'œuvre.) Il est bien des façons d'expliquer ce silence : l'accueil d'abord mitigé réservé à *Phèdre*, les rivalités et les cabales, ont-ils fait naître chez Racine une amertume telle qu'il aura voulu mettre un terme à sa carrière ? Les encouragements que lui prodigue Boileau peuvent le laisser penser. Serait-ce plutôt que ce grand poète n'était au fond qu'un ambitieux, soucieux seulement de reconnaissance sociale, un courtisan, un calculateur capable d'abandonner sans regret cette carrière dramatique, pour peu qu'on lui fournît un meilleur moyen d'assurer sa faveur ? Il est bien vrai que sa nomination au poste d'historiographe du Roi, en octobre 1677, suffira ensuite à contenter l'ambition de sa plume. Ou bien serait-ce que les années vouées au théâtre ne furent qu'une parenthèse « immorale » dans l'existence de l'ancien élève des Petites Écoles de Port-Royal ? Toujours est-il qu'à partir de mai 1677 son existence se range : il fait un mariage de raison, et d'intérêt, avec une jeune femme qui lui donnera sept enfants entre 1678 et 1692 ; il oublie ses maîtresses comédiennes – qui souvent lui avaient inspiré le désir d'écrire des rôles à leur mesure –, et se raccommode même à la fin de sa vie avec ses anciens maîtres jansénistes, jadis combattus lorsqu'ils condamnaient violemment le théâtre et se désolaient de voir leur élève engagé dans ce chemin de perdition. Toutes ces explications sont plausibles, toutes invérifiables aussi ; chacune d'elles, défendue par quelques critiques, témoigne surtout de leur désir de peindre Racine à leur image, ou à leur mesure. Certes, chacune recèle probablement *une part* des raisons qui déterminèrent Racine à abandonner l'art dramatique après *Phèdre* ; mais toutes, remarquons-le, sont extérieures à la sphère de l'œuvre elle-même. Il est pourtant une autre raison, qui pourrait relever d'une nécessité interne à cette œuvre, à son mouvement, et qu'il ne faudrait pas oublier : avec *Phèdre* justement, le poète est parvenu à un sommet dans la maîtrise de son art. Dans la Préface qu'il donne à sa pièce au moment où il la publie, il déclare : « Au reste, je n'ose encore assurer que cette pièce soit en effet la meilleure de mes tragédies. » On admirera la retenue pleine d'élégance, l'orgueil contenu – en particulier dans cet « encore »... De vrai, choisir le silence après un tel coup d'éclat, alors que l'on n'a plus rien à prouver ; renoncer à son art au moment où on l'a porté à ce point de perfection, pareil geste relève d'un sublime guère inférieur à celui des sentiments déployés à l'intérieur de la tragédie même. (On pourrait presque dire qu'un semblable renoncement héroïque serait digne d'un personnage... de Corneille.) Pour Racine, quel diamant noir sur lequel clore ses œuvres dramatiques complètes – qu'il s'applique ensuite, en 1687, à publier avec tant de soins ! Il importe maintenant d'en considérer toutes les facettes, d'en apprécier tous les reflets : d'analyser à grands traits aussi bien l'habileté des techniques de composition que l'intensité des effets pathétiques et poétiques, et la profondeur de la réflexion morale que la pièce met en jeu.

LA FACTURE DE LA TRAGÉDIE : RÈGLES ET MODÈLES

Point d'aboutissement de l'art de Racine, *Phèdre* est la neuvième tragédie qu'il compose. Depuis *La Thébaïde*, créée en 1664, bien du chemin a été parcouru ; et le dramaturge venait d'avoir l'occasion de faire retour sur ce chemin alors qu'il préparait, en 1675, la première édition collective de son théâtre. Il avait eu par ailleurs tout le temps de mûrir cette nouvelle pièce, que deux ans et demi séparent de la précédente, *Iphigénie*. Rien, cependant, n'autorise à dire qu'il ait consacré à l'écrire beaucoup plus de temps que pour ses autres pièces : son travail de composition proprement dit n'a sans doute pas dû commencer avant le début de 1676, date de parution du second volume de ses *Œuvres*.

Composer une tragédie, pour un dramaturge français du XVIIe siècle, cela signifie d'abord faire l'élection d'un sujet parmi ceux que lui proposent la mythologie, l'histoire et la tradition antique, puis le conformer aux exigences propres au genre. L'aménagement de ces données premières constitue la plus grande part du travail créateur : il s'agit moins, en effet, de suivre avec une absolue fidélité une source ancienne que de prendre les linéaments essentiels d'une histoire, d'une « fable » comme l'on disait alors, et d'en tirer une intrigue tragique [1]. En pratique, il importait de conserver une situation initiale (par exemple : Phèdre, épouse de Thésée, brûle d'un amour interdit pour Hippolyte, fils de celui-ci), une situation finale (Hippolyte, calomnié par Phèdre, périt par injustice à la suite des malédictions de son père), certaines actions marquantes constitutives du sujet (l'aveu de Phèdre à Hippolyte, faute qui appelle, pour rester secrète, l'accusation mensongère), et de restituer entre ces éléments une continuité d'action, un développement organique et nécessaire – ce que Corneille nommait des « acheminements vraisemblables ». L'agencement de la « fable » en intrigue tragique précisément découpée, ajustée, tel est donc l'essentiel du travail de l'écrivain ; le reste, la mise en vers, l'élaboration poétique, même si c'est finalement sur elle que repose en grande partie l'intensité pathétique de l'œuvre, n'est qu'un ornement : non pas quelque chose de superflu ou de négligeable, mais un élément second. Une anecdote fameuse montre qu'il n'en allait pas autrement dans l'esprit de Racine. Son fils Louis l'a rapportée dans ses *Mémoires* sur

1. Sur la façon dont Racine a utilisé sources et modèles antiques pour construire l'intrigue de sa pièce, on se reportera au Dossier, p. 151-164.

la vie et les ouvrages de son père : « quand il entreprenait une tragédie, il disposait chaque acte en prose. Quand il avait lié toutes les scènes entre elles, il disait : *Ma tragédie est faite*, comptant le reste pour rien [1]. »

Lorsque Racine compose *Phèdre*, l'écriture d'une tragédie obéit à des conventions assez strictes. Elles se sont codifiées dans le second tiers du XVIIe siècle, par une méditation continue sur les préceptes antiques énoncés dans la *Poétique* d'Aristote ; un ouvrage comme *La Pratique du théâtre* (1657) de l'abbé d'Aubignac les formule de façon systématique, un rien pesante. Il était possible, cependant, tout en respectant un certain cadre formel – celui qu'imposent les fameuses *règles* classiques – de développer une conception relativement originale, personnelle, plus moderne, du genre de la tragédie : Corneille, tout au long d'une riche carrière, y était parvenu, non sans rencontrer de vives résistances, et il avait même théorisé sa démarche propre en une série de traités, les trois *Discours* sur le poème dramatique [2] publiés en tête des trois volumes de son théâtre complet (1660). Racine inaugure sa carrière dramatique alors que Corneille est au faîte de sa gloire, et déjà consacré, précisément par cette grande édition, comme un auteur classique : il était dans l'ordre des choses que le jeune dramaturge eût à cœur de rivaliser avec son illustre aîné (Corneille a connu son plus éclatant succès avec *Le Cid* en 1637, deux ans avant la naissance de Racine), qu'il souhaitât aussi renouveler l'art de la tragédie pour se démarquer de celui-ci – mais qu'il dût néanmoins à ce grand modèle une part de sa technique dramatique.

---

1. De cette méthode de composition témoigne également le canevas en prose du premier acte d'une *Iphigénie en Tauride*, que Racine a abandonnée avant le stade de l'élaboration poétique.
2. On lira la très riche édition qu'en ont récemment procurée Bénédicte Louvat et Marc Escola dans la présente collection (Corneille, *Trois Discours sur le poème dramatique*, GF-Flammarion, n° 1025, 1999).

LE MOULE DES RÈGLES CLASSIQUES

Pour les contemporains de Racine – les spectateurs et les doctes appelés à juger de son théâtre, selon des points de vue différents –, la tragédie est ce que l'on nomme un *poème dramatique*, c'est-à-dire une composition versifiée (ordinairement en alexandrins à rimes plates) destinée à la représentation. Figurant sur la scène une action par des personnages qui s'expriment au style direct, comme toute pièce de théâtre, la tragédie se définit par le rang élevé de ces personnages et la gravité de son enjeu, péril de mort ou péril d'État (c'est évidemment le cas dans *Phèdre*). Comme on l'a dit, elle emprunte son sujet, qui doit être vraisemblable, à l'histoire ou au mythe. Les sujets mythologiques sont en général traités comme des transpositions de récits historiques, où l'on atténue autant que possible la part du surnaturel ; quand celui-ci intervient, il n'est admis que par convention – parce que chacun connaît par avance les légendes dont il est question, qui constituent de ce fait une sorte de « merveilleux vraisemblable ». Ces sujets se signalent cependant par ce qu'ils ont d'exceptionnel, d'extraordinaire, et mettent souvent en scène un déchaînement de violence au cœur d'une alliance [1] : ainsi, par quels enchaînements un père en vient-il à vouer son fils à la mort, une femme à ourdir la perte de celui qu'elle aime passionnément ?

L'éloignement du sujet dans le temps ou dans l'espace, sa gravité, la noblesse des personnages, à

1. Comme le note Aristote, *Poétique*, 1453 b. Aristote oppose ces conflits qui font s'affronter des proches, parents ou amis, à des conflits beaucoup plus communs, moins propres à constituer de bons sujets de tragédie : quel intérêt à voir s'entre-détruire deux personnages qui sont d'emblée des ennemis, qui se haïssent mutuellement ? (Les références à la *Poétique* d'Aristote sont données dans le système classique mentionné par toutes les éditions modernes ; on peut consulter la traduction récente de Michel Magnien, Le Livre de Poche classique, 1990, qui se signale par une présentation attentive à l'influence de l'œuvre – en particulier en France au XVIIe siècle.)

quoi il faut ajouter la majesté de l'expression poétique et la solennité de la déclamation [1], fondent la grandeur propre au genre tragique ; ils suscitent chez les spectateurs la *reverentia*, ou admiration pétrie de respect, que Racine a évoquée dans la Préface ajoutée à *Bajazet* en 1676 : « Les personnages tragiques doivent être regardés d'un autre œil que nous ne regardons d'ordinaire les personnages que nous avons vus de si près. On peut dire que le respect que l'on a pour les héros augmente à mesure qu'ils s'éloignent de nous. » Le sujet de *Phèdre* doit l'essentiel de son inquiétante beauté à la distance créée par son arrière-plan mythologique ; à en croire les discours des personnages, leurs généalogies fabuleuses marquent leur destin et pèsent sur tous leurs actes, sans que la pièce sacrifie pour autant à l'exigence d'une action vraisemblable (les dieux antiques n'y apparaissent jamais, et leur influence même sur l'action est incertaine [2]). « J'ai tâché de conserver la vraisemblance de l'histoire, sans rien perdre des ornements de la Fable qui fournit extrêmement à la poésie », déclare Racine dans sa Préface.

Une tragédie classique est conventionnellement disposée en cinq actes, qui structurent le déroulement de l'intrigue ; laquelle intrigue doit se conformer à la fameuse règle des trois unités, de lieu, de temps et d'action. Soit, comme l'écrit Boileau dans son *Art poétique* (1674) :

> Qu'en un lieu, qu'en un jour, un seul fait accompli
> Tienne jusqu'à la fin le théâtre rempli. (III, v. 45-46)

Les unités de lieu et de temps fondent pour les spectateurs la vraisemblance du spectacle qui leur est donné à voir : la *mimésis* théâtrale, c'est-à-dire

1. Sur la noblesse pleine de retenue de l'éloquence racinienne, et ses procédés stylistiques, il faut lire l'étude de Leo Spitzer, « L'effet de sourdine dans le style classique : Racine », dans ses *Études de style*, Gallimard, 1970, rééd. « Tel ». Sur la question de la déclamation, on trouvera quelques indications ci-après, p. 60-64.
2. Sur cette question délicate, on se reportera au Dossier, p. 190-193.

la prétention du théâtre à proposer une illusion de réalité, repose sur une relative adéquation entre d'une part le lieu et le temps de la représentation (le théâtre, les quelques heures que dure la pièce), d'autre part le lieu (nécessairement unique) et le temps (limité à une journée) de la fiction. L'unité d'action relève d'un tout autre plan : plus imprécise, elle se définit par la hiérarchie, au sein de l'intrigue, entre une action principale (celle qui fonde le sujet de la pièce – en général, la menace qui pèse sur le personnage principal, Corneille parlant même d'« unité de péril ») et des *épisodes*, c'est-à-dire des actions secondaires qui se développent en contrepoint de l'action principale et lui sont étroitement subordonnées. L'unité de l'action ne signifie donc pas son unicité, mais sa profonde cohérence. Racine se conforme bien sûr à ces règles. Le décor de *Phèdre* [1] est celui, conventionnel, du « palais à volonté », une antichambre du palais de Trézène, lieu neutre où les personnages peuvent s'isoler ou s'assembler, se croiser ou s'éviter, se concilier ou se heurter, se comprendre ou se méprendre – et tisser ainsi les rencontres qui font progresser l'action. Le temps, c'est la classique « journée tragique », dont le cours va sceller le destin des personnages (une réplique de Phèdre à Œnone, à l'acte III, évoque clairement ce cadre temporel qui rythme la marche des événements : « Je mourais *ce matin* digne d'être pleurée ; / J'ai suivi tes conseils, je meurs déshonorée »).

La dynamique de l'intrigue

Autre critère de bonne conformation de l'intrigue tragique : elle doit, selon la formule fameuse d'Aristote (*Poétique*, 1450 b), posséder « un commencement, un milieu et une fin ». Il ne s'agit nul-

1. Un mémoire des décorateurs de l'Hôtel de Bourgogne nous a conservé cette indication lapidaire : « Phèdre, théâtre est un palais voûté, une chaise pour commencer. »

lement d'une évidence : Aristote veut dire que toute tragédie doit constituer une totalité organique parfaitement intelligible au spectateur. La pièce s'ouvre sur une situation initiale qui permet de présenter les personnages et les actions dans lesquelles ils sont engagés : c'est l'*exposition*, qui occupe tout ou partie du premier acte. Il est bon que cette exposition possède une fonction dynamique (et non purement informative, statique) ; elle ouvre la pièce *in medias res*, en prenant l'action à sa naissance, dans les faits qui vont déterminer le cours de l'intrigue. Le long dialogue entre Hippolyte et son confident Théramène qui ouvre *Phèdre* ne se limite pas à une présentation des personnages et des enjeux de l'intrigue : il apporte une révélation (l'amour d'Hippolyte pour Aricie), qui se double d'une résolution (le départ projeté d'Hippolyte). Mais en n'évoquant qu'incidemment Phèdre consumée d'un mal mystérieux, cette première scène propose une exposition à dessein incomplète : le spectateur voudra voir éclaircie cette énigme, et éclairée l'origine des tourments de l'héroïne encore absente. Ce sera fait dès la scène III de ce premier acte par l'aveu arraché à Phèdre de son amour interdit pour Hippolyte. Voici l'exposition complète ; la situation initiale ainsi mise en place peut se ramener au principe de la « chaîne amoureuse », classique dans le théâtre du XVIIe siècle (liée à Thésée, Phèdre aime Hippolyte qui aime Aricie), chaîne compliquée cependant par le statut des différents personnages qu'elle lie (Phèdre est la marâtre d'Hippolyte, fils de Thésée ; Aricie est l'ultime descendante de la lignée des Pallantides, que Thésée a souhaité anéantir pour s'assurer le trône d'Athènes). L'intrigue peut désormais se développer, se *nouer* : développement qui constitue le « milieu » de la tragédie. Il est d'ordinaire marqué par un ou plusieurs coups de théâtre, ou *péripéties*, événements qui modifient brusquement le cours de l'action. Dans *Phèdre*, Racine use à cet effet d'un artifice qu'il avait déjà éprouvé en composant *Mithridate* : l'annonce fallacieuse de la mort d'un personnage essentiel au système initial, suivie peu après de son retour imprévu. L'acte premier se clôt sur l'annonce de la mort de Thésée (l'exposition laissait déjà le spectateur dans l'incertitude quant à son sort : le coup de théâtre en effet doit être préparé) ; celle-ci rend possible la déclaration de Phèdre à Hippolyte, à l'acte II ; la réapparition de Thésée, annoncée à la fin de l'acte II, renverse de nouveau le cours de l'action ; elle détermine les calomnies d'Œnone, et les malédictions de Thésée qui en appelle à Neptune contre son fils (actes III-IV). L'intrigue tend alors vers son *dénouement* – sa « fin », aux deux sens du terme, conclusion et finalité. Conclusion, elle scelle le destin de tous les personnages principaux (souvent, mais non nécessairement, par la mort : *Phèdre* se conclut sur celles, successivement, d'Œnone, d'Hippolyte et de Phèdre), elle arrête tous les fils de l'intrigue, elle ramène à un état d'équilibre les relations entre les personnages (Phèdre soulage sa conscience par l'aveu de sa culpabilité, Thésée rend justice, *post mortem*, à Hippolyte, et selon le vœu de ce fils mourant se réconcilie avec Aricie). Racine écrivait dans la Préface de *Britannicus* : « Pour moi j'ai toujours compris que la tragédie étant l'imitation d'une action complète, où plusieurs personnes concourent, cette action n'est point finie que l'on ne sache en quelle situation elle laisse ces mêmes personnes. » La conclusion est aussi bien la finalité de l'intrigue, le point vers lequel elle tend continûment, chacun des moments de la pièce devant concourir, même insensiblement, à la préparer. Le dénouement des tragédies antiques et classiques consiste souvent en un renversement brusque qui fait basculer au dernier moment le cours de l'intrigue – la *catastrophe* –, fréquemment fondé sur une *reconnaissance* (une révélation touchant à l'identité d'un des personnages – que l'on pense à l'exemple-type d'*Œdipe*). Ce n'est guère le cas dans *Phèdre*, qui fonde plutôt ses effets pathétiques sur la marche inexorable d'un destin tragique dont rien ne peut détourner le cours ; le dénouement repose cependant sur la révélation à Thésée de l'innocence d'Hippolyte, qu'il a fait périr par une condamnation hâtive et injuste.

Parmi les exigences formelles, ou structurelles, attachées à la tragédie classique, il faut encore mentionner la continuité de l'action à l'intérieur de chacun des actes [1] (les scènes doivent toujours y être liées entre elles par l'annonce des entrées et des sorties), et la bienséance, souci de ne pas choquer la sensibilité du spectateur par la représentation de certaines actions extrêmes, horribles ou violentes – auxquelles les tragédies de la Renaissance ne répugnaient pas toujours [2]. Ainsi la mort d'Hippolyte, véritable acmé de l'intrigue tragique de *Phèdre*, est-elle soustraite à la vue du spectateur au nom d'une double nécessité ; nécessité dramaturgique d'abord – comment eût-il été possible de figurer sur scène un tel spectacle sans violer l'unité de lieu, sans recourir à des artifices et des machines de scène étrangères à l'esthétique de la tragédie racinienne ; nécessité dictée par la bienséance, ensuite, qui proscrit semblables spectacles sanglants. Mais de cette nécessité, le dramaturge sait faire vertu poétique : la scène qui ne peut être représentée est « donnée à voir » d'une autre façon, par l'artifice d'une narration qui met en valeur le pouvoir d'évocation de la parole. Le récit de Théramène, morceau de bravoure qui

1. En revanche, les entractes permettent de ménager certaines ellipses dans la représentation de l'action – ellipses d'ailleurs nécessaires pour contenir l'action avec vraisemblance dans l'espace d'une journée.
2. On peut trouver dans les tragédies antiques un certain nombre d'actions violentes ou sanglantes ; le précepte invitant à « ne pas porter sur la scène ce qui doit se dérouler à couvert », à « écarter des yeux nombre d'actions que saura bientôt rapporter l'éloquence d'un témoin », remonte à l'*Art poétique* d'Horace, v. 182-184. Il codifie surtout le principe consistant à soustraire de la représentation la mort des personnages principaux.

rivalise avec les passages correspondants chez Euripide et chez Sénèque, par la force pathétique de ses images, constitue un des plus beaux ornements de la *Phèdre* de Racine.

La greffe d'une intrigue politique

Hormis ce système de règles qui définissent le cadre formel de la tragédie classique (et qui dès lors ne doivent pas être perçues comme des contraintes : loin de brider l'invention des dramaturges, elles la régulent et la stimulent, au contraire), il est un certain nombre d'usages qui ne sont pas codifiés aussi précisément, et que Racine respecte plus ou moins. Ce sont les usages de son temps, certaines attentes de la part des spectateurs, la marque aussi laissée sur le genre lui-même par ceux qui l'ont illustré avant lui – Corneille au premier chef. Racine, ainsi, ne peut reprendre tel quel le sujet que lui a légué la tradition : il doit le conformer aux goûts de son public, en même temps qu'à son propre génie.

Aussi a-t-il tenu compte d'une caractéristique propre à la tragédie classique : la politique y est toujours une composante essentielle ; l'intrigue ne peut se limiter au seul affrontement des sentiments amoureux, même les plus violents et les plus funestes, elle doit en même temps reposer sur un puissant intérêt d'État. Le dramaturge superpose donc à l'intrigue originelle du mythe une trame politique. On a déjà noté quel parti dramaturgique il a su tirer de l'annonce fallacieuse de la mort de Thésée, reprise à Sénèque : cet effet lui sert aussi à créer dans son intrigue une crise de succession pour le trône d'Athènes. Celle-ci est exposée avec netteté à la scène IV de l'acte premier ; à énumérer les prétendants qu'elle fait s'affronter, on constate avec quelle habileté Racine a su doubler les principales relations entre les personnages de sa pièce d'une rivalité de pouvoir. Fils de Thésée, Hippolyte peut bien entendu briguer sa succession ; mais il est aussi le fils d'une étrangère, une Amazone, ce qui fragilise ses prétentions. Thésée est en effet le père d'un second fils, né de Phèdre, et l'on peut compter sur la Reine pour faire valoir les droits de ce successeur potentiel, qui a cependant contre lui sa jeunesse. Par ailleurs, enfin, l'exposition a rappelé que Thésée a conquis le trône d'Athènes en exterminant les Pallantides, les enfants de Pallas, lignée « légitime » des rois athéniens ; de cette race demeure seule une jeune femme, Aricie, qui possède elle une véritable légitimité. (Le personnage est introduit dans la matrice originelle du mythe par Racine, qui s'en justifie dans sa Préface.) On admirera l'adresse du dramaturge, qui ménage l'équilibre entre ces trois partis, et crée donc un élément d'incertitude supplémentaire : il est peu vraisemblable qu'Aricie parvienne à s'emparer seule du pouvoir, sans l'appui d'un héros masculin, tout comme il paraît difficile au très jeune fils de Phèdre de se maintenir sans autres appuis ; Hippolyte enfin ne semble guère avoir l'ambition nécessaire pour conquérir le trône d'Athènes, quand le desservent déjà ses origines – à moins d'être mû par quelque autre motif. Racine ouvre ainsi le champ à un subtil jeu d'alliances, et file le second des trois brins noués dans son intrigue : Phèdre courtise Hippolyte non seulement par l'effet de sa dévorante passion, mais en espérant trouver en lui un appui pour son fils (I, V) ; or le fils de Thésée inclinerait plutôt à embrasser le parti d'Aricie, vers qui le portent ses timides sentiments, comme la suite le montre bien (V, I).

Une inflexion « galante »

C'est justement là une autre habileté de Racine, en même temps peut-être qu'une autre concession au goût du temps : cet épisode en partie « politique » est aussi un épisode galant, qui permet d'introduire dans la pièce un amour plus pur et plus raffiné que celui de Phèdre pour Hippolyte [1]. On se plaisait alors aux délicatesses d'un certain lyrisme tendre : l'année précédente avait été marquée par le succès de la tragédie lyrique de Quinault et Lully, *Atys* (« Et jusqu'à *Je vous hais*, tout s'y dit tendrement », reprochait Boileau au théâtre de Quinault). Présenté chez les Anciens comme un adorateur de Diane, voué au célibat et à la chasteté, « le fils de l'Amazone » est ici secrètement amoureux de cette Aricie, fille de Pallas. En composant cet épisode, Racine a pris soin d'éviter la fadeur ou la mièvrerie. Il insiste sur les touchantes hésitations de cet amoureux inexpérimenté qu'est Hippolyte afin de modérer le recours aux conventions galantes ; il peint avec beaucoup de subtilité les sentiments d'Aricie : la tendresse de la jeune femme, sensible dans le délicat aveu par lequel elle répond à la déclaration d'Hippolyte (II, IV), s'ombre par ailleurs d'une subtile cruauté, dans le désir affirmé d'asservir par l'amour celui qui, présomptueusement, s'en prétendait exempt, de « porter la douleur dans une âme insensible » (II, I). Cet épisode amoureux renforce le pathétique de la pièce par une note délicate : la marche funeste de la tragédie ne scelle pas seulement le destin d'Hippolyte, elle vient briser l'union espérée des deux jeunes amants (on reconnaît ici en partie le motif des amours tragiques de Pyrame et Thisbé, remarquablement traité au XVIIe siècle par Théophile de Viau). Par

1. Cette concession à la faveur du public pour la galanterie s'explique aussi, sans doute, par une exigence pratique, liée à la composition des troupes de comédiens à cette époque : elles réclamaient d'ordinaire aux dramaturges des pièces propres à mettre en valeur les actrices, et comportant dès lors deux rôles féminins importants. Racine venait pourtant d'observer, en 1675, que la galanterie s'accordait mal avec les grands sujets tragiques ; ajoutant dans l'édition de ses *Œuvres* une Préface à sa première tragédie, *La Thébaïde*, il écrivait : « En un mot je suis persuadé que les tendresses ou les jalousies des amants ne sauraient trouver que fort peu de place parmi les incestes, les parricides et toutes les autres horreurs qui composent l'histoire d'Œdipe et de sa malheureuse famille. » On pourrait faire la même remarque à propos du sujet de *Phèdre*, où pourtant il a su mêler quelque tendresse…

ailleurs, en même temps qu'il rend Hippolyte plus sympathique au spectateur, l'épisode permet de nuancer la foncière innocence du personnage : le fils de Thésée enfreint les volontés de son père, qui avait voué à l'extinction la lignée des Pallantides en défendant à quiconque de s'unir à la jeune femme. Dans l'économie de l'intrigue, enfin, la découverte par Phèdre des sentiments partagés d'Hippolyte et Aricie induit une ingénieuse péripétie : la passion contre nature dont l'héroïne s'accuse sans cesse, et qu'elle voudrait éteindre, est ranimée en elle par le feu de la jalousie ; et le mouvement dans lequel elle s'apprête à innocenter Hippolyte calomnié est arrêté par cette nouvelle fureur (IV, v). À la rivalité politique se superpose la rivalité amoureuse : c'est le troisième brin noué dans cette intrigue d'une remarquable densité.

Outre cette habileté de facture, il faut noter le parti esthétique que Racine a su tirer de l'épisode. Sa *Phèdre* n'est plus conçue, ainsi que chez les Anciens, comme une confrontation entre les caractères de Phèdre et d'Hippolyte : c'est une tragédie qui joue sur une tension entre deux relations amoureuses. La passion de Phèdre pour Hippolyte, qui recèle toute la fureur des passions sans retour, s'oppose aux sentiments que le jeune homme porte à Aricie – lesquels possèdent la sérénité des amours partagées. La pièce s'organise ainsi, pour une bonne part, comme un contrepoint de noirceur et de clarté ; en témoigne la construction parfaitement balancée des deux premiers actes, qui sont une sorte de quatuor d'aveux [1]. Aveu pudique et retenu, Hippolyte confiant à demi mot à Théramène ses

1. Il faut noter que l'équilibre de la construction repose à la fois sur un effet d'écho (à l'acte I, l'amour d'Hippolyte pour Aricie est avoué par le fils de Thésée comme une transgression – de même, évidemment, la passion de Phèdre pour le fils de son époux), un effet de reprise (chaque sentiment est avoué deux fois, d'abord à un confident, puis ensuite à l'objet de cet amour lui-même), et un effet de gradation (depuis l'aveu timide d'Hippolyte à son confident jusqu'à l'aveu passionné de Phèdre à Hippolyte lui-même).

tendres sentiments pour Aricie (I, I ; « Si je la haïssais, je ne la fuirais pas »). Aveu torturé et torturant, Phèdre révélant à Œnone l'objet de l'ardeur secrète dont elle est dévorée (I, III ; « C'est toi qui l'as nommé »). Aveu délicat, touchant dans son manque d'assurance, Hippolyte déclarant à Aricie un sentiment pour lui encore inconnu (II, II ; « Songez que je vous parle une langue étrangère »). Aveu d'abord halluciné, puis furieux, Phèdre laissant éclater sa passion face à Hippolyte (II, V ; « Oui, Prince, je languis »... « Hé bien, connais donc Phèdre et toute sa fureur »). On pourrait presque décrire ces modulations en termes musicaux, et parler d'alternance entre des tonalités mineures, inquiètes et tourmentées, pour les apparitions de Phèdre, et majeures, plus pures et plus sereines, pour celles d'Hippolyte (on se souvient que le jeune chasseur se définit lui-même par ce lumineux alexandrin formé de douze monosyllabes : « Le jour n'est pas plus pur que le fond de mon cœur », et que Phèdre, à la fin de l'acte IV, envieusement, évoque ainsi les moments où il s'entretient avec Aricie : « Tous les jours se levaient clairs et sereins pour eux »). Les musiciens d'alors se plaisaient à caractériser les tonalités par des couleurs affectives, des émotions : tel ton était jugé « obscur et terrible », tel autre « efféminé, amoureux et plaintif », tel « furieux et emporté », tel « tendre et plaintif », tel encore « solitaire et mélancolique [1] »... Racine aussi joue sur la gamme de semblables passions.

La dramaturgie racinienne : renouveau et retour aux sources

En dépit de tout ce dont la pièce est redevable à différentes traditions tragiques, rien ne serait plus faux que d'analyser la composition de *Phèdre* dans

1. Ces caractères sont associés à diverses tonalités musicales par Marc Antoine Charpentier dans ses *Règles de composition* (*ca.* 1690).

une optique déterministe, qui en ferait dériver tous les aspects du cadre des règles classiques, du modèle cornélien, et des goûts du public du temps. Au moment où il écrit cette tragédie, Racine a su forger une dramaturgie originale, qui lui a permis de se démarquer de son illustre aîné, d'ouvrir des voies nouvelles au genre tragique : ce renouveau, paradoxalement, il l'a opéré par un retour aux sources antiques, grecques en particulier. Il n'est que de lire la Préface qu'il donne à *Phèdre* pour s'en convaincre : Racine y invoque constamment Euripide (en réalité il ne s'est pas moins inspiré de Sénèque), et se réfère à Aristote avec certaines intentions polémiques, en s'opposant nettement à Corneille [1].

Une tragédie en clair obscur

Corneille, en effet, célèbre dans son théâtre le triomphe des valeurs héroïques qui marquent de leur éclat le premier XVIIe siècle : elles s'incarnent dans ces personnages parfaits, pleins de noblesse, dont Rodrigue, Polyeucte ou Horace sont les plus éclatants exemples. Parmi les effets de la tragédie

1. La rivalité entre Corneille et Racine, telle qu'elle s'exprime sur le terrain de la dramaturgie, résulte d'enjeux qui ne se ramènent pas seulement à l'opposition entre deux conceptions différentes, et personnelles, de la tragédie. Quand Racine inaugure sa carrière, le vieux Corneille apparaît comme celui qui a forgé une dramaturgie tragique tout à la fois *moderne* et parfaite en son genre : le jeune écrivain plein d'ambition, plutôt que de faire assaut de « modernité », choisit de rivaliser avec son aîné en prônant un retour aux sources *antiques* de la tragédie. Peut-être est-ce l'effet d'un calcul tactique : ce choix s'inscrit dans les débats qui agitent alors les milieux artistiques (que l'on nommera un peu plus tard la Querelle des Anciens et des Modernes) ; Racine, pour se démarquer de Corneille, devait presque nécessairement embrasser, dans ce contexte, le parti adverse de celui qu'illustrait son rival. Mais leurs divergences traduisent aussi deux formations différentes : ancien élève des jésuites, Corneille écrit en s'appuyant sur une culture essentiellement marquée par l'héritage latin – l'art oratoire, et certain idéal de grandeur héroïque ; cependant que Racine, formé par les jansénistes, sait le grec, et a donc étudié directement, dans le texte, les grands tragiques, ainsi que la *Poétique* d'Aristote. Et l'un a travaillé le droit, l'autre la philosophie…

telle qu'il la conçoit, Corneille fait entrer au premier rang l'*admiration* que suscitent de tels êtres. (Ou bien il explore l'autre extrême : avec *Médée*, sa première tragédie, il avait voulu peindre une sorte de sublime dans le mal.) C'était là un gauchissement hardi des préceptes d'Aristote : celui-ci, identifiant l'effet de la tragédie aux seules émotions tristes que sont la crainte et la compassion, prescrivait que l'on mît en scène des personnages « médiocres », que l'on puisse plaindre de leur infortune, et néanmoins responsables pour une part de leur sort. Racine, davantage sensible peut-être aux demi-teintes, attentif à la complexité des êtres, avait pris le parti de revenir, contre la dramaturgie cornélienne, à cette conception première du tragique. Les partisans de Corneille lui en avaient fait le reproche, et il y avait répondu dans la Préface d'*Andromaque* (1668) :

> le public m'a été trop favorable, pour m'embarrasser du chagrin particulier de deux ou trois personnes, qui voudraient qu'on réformât tous les héros de l'Antiquité, pour en faire des héros parfaits. Je trouve leur intention fort bonne, de vouloir qu'on ne mette sur la scène que des hommes impeccables [1]. Mais je les prie de se souvenir, que ce n'est pas à moi de changer les règles du théâtre. [...] Aristote bien éloigné de nous demander des héros parfaits, veut au contraire que les personnages tragiques, c'est-à-dire, ceux dont le malheur fait la catastrophe de la tragédie, ne soient ni tout à fait bons, ni tout à fait méchants. Il ne veut pas qu'ils soient extrêmement bons, parce que la punition d'un homme de bien exciterait plutôt l'indignation, que la pitié du spectateur ; ni qu'ils soient méchants avec excès, parce qu'on n'a point pitié d'un scélérat. Il faut donc qu'ils aient une bonté médiocre, c'est-à-dire, une vertu capable de faiblesse, et qu'ils tombent dans le malheur par quelque faute, qui les fasse plaindre, sans les faire détester.

Hippolyte est l'illustration même de cette « vertu capable de faiblesse » : dans la Préface de *Phèdre*,

1. *Impeccables*, au sens premier, étymologique : incapables de pécher, de faillir.

le dramaturge souligne ce point, observant que ce personnage d'Hippolyte, admirable au moins par la grandeur d'âme avec laquelle il se laisse accuser injustement plutôt que de flétrir l'honneur de Phèdre en révélant la vérité, est toutefois « un peu coupable envers son père » par l'amour qu'il porte à Aricie. Mais le principe s'applique aux autres personnages principaux aussi bien ; Thésée, trompé par les accusations mensongères d'Œnone, n'en est pas moins responsable de la mort de son fils par son aveuglement, son emportement à le condamner sans nulle preuve de sa culpabilité. Jusques à Phèdre elle-même, certes pleinement coupable de l'enchaînement fatal des événements, et cependant constamment déchargée de sa responsabilité par les circonstances que tisse autour d'elle un destin adverse : la fatalité du sang de Vénus, la rumeur controuvée de la mort de Thésée, qui provoque sa déclaration à Hippolyte, le zèle indiscret d'Œnone… Au gré des situations, l'héroïne peut apparaître tantôt comme un monstre, tantôt comme une victime : tourmentée par la passion et les Dieux, elle s'applique en retour à tourmenter Hippolyte, et cause sa perte tout comme Vénus cause la sienne. Racine est un dramaturge qui travaille les clairs-obscurs, et voile tous les personnages de sa fiction d'un *tenebroso* [1] étudié, comme pour mieux exprimer les ambiguïtés de toutes les actions humaines.

LA MARCHE DE L'ACTION : LA CÉRÉMONIE TRAGIQUE

Autre principe dramaturgique sur lequel Racine opère un retour aux Anciens, à l'opposé des voies ouvertes par Corneille : sa conception de la marche de l'action. Il s'en est expliqué dans la Préface de

1. Suivant la belle formule de Roland Barthes : *Sur Racine*, « L'homme racinien », Le Seuil, 1967. Rappelons que Barthes, par ce terme, fait référence à la dialectique de l'ombre et de la lumière dans la peinture baroque : on songe à Rembrandt, au Caravage.

Britannicus (1670), répondant encore aux censeurs du parti cornélien, qui trouvent toujours à redire à ses ouvrages :

Que faudrait-il faire pour contenter des juges si difficiles ? [...] Il ne faudrait que s'écarter du naturel pour se jeter dans l'extraordinaire. Au lieu d'une action simple, chargée de peu de matière, telle que doit être une action qui se passe en un seul jour, et qui s'avançant par degrés vers sa fin, n'est soutenue que par les intérêts, les sentiments, et les passions des personnages, il faudrait remplir cette même action de quantité d'incidents qui ne se pourraient passer qu'en un mois, d'un grand nombre de jeux de théâtre d'autant plus surprenants qu'ils seraient moins vraisemblables, d'une infinité de déclamations où l'on ferait dire aux acteurs tout le contraire de ce qu'ils devraient dire.

Comme on l'a bien montré [1], le départ entre Racine et Corneille se fait sans doute moins sur le problème de la complexité de l'action (« une action simple, chargée de peu de matière », écrit Racine, visant implicitement la structure très complexe de certaines tragédies tardives de Corneille : *Rodogune*, *Héraclius*...) que sur l'idée d'une action « s'avançant par degrés vers sa fin ». Cela signifie que cette action ne progresse pas de façon à être dénouée par un coup de théâtre, un renversement complet de la situation apparemment inextricable dans laquelle les personnages se sont débattus tout le long de la pièce : Racine envisage plutôt l'action tragique comme une marche implacable vers un dénouement sinon annoncé, du moins presque immédiatement prévisible (d'autant plus que tous les spectateurs du XVIIe siècle connaissent par avance la fable mythologique sur laquelle la pièce se fonde, et donc son issue). L'intrigue apparaît donc comme la réalisation d'une menace inévitable qui plane d'emblée sur les personnages ; rien ne pourra l'empêcher, et tous les actes de chacun

1. Georges Forestier, dans la présentation de son édition de *Britannicus*, Gallimard, « Folio Théâtre », 1995.

d'entre eux contribueront même à la précipiter plus vite vers cette issue. C'est pour cette raison que l'on a pu parler à propos des intrigues raciniennes de « cérémonie tragique [1] », beaucoup d'entre elles apparaissant comme l'implacable sacrifice d'un personnage secrètement condamné dès son entrée en scène. *Phèdre* représente au fond une succession d'événements qui sont comme la lente mise à mort d'Hippolyte, le jeune héros (presque) innocent ; et cette mise à mort doit conduire aussi à l'anéantissement de Phèdre, qui en est l'instrument.

Cette conception renouvelée de l'action tragique, inspirée des modèles antiques, est de grande conséquence pour l'effet même de la tragédie. L'avancement graduel vers un dénouement que l'on devine (et que soulignent, par de discrets effets d'annonce, quelques traits d'ironie tragique [2]) transforme le spectacle en une vaste déploration funèbre ; il en naît « cette tristesse majestueuse qui fait tout le plaisir de la tragédie », selon la formule fameuse de la Préface de *Bérénice* (1671). Phèdre à tout instant pressent l'issue fatale de tous ses actes, et le spectateur n'en ressent que plus intensément la crainte de bientôt voir ces prémonitions se réaliser ; Hippolyte est au contraire inconscient, durant l'essentiel de l'action, du péril qui va l'anéantir. Le spectateur a bien conscience de cet aveuglement, et n'en éprouve que plus vivement la pitié que doit inspirer ce sort injuste.

Crainte et pitié, ou encore terreur et compassion : ce sont précisément les effets propres à la tragédie, ceux qui définissent le genre même selon Aristote (*Poétique*, 1449 b). Dès lors, Racine pou-

1. *Cf.* le titre d'un ouvrage de Jacques Scherer, *Racine et/ou la cérémonie*, PUF, 1982.

2. On qualifie ainsi l'effet produit par une formule qui annonce au spectateur le dénouement funeste sans que cette « prémonition » soit cependant sensible au personnage dans la situation où il se trouve en un certain moment de l'intrigue. Voir par exemple aux v. 114-115, 621-622, 951-952.

vait bien avoir le sentiment que ses pièces renouaient avec un pathétique consubstantiel à la tragédie, et pourtant négligé par les dramaturges de son temps, Corneille en particulier. Dans la Préface d'une pièce éminemment sacrificielle, *Iphigénie* (1675), faisant l'éloge d'Euripide qu'il poursuivra deux ans plus tard en tête de la Préface de *Phèdre*, il met l'accent sur ce caractère essentiel à ses yeux :

> Mes spectateurs ont été émus des mêmes choses qui ont mis autrefois en larmes le plus savant peuple de la Grèce, et qui ont fait dire, qu'entre les poètes, Euripide était extrêmement tragique, [...] c'est-à-dire qu'il savait merveilleusement exciter la compassion et la terreur, qui sont les véritables effets de la tragédie.

Les figures du tragique : la fatalité et ses faux-semblants

Cette conformation de l'action, avec sa puissante charge pathétique, ne peut être analysée simplement comme la conséquence des choix dramaturgiques de Racine, et comme une pure démarcation volontaire du modèle cornélien : car c'est elle, pour partie, qui modèle la vision du monde et de l'existence humaine que propose son théâtre ; c'est d'elle que provient le sentiment de fatalité qui pèse sur les personnages. Le dramaturge donne le sentiment d'un Destin transcendant qui gouverne l'enchaînement des faits justement par cette marche irrésistible de son intrigue vers sa fin, une fin qui paraît presque jusqu'au bout évitable, et que cependant l'on sait d'emblée être scellée. Mais cette vision des actions humaines invisiblement gouvernées par quelque chose qui les passe est-elle un effet induit par un choix dramaturgique, ou bien ce choix lui-même est-il effectué par le dramaturge de façon à exprimer sa vision profonde de l'humaine condition.

Une tragédie janséniste ?

On a beaucoup disserté sur la « liberté » des personnages raciniens face au « Destin », dans *Phèdre* tout particulièrement. C'est qu'une question d'ordre biographique se greffe ici sur l'analyse de l'œuvre : Racine a été l'élève, comme l'on sait, des Solitaires de Port-Royal ; même s'il a rompu de façon éclatante avec ses anciens maîtres en se vouant à l'art dramatique, dans quelle mesure son théâtre reste-t-il marqué par leur enseignement moral ? Et *Phèdre*, qui prélude à son renoncement au théâtre, et à sa réconciliation avec les jansénistes, n'amorce-t-elle pas cette évolution spirituelle ? Il faut rappeler, en quelques mots, que le jansénisme est à l'origine une réflexion menée sur la doctrine de la grâce chez saint Augustin ; cette réflexion a donné naissance à un courant spirituel qui, au sein du catholicisme, s'approche cependant des doctrines de la prédestination que l'on trouve chez les réformés. Pour Jansénius et ses disciples, l'humanité déchue, à jamais souillée et corrompue par le péché originel, est vouée à la perdition. Seuls quelques hommes seront sauvés par Dieu, en sa bonté : c'est l'effet de la grâce dite efficace, décret divin qui n'est nullement lié aux actions humaines, incompréhensible, sinon gratuit. Chacun doit certes s'appliquer à faire son salut, à fuir la concupiscence pour se tourner vers l'amour de Dieu – la Charité ; mais nul ne peut jamais savoir s'il sera sauvé. Même aux justes, la grâce peut faire défaut ; et le libre arbitre donné aux hommes se heurte toujours aux décrets de la Providence, aux desseins cachés de Dieu. Le jansénisme propose donc une « vision tragique » du Salut, toute opposée à l'optimisme de l'humanisme chrétien alors régnant, pour lequel la liberté des actions humaines devait permettre à tout homme de se tourner vers le bien et d'être l'artisan de son salut. (Pascal a mis en scène avec beaucoup de verve ces subtils débats théologiques dans ses *Provinciales*.) Cette vision janséniste

niste de la condition humaine se retrouve-t-elle dans *Phèdre* ? L'héroïne y apparaît certes prisonnière d'un Destin qui la dépasse ; sa volonté semble aliénée à la toute-puissance de Vénus, évidente figure de la concupiscence, et tous ses actes sont marqués par la fatalité qui pèse sur sa lignée, à l'image de l'humanité déchue ; son crime illustrerait encore la corruption foncière de la créature humaine, sa persévérance dans le péché, cependant que la relative innocence d'Hippolyte, puni pour un crime qu'il n'a pas commis, ferait de lui un juste à qui la grâce a manqué [1]... L'ombre des divinités mythologiques qui plane sur la tragédie ne seraitelle pas dès lors une traduction poétique de la théologie augustinienne [2] – la très incertaine apparition de Neptune, dans le récit de Théramène (« On dit qu'on a vu même en ce désordre affreux / Un Dieu, qui d'aiguillons pressait leurs flancs poudreux ») –, exprimant peut-être la présence du « Dieu caché » en retrait de la sphère des actions humaines ?

UNE DRAMATURGIE DU LIBRE ARBITRE

Au vrai, rien n'est moins sûr ; et cette lecture, pour séduisante qu'elle soit, est sans doute forcée. La tragédie racinienne, non moins que celle de Corneille, est bien plutôt fondée sur la liberté d'action des personnages. Encore faut-il rappeler, certes, que cette « liberté » ne peut être qu'illusoire, en

1. Il faut noter toutefois que le personnage d'Hippolyte est bien loin de la culpabilité, de l'inquiétude et des tourments de la théologie augustinienne, qui voit l'humanité tout entière marquée par le poids de la faute. À cette émouvante figure de l'innocence opprimée, Racine peut faire affirmer sans détour : « Je me suis applaudi quand je me suis connu » (v. 72), « Le jour n'est pas plus pur que le fond de mon cœur » (v. 1112), ou encore faire énoncer cette maxime : « Mais l'innocence enfin n'a rien à redouter » (v. 996). Le dénouement, il est vrai, l'infirmera...

2. L'hypothèse a jadis été défendue par Lucien Goldmann dans *Le Dieu caché. Étude sur la vision tragique dans les Pensées de Pascal et dans le théâtre de Racine* (Gallimard, « Bibliothèque des idées », 1956), et plus récemment par Jean Rohou dans *L'Évolution du tragique racinien* (SEDES, 1991).

trompe l'œil : en dernier ressort, des êtres fictifs n'agissent jamais par l'effet d'une « volonté » qu'ils ne possèdent évidemment pas, non plus qu'ils ne sont mus par une quelconque « psychologie ». Leurs actes ne répondent qu'au dessein du dramaturge, et ont toujours pour fin de mener l'intrigue vers son dénouement préétabli ; mais l'art consiste précisément à produire cette illusion de réalité par laquelle les personnages paraissent doués d'une existence indépendante, et agir de leur propre mouvement. Si Phèdre apparaît comme un personnage tourmenté par la culpabilité, c'est bien qu'à chaque instant de l'intrigue il serait possible qu'elle s'engage sur une autre voie : le temps tragique est précisément ce moment riche de possibilités et lourd de menaces où le personnage peut se laisser aller au sentiment qui le possède ou lui résister, écouter un conseil pernicieux ou le rejeter ; voire, en dernier recours, choisir la mort volontaire pour éviter la perte de son intégrité morale. Si la situation tragique est par nature celle qui tend à écraser les personnages, leur liberté intérieure, liberté « de refus ou de dépassement [1] », n'en ressort que mieux. Racine semble avoir mis en avant cette permanente ouverture des possibles dans les rapports entre Phèdre et Œnone : à l'acte premier, Phèdre pourrait continuer de taire son amour, le contenir au fond d'elle-même, et préférer la mort à la simple formulation d'un sentiment interdit (« Je meurs, pour ne point faire un aveu si funeste ») ; elle cède à la nourrice, écoute ses conseils qui sont autant de paralogismes, d'incitations à la faiblesse morale. Après s'être déclarée à Hippolyte, partagée entre l'impétuosité de son désir et la morsure de la culpabilité (« Ne pense pas qu'au moment que je t'aime, / Innocente à mes yeux je m'approuve moi-même »), elle appelle à nouveau de ses vœux la

1. Pour reprendre une formule de Jacques Scherer dans son étude « La liberté du personnage racinien », publiée dans *Le Théâtre tragique*, sous la direction de Jean Jacquot, CNRS, 1962.

mort : c'est le sens du geste audacieux dans lequel elle s'empare de l'épée du fils de Thésée ; c'est la conduite que ne cesse de lui dicter le souci de son honneur (« Mourons. De tant d'horreurs qu'un trépas me délivre », III, III). Mais une langueur complaisante et les conseils fallacieux d'Œnone diffèrent encore cette résolution extrême d'une situation désespérée, et avilissent un peu plus l'héroïne par l'assentiment silencieux qu'elle donne aux calomnies de la nourrice. La jalousie la plonge en un nouvel aveuglement dans les scènes, d'une extrême intensité dramatique et pathétique, où elle renonce à désavouer l'accusation mensongère alors même qu'elle en connaît les conséquences fatales pour Hippolyte (IV, IV-V) ; Œnone, une dernière fois, la conforte dans cette faiblesse.

La culpabilité de Phèdre ne peut que croître indéfiniment, à chaque nouvelle spire qui la fait s'enfoncer plus profond dans ce labyrinthe moral : cette culpabilité éclate en une adresse désespérée à Vénus (« O Toi ! qui vois la honte où je suis descendue, / Implacable Vénus, suis-je assez confondue ? », III, II), s'exprime en une vision hallucinée (« Il me semble déjà que ces murs, que ces voûtes / Vont prendre la parole, et prêts à m'accuser / Attendent mon époux pour le désabuser », III, III), inspire une fois encore le désir de la mort (« Mourons. De tant d'horreur qu'un trépas me délivre. / Est-ce un malheur si grand, que de cesser de vivre ? ») ; elle trouve son point culminant, dans l'ordre du discours, avec le monologue où l'héroïne s'imagine déjà comparaissant devant son père Minos, terrible juge des Enfers (IV, VI), et dans l'ordre des actes avec son suicide, au dénouement de la pièce. Ce suicide est d'une certaine façon une expiation des fautes enfin consentie (« J'ai voulu, devant vous exposant mes remords, / Par un chemin plus lent descendre chez les morts »), mais il en ressort davantage qu'il s'agit du geste que Phèdre eût pu accomplir d'emblée, enfermée dans sa situation désespérée, pour éviter l'enchaînement funeste des événements. Tel est le sens du reproche qu'elle adresse à Œnone à la scène III de l'acte III : « Je mourais ce matin digne d'être pleurée. / J'ai suivi tes conseils, je meurs déshonorée », qui fait écho à la prémonition de sa graduelle et implacable déchéance, dès la scène III de l'acte I : « Je n'en mourrai pas moins, j'en mourrai plus coupable »... La dramaturgie tragique se fonde bien chez Racine, en dépit de l'empreinte éventuelle de la théologie augustinienne, sur le postulat de la liberté d'action des personnages – tout de même que dans les tragédies de Corneille.

Mais, objectera-t-on, l'intrigue présente-t-elle réellement avec Phèdre un personnage jouissant de sa pleine liberté intérieure ? Tout le cours des événements n'est-il pas l'effet d'invisibles divinités qui déterminent secrètement les actions humaines – en particulier Vénus et Neptune ? Nombreuses sont dans la pièce les allusions à cette sourde fatalité mythologique, et Racine lui-même semble défendre cette interprétation dans sa Préface : Phèdre, écrit-il,

> est engagée par sa destinée, et par la colère des Dieux, dans une passion illégitime dont elle a horreur toute la première. Elle fait tous ses efforts pour la surmonter. Elle aime mieux se laisser mourir, que de la déclarer à personne. Et lorsqu'elle est forcée de la découvrir, elle en parle avec une confusion, qui fait bien voir que son crime est plutôt une punition des Dieux qu'un mouvement de sa volonté.

Ces divinités païennes, on l'a vu, pourraient être interprétées comme la traduction poétique convenue, dans l'espace de la tragédie mythologique, du Dieu chrétien qui accorde la grâce ou la refuse. Racine en fait ne les évoque ici que pour montrer que son héroïne est conforme aux préceptes d'Aristote, « ni tout à fait coupable, ni tout à fait innocente », donc dans une perspective bien particulière – interne à la fiction, en quelque sorte. Car pour le dramaturge comme pour son public, rationaliste et chrétien, pareille « excuse » par la fatalité est dénuée de sens : ces faux dieux de l'Antiquité ne sont rien d'autre que des chimères que les païens avaient forgées pour s'abuser sur l'origine réelle de leurs propres actions. On peut dire ainsi que le tragique est dans *Phèdre* un « tragique de la fabulation [1] » : l'héroïne rejette la responsabilité de ses actes et de ses désirs sur des puissances surnaturelles illusoires, qui la déchargent envers elle-même de leur poids – exactement de la même façon qu'elle laisse Œnone dessiner une ligne de conduite dont elle rejette finalement la responsabilité ; la suite de la Préface le montre bien, qui évoque un peu plus les « inclinations serviles » de la Nourrice [2]. Le Destin n'est pas dans ces pièces la puissance aveugle qui règle invisiblement le cours des existences humaines : il n'est qu'un mot, une idée trompeuse, une projection métaphorique qui exonère les personnages trop faibles d'une contenance héroïque qui leur permettrait de lutter contre eux-mêmes ; et la grandeur ou la faiblesse des héros tragiques tient au fait qu'ils acceptent ou qu'ils rejettent cette illusion. C'est une dialectique que Corneille avait remarquablement exprimée près de vingt ans plus tôt, dans sa version d'*Œdipe* – le plus illustre sujet révélant les détours de la fatalité tragique :

L'âme est donc toute esclave, une loi souveraine
Vers le bien ou le mal incessamment l'entraîne,
Et nous ne recevons, ni crainte, ni désir,
De cette liberté qui n'a rien à choisir,
Attachés sans relâche à cet ordre sublime,

---

1. Jacques Scherer, étude citée.

2. Phèdre s'en remet à elle aveuglément (« Je t'avouerai de tout, je n'espère qu'en toi », v. 811, « Fais ce que tu voudras, je m'abandonne à toi », v. 911), avant d'être désabusée de ses sophismes. La culpabilité atténuée du Prince (ou de la Princesse) qui s'en remet, par faiblesse ou pusillanimité, aux avis d'un conseiller trop vil pour lui dicter sa noble conduite, était un thème classique de la réflexion politique ; Corneille l'avait déjà décliné magistralement dans le registre tragique avec *La Mort de Pompée* (1644).

Vertueux sans mérite, et vicieux sans crime ?
Qu'on massacre les Rois, qu'on brise les autels,
C'est la faute des Dieux, et non pas des Mortels,
De toute la vertu sur la terre épandue,
Tout le prix à ces Dieux, toute la gloire est due,
Ils agissent en nous quand nous pensons agir,
Alors qu'on délibère, on ne fait qu'obéir,
Et notre volonté n'aime, hait, cherche, évite,
Que suivant que d'en-haut leur bras la précipite.
D'un tel aveuglement daignez me dispenser,
Le Ciel juste à punir, juste à récompenser,
Pour rendre aux actions leur peine, ou leur salaire,
Doit nous offrir son aide, et puis nous laisser faire [1].

L'idéal stoïcien de la maîtrise de soi, de gouvernement souverain de son empire intérieur (Racine développe la métaphore aux v. 759-762), a très profondément pénétré les mentalités au XVIIe siècle ; il a trouvé une expression radieuse chez Corneille à travers l'idéal de magnanimité qu'illustrent ses héros les plus mémorables ; il reste au cœur du théâtre racinien, où il se retrouve parfois, comme dans *Phèdre*, en négatif. Phèdre ne perd jamais de vue une certaine idée de son devoir – de ce qu'elle doit aux autres, de ce qu'elle se doit (« Je voulais en mourant prendre soin de ma gloire », I, III) ; et son suicide, doublé de l'aveu de son mensonge à Thésée, peut apparaître comme un ultime sursaut héroïque, un effort désespéré pour se rendre à la fin maîtresse d'elle-même. L'intrigue tragique se développe de ce que Phèdre évite jusqu'à la toute fin ce face-à-face avec sa propre culpabilité en s'en déchargeant sur Œnone, sur des divinités imaginaires, sur les machinations ourdies par un improbable Destin : elle se soumet à l'empire d'une nécessité qui n'est qu'illusoire. Les mythes servent d'excuse à des personnages coupables de faiblesse, incapables de regarder en face leur esclavage *volontaire* : dans *Phèdre*, cet esclavage est celui de la passion

1. Corneille, *Œdipe* (1659), III, v, v. 1153-1170. Plaisante coïncidence, c'est le personnage de Thésée qui prononce cette réplique.

amoureuse [1]. Si fatalité il y a, elle est chez Racine tout intériorisée – non plus transcendante, mais immanente –, et c'est dans les replis obscurs de l'âme humaine qu'elle se cache désormais.

Phèdre ou le poème des passions

L'esclavage de la passion amoureuse : tout spectateur, tout lecteur tant soit peu sensible à la poésie racinienne aura bien éprouvé qu'ici les conventionnelles métaphores galantes des fers, des chaînes, du joug, de la captivité ou de la servitude d'amour retrouvent toute leur puissance de sens, leur pleine résonance. La passion amoureuse est une fureur aliénante, elle prive un être du libre exercice de sa volonté par les tourments qu'elle fait naître : « Dans le trouble où je suis, je ne puis rien pour moi », avoue Phèdre (III, III), quand le chaste Hippolyte lui-même avait déjà reconnu qu'aimer rend étranger à soi : « Maintenant je me cherche, et ne me trouve plus » (II, II). On l'a dit, le sentiment amoureux donne lieu dans cette pièce à de subtiles inflexions, d'une héroïne féminine à l'autre ; c'est cependant avec le personnage de Phèdre que Racine présente les plus riches variations sur les images de la passion. Elle est d'abord associée de façon insistante au terme de *fureur* : lequel exprime, en son sens originel, la puissance et la violence de la *possession* amoureuse. Non moins fréquemment, Racine l'évoque avec les figures traditionnelles de l'ardeur, de la flamme, du feu secret ; mais il renouvelle cette métaphore en la croisant avec la noirceur du désir incestueux, pour produire un superbe oxymore : cette « flamme si

1. Racine exprime en négatif l'idée que la passion amoureuse est esclavage volontaire, un asservissement auquel on consent par faiblesse : il place en effet l'opinion inverse, savoir l'idée que l'amour est une fatalité, dans une réplique d'Œnone, à la toute fin de l'acte IV – au moment même où Phèdre comprend que les raisonnements de sa Nourrice ne sont que sophismes.

noire » (v. 310), expression peut-être de la double ascendance de Phèdre, à la fois solaire (Pasiphaé) et infernale (Minos), mais qui semble surtout assimiler le trouble qui enchaîne l'héroïne aux atteintes de la mélancolie. Cette redoutable humeur noire de la médecine classique, substance fuligineuse produite par un embrasement intérieur, intimement mêlée au sang, menaçait de venir obscurcir l'esprit de ses vapeurs ; « Styx intime [1] », elle était censée produire langueur et trouble du sommeil, abattement et délire, désir de mort, parfois aussi quelque sursaut brutal – jusqu'à l'anéantissement de toute force vive en celui qu'elle tourmente. On reconnaît dans cette alternance d'états valétudinaires et exaltés le tableau clinique de l'héroïne racinienne, qui compare volontiers son amour à un mal (v. 146, 186, 269, 283). L'humeur obscure se devine aussi dans l'image du poison circulant dans les veines (v. 190, 305, 676, 680, 991) – au point que le dénouement sur le suicide de Phèdre par empoisonnement, qui ne se trouve pas dans les sources antiques, apparaît comme la métaphore de la victoire finale de cette mélancolie destructrice qui s'est emparée du personnage [2].

Une fatalité poétique ?

Car ce sont bien en fait les figures de la passion qui, dans la texture poétique de l'ouvrage, dessinent le sentiment de la fatalité. Phèdre incarne à elle seule cette emprise de la passion – à tel point que Racine, pour exprimer cette emprise, semble tout au long de ce grand « poème des passions » qu'est son poème dramatique moduler l'*f* initial du nom de

---

1. Selon une belle formule de Jean Starobinski dans son étude « L'encre de la mélancolie », *Nouvelle Revue française*, n° 123 (1963).
2. Sur ces questions, on consultera les articles éclairants de Jean-Michel Pelous, « Métaphores et figures de l'amour dans la *Phèdre* de Racine », *Travaux de linguistique et de littérature*, XIX, 2 (1981), et Patrick Dandrey, « Le sang de Don Gormas et les yeux d'Hippolyte », *XVII*[e] *Siècle*, n° 182 (1994).

son héroïne, qui s'entend bien sûr comme l'écho de son ascendance mythologique (*Ph*èdre est *f*ille de Pasi*ph*aé). On retrouve d'abord cette consonne initiale dans la *f*lamme et les *f*eux [1] qui la dévorent (volontiers souligné par le redoublement : « le *f*eu *f*atal », v. 680 ; « la *f*lamme *f*uneste », v. 1625), les *f*ureurs [2] qui la possèdent, fureurs liées parfois à la *f*olie, plus souvent encore à la *f*aiblesse [3] ; les *f*ers (v. 451, 532) qui expriment l'asservissement amoureux, mais qui annoncent aussi bien l'épée ravie à Hippolyte, *f*er (v. 752, 1009-1010, 1084) qui servira à fomenter l'accusation calomniatrice ; *f*er qui même aurait dû finir la coupable existence de Phèdre (« Le fer aurait déjà tranché ma destinée », v. 1633). Cet *f* initial résonne dans quelques autres éléments essentiels de l'intrigue tragique : le désir permanent, qui circule d'un personnage à l'autre, de *f*uir [4] la situation présente, la *f*oi [5] qui lie différents personnages entre eux, les conseils *f*latteurs d'Œnone (v. 739, 1325) ; on l'entend obstinément lorsque Phèdre précise l'image qu'elle a formée de celui qu'elle aime (« *f*idèle, mais *f*ier, et même un peu *f*arouche »), et, lorsqu'elle s'identifie à sa sœur Ariane guidant Thésée dans le Labyrinthe, dans le rêve du « *f*il *f*atal » qui les lierait l'un à l'autre... Il se glisse aussi dans ces *f*orêts qui abritent les amours d'Hippolyte et d'Aricie, enflammant l'imagination jalouse de Phèdre (« Dans le *f*ond des *f*orêts allaient-ils se cacher ? »), qui se nourrit alors de *f*iel (v. 1245). On le retrouve enfin avec le Monstre qui met fin aux jours d'Hippolyte, jailli « du *f*ond des *f*lots » (v. 1507). Mais l'*f* initial est surtout présent comme un *leitmotiv* dans les deux adjectifs évocateurs du destin tragique qui reviennent sans cesse tout au long de la pièce : *f*uneste,

1. *Flamme* : 12 occurrences dans toute la pièce ; *feu* : 17 occurrences.
2. *Fureur* : 17 occurrences ; *furieux*, 4 occurrences.
3. *Fol, folie* : 4 occurrences ; *faible, faiblesse*, 7 occurrences.
4. *Fuir, fuite* : 25 occurrences.
5. *Foi* : 9 occurrences.

*f*atal [1]... La fatalité dans *Phèdre* prend ainsi une dimension toute poétique ; elle s'identifie presque à ce vaste réseau allitératif qui, d'un bout à l'autre de la pièce, module à travers les images et les motifs les plus significatifs de l'intrigue le nom de l'héroïne identifiée à sa passion furieuse : « Hé bien connais donc *Ph*èdre, et toute sa *f*ureur ! »

L'étude attentive des ressorts dramaturgiques subtilement agencés par Racine, certes nécessaire, risquait justement de faire perdre de vue cet aspect essentiel de l'effet d'ensemble de la pièce : savoir que son intensité repose essentiellement sur le personnage de Phèdre. (La substitution en 1687 du seul nom de l'héroïne au traditionnel titre binaire, *Phèdre et Hippolyte*, initialement donné à la pièce, est la reconnaissance de cet état de fait par Racine lui-même.) Tout comme Molière composait des comédies de caractère, concentrées sur une figure centrale, Racine focalise ici l'attention sur la peinture du trouble de son héroïne. Une anecdote (certes tardive et incertaine [2]) apparaît de ce point de vue significative : Racine, a-t-on dit, aurait composé cette pièce afin de mettre en valeur la richesse du talent de la Champmeslé, dont il était alors l'amant, et qui lui aurait demandé « un rôle où toutes les passions qui peuvent agiter le cœur féminin fussent exprimées ». Si l'anecdote est vraie, fit-on jamais plus belle offrande à une maîtresse comédienne ? La perfection de la pièce repose en effet sur la puissance et la richesse d'émotion du rôle de Phèdre, dont la tension est assurée par d'incessants effets de contraste, et l'intensité étayée par la perfection de l'expression poétique : le rôle est en effet rehaussé d'un véritable *compendium* des traits les plus beaux que la lyrique antique, de Sapphô à Virgile, a su forger pour exprimer la flamme amoureuse. C'est la clef

1. *Funeste* : 16 occurrences ; *fatal* : 12 occurrences.
2. Rapportée par les frères Parfaict dans leur *Histoire du théâtre français*, t. XIV, 1748.

principale de la fascination particulière qu'appelle cette tragédie. Dans cette attention portée aux passions du discours, Racine réalise l'idéal d'expressivité tragique formulé par Boileau dans son *Art poétique*, en 1674 :

> Que dans tous vos discours la passion émue
> Aille chercher le cœur, l'échauffe, et le remue.
> Si d'un beau mouvement l'agréable fureur
> Souvent ne nous remplit d'une douce *terreur*,
> Ou n'excite en notre âme une *pitié* charmante,
> En vain vous étalez une scène savante... (III, v. 15-20)

La réalisation des effets propres à la tragédie – excitation de la crainte et de la compassion – est donc liée à l'habileté d'émouvoir par la peinture de la « passion », de la « fureur ». Elle relève de cette catégorie esthétique décrite par un remarquable petit traité de l'Antiquité grecque tardive, que Boileau venait précisément de traduire : le *Traité du Sublime, ou du merveilleux dans le discours*, de Longin, publié en même temps que l'*Art poétique*. Le Sublime, écrit Boileau dans sa Préface, peut se définir comme « cet extraordinaire et ce merveilleux qui frappe dans le discours, et qui fait qu'un ouvrage enlève, ravit, transporte ». Avec *Phèdre*, Racine se hausse au sommet de ce sublime dans l'ordre de la poésie tragique [1].

TRAGÉDIE PASSIONNÉE, *CATHARSIS* ET MÉDITATION MORALE

La passion, qui joue dans l'intrigue un rôle destructeur, qui apparaît même d'un certain point de vue comme l'agent de la fatalité tragique, est donc d'un autre côté la clef de l'agrément et du plaisir esthétique des spectateurs et des lecteurs. Ce paradoxe amène à s'interroger sur le sens à donner au dernier paragraphe de la Préface de Racine : il y présente

1. On lira à ce sujet les réflexions de Roger Zuber, « La tragédie sublime : Boileau adopte Racine », dans *Les Émerveillements de la raison*, Klincksieck, 1997. Voir aussi le Dossier, p. 202-208.

Phèdre comme une véritable tragédie morale, bien propre à inspirer aux spectateurs l'amour de la vertu et le dégoût des passions.

Les moindres fautes y sont sévèrement punies. La seule pensée du crime y est regardée avec autant d'horreur que le crime même. Les faiblesses de l'amour y passent pour de vraies faiblesses. Les passions n'y sont présentées aux yeux que pour montrer tout le désordre dont elles sont cause : et le vice y est peint partout avec des couleurs qui en font connaître et haïr la difformité.

On reconnaît un gauchissement de la théorie aristotélicienne de la *catharsis* propre à la tragédie (*Poétique*, 1449 b) : par l'excitation des passions tristes, crainte et pitié, celle-ci devait opérer chez le spectateur la purgation de telles passions ; le processus est ici transposé en épuration *morale* – comme il était fréquent à la Renaissance et au XVIIe siècle, où la formule ambiguë d'Aristote a suscité de très nombreuses interprétations. En présentant (après coup) sa pièce comme une sorte d'école de vertu, une peinture des passions destinée à en inspirer l'horreur, Racine joue-t-il les hypocrites ? L'espoir formulé *in fine* de « réconcilier la tragédie avec quantité de personnes célèbres par leur piété et par leur doctrine qui l'ont condamnée dans ces derniers temps » – comprendre ses anciens maîtres jansénistes, avec qui il se réconciliera bientôt lui-même [1], après avoir abandonné l'art dramatique il est vrai – n'est-il qu'une posture diplomatique ? Car Racine, s'il dénonce les désordres des passions, a fait reposer toute sa pièce sur le plaisir

1. Une anecdote (fort suspecte) rapportée par son fils, dans ses *Mémoires* sur la vie et les ouvrages de son père, prétend même que Boileau réconcilia Racine avec Arnauld, son ancien maître janséniste, en apportant à celui-ci un exemplaire de *Phèdre* : « *Il n'y a rien à reprendre au caractère de Phèdre, puisqu'il nous donne cette grande leçon, que lorsqu'en punition des fautes précédentes Dieu nous abandonne à nous-mêmes, et à la perversité de notre cœur, il n'est point d'excès où nous ne puissions nous porter, même en les détestant* », aurait jugé Arnauld. Celui-ci aurait par ailleurs déclaré que *Phèdre*, conforme à la bonne morale, « n'avait rien que d'utile ».

que leur représentation procure aux spectateurs – preuve qu'il y a bien des délices en de tels désordres. On pourrait proposer une interprétation moins réductrice de cette position paradoxale. Le personnage de Phèdre, dans le rapport qu'il entretient avec ses propres passions, est peut-être un reflet du spectateur de la tragédie lui-même : lui aussi ne peut que s'abandonner aux émotions vives et sublimes que soulève en lui la représentation tragique, mais en même temps le dramaturge l'invite à prendre ses distances de ces mêmes émotions. Ni tout à fait coupables, ni tout à fait innocents, spectateurs et lecteurs partagent ainsi le clivage intérieur que Racine a voulu peindre en Phèdre, oscillant sans cesse entre force morale et faiblesse (le terme même de *passion* dit assez cette inclination passive), entre lucidité et aveuglement. Le rapport que l'on entretient avec ses propres passions est un rapport de *fascination* où se mêlent séduction et répulsion : le destinataire l'éprouve lui-même à travers la complexe attitude affective appelée par le spectacle tragique – et telle est sans doute la leçon la plus profonde de l'œuvre. De cette incertitude coupable, Racine propose au spectateur ou au lecteur une véritable *expérience* morale : par ses effets mêmes, sa tragédie est une sorte d'image puissamment pathétique qui peut servir de support à une méditation sur l'emprise de la passion.

Au cœur du Labyrinthe

Ce rapport de fascination amène à analyser, pour finir, un réseau métaphorique dont la présence dans *Phèdre* est presque obsédante. Tout au long de la pièce, les figures du Monstre [1] sont étroitement associées à la passion, à la puissance dévorante du Désir, dont elles sont évidemment un reflet. Dès l'exposition, Hippolyte donne de la vie de son père une évocation contrastée ; Thésée a consacré une

1. 18 occurrences du terme dans la pièce.

part de son énergie à occire les monstres innombrables qui peuplaient les rivages de la Grèce, mais de l'autre il a été le jouet de ses désirs déréglés, et ses aventures galantes sont comme le contrepoint obligé de ses exploits, « indigne moitié d'une si belle histoire »… Hippolyte lui-même, tellement impatient d'en découdre (« aucuns Monstres par moi domptés jusqu'aujourd'hui », déplore-t-il dans cette scène d'exposition, et plus tard, prenant congé de Thésée, il se dira désireux de teindre ses javelots dans le sang de ceux qui lui auraient pu échapper), sera précisément confronté à la monstruosité sous ses deux formes : métaphorique et morale, d'abord, à travers le désir impur de Phèdre ; bien concrète, ensuite, avec ce Dragon que la mer vomit sur le rivage. Vénus aussi, déesse du désir, était née de l'écume, avait jailli de l'onde : le second monstre, de toute évidence, n'est que la métamorphose ou l'incarnation concrète du premier. Ce Dragon qui finalement déchire le jeune chasseur représente sans doute moins, dans la *Phèdre* racinienne, l'instrument d'un châtiment machiné par Thésée et Neptune qu'une dernière figure de la passion destructrice, semant la désolation où elle passe.

Par deux fois déjà, le Monstre avait pris dans la pièce une figure précise : celle du Minotaure, fruit des amours interdites de Pasiphaé avec un taureau, image emblématique de la monstruosité du désir (la forme taurine se discerne aussi dans la description du monstre marin). Hippolyte, énumérant les exploits passés de son père, évoquait « la Crète fumant du sang du Minotaure » ; or ce sang exhalant de noires vapeurs est aussi celui de Phèdre, elle-même fille de Pasiphaé, plusieurs fois assimilée à un monstre dans le cours de la pièce. C'est comme telle qu'elle se présente à Hippolyte, après lui avoir avoué sa passion : « Délivre l'Univers d'un Monstre qui t'irrite. / La veuve de Thésée ose aimer Hippolyte ! / Crois-moi, ce Monstre affreux ne doit point t'échapper » (II, v) ; et Aricie la désignera encore ainsi à mots couverts, s'entretenant avec Thésée : « Vos invincibles mains / Ont de Monstres sans nombre affranchi les humains. / Mais tout n'est pas détruit ; et vous en laissez vivre / Un... » (V, III ; écho involontairement ironique des paroles d'Hippolyte à Thésée : « Souffrez, si quelque Monstre a pu vous échapper, / Que j'apporte à vos pieds sa dépouille honorable », III, V). Ce n'est certes pas un hasard si, dans la déclaration hallucinée de Phèdre à Hippolyte, tirade sublime où l'héroïne graduellement identifie le jeune homme à son père, cependant qu'elle-même s'identifie à sa sœur Ariane, Racine choisit précisément de terminer sur l'image du Labyrinthe de Crète, au centre duquel le Minotaure guette ses proies.

Et Phèdre au Labyrinthe avec vous descendue,
Se serait avec vous retrouvée, ou perdue.

Dans cette rime, où l'on entend encore résonner l'aveu de Phèdre à Œnone, évoquant le premier regard échangé avec Hippolyte : « Un trouble s'éleva dans mon âme éperdue », on saisit bien que l'Amour, l'amour passionné et fatal, est le Monstre tapi au cœur du Labyrinthe de l'âme (Malherbe avait déjà utilisé la métaphore, pour exprimer non la passion destructrice, mais la douleur morale, dans sa célèbre *Consolation à Du Périer* : « Est-ce quelque Dédale, où ta raison perdue / Ne se retrouve pas ? ») ; un Monstre qui fascine et qui effraie tout à la fois, et vers lequel on s'achemine sans trop savoir si c'est pour l'occire, ou pour lui succomber – pas plus que le spectateur du spectacle tragique n'est vraiment certain de désirer purger ses passions, ou s'y abandonner.

***

Ces réseaux d'images sont d'une importance essentielle : au principe de l'intensité poétique de la pièce, ils en assurent le pouvoir d'émotion ; ils sont aussi ce qui frappera assez le spectateur pour marquer sa mémoire. Car la réception idéale d'une œuvre d'art véritable – celle même d'un spectacle attaché, comme la tragédie classique, à l'unité de temps – ne se limite certes pas au seul moment de la représentation ou de la lecture. L'art du poète tient précisément dans son aptitude à produire des sentiments mémorables, exprimés de façon sublime, capables dès lors de s'imprimer durablement dans l'esprit. Dans son *Art poétique*, Boileau a justement insisté sur cette qualité essentielle au dramaturge :

Qu'en nobles sentiments il soit partout fécond ;
Qu'il soit aisé, solide, agréable, profond ;
Que de traits surprenants sans cesse il nous réveille ;
Qu'il coure dans ses vers de merveille en merveille ;
Et que tout ce qu'il dit, facile à retenir,
De son ouvrage en nous laisse un long souvenir.
(III, v. 153-158)

Les langueurs et les fureurs qui rythment les tirades de Phèdre ; la « flamme si noire » et les multiples figures du Monstre, pour dire l'impureté du désir ; le Labyrinthe de l'âme au fond duquel est embusquée la passion destructrice… Quand l'intrigue est jouée, la scène dépeuplée, le livre refermé, restent ces quelques images, ces impressions, ces termes évocateurs, pour que la pièce marque la mémoire du spectateur ou du lecteur d'une ineffaçable empreinte.

Boris DONNÉ.

In memoriam Pierre Sabbah

Note sur le texte et la versification

La présente édition suit le dernier texte revu par Racine, tel qu'il figure dans l'édition de ses *Œuvres* publiée à Paris, en 1697, par Pierre Trabouillet. Un usage qui tend à s'imposer inviterait plutôt désormais à se fonder sur le texte de la première édition de la pièce – plus proche de la création. Dans le cas de *Phèdre*, cependant, les variantes textuelles sont si infimes, et si rares, que ce choix est de peu de conséquence ; et l'on a préféré pouvoir conserver le titre usuel de *Phèdre*, propre à la version finale, plutôt que de revenir au titre initial de *Phèdre et Hippolyte*, significativement abandonné par Racine en 1687.

L'orthographe a été modernisée ; on ne s'est pas astreint à respecter l'emploi fréquent des majuscules pour certains noms communs. Par contre, la ponctuation originale a été respectée (hors quelques cas très peu nombreux où l'on a corrigé d'apparentes erreurs d'impression d'après les éditions antérieures) ; fondée davantage sur le rythme que sur nos modernes conventions grammaticales et syntaxiques, elle note l'économie du souffle, l'intensité de la parole, et constitue souvent un précieux indicateur des pauses, des accents oratoires, du mouvement de la déclamation.

À ce propos, il convient de rappeler que l'esthétique de la tragédie classique reposait, pour une part importante, sur un idéal de déclamation lié à l'art vocal des comédiens pour lesquels les dramaturges écrivaient – art qui, tout comme l'agencement de l'intrigue tragique, était gouverné par des règles strictes. Un contemporain de Racine, Bénigne de Bacilly, dans ses *Remarques curieuses sur l'art de bien chanter* (1668), oppose nettement « la prononciation ordinaire qui se pratique dans le langage familier, même des plus polis, prononciation simple, qui est pour faire entendre nettement les paroles en sorte que l'auditeur les puisse comprendre distinctement et sans peine » à cette autre prononciation, « plus forte et plus énergique, qui consiste à donner le poids aux paroles que l'on récite, et qui a un grand rapport avec celle qui se fait sur le théâtre », que l'on nomme d'ordinaire déclamation. Et d'ajouter : « Cette dernière prononciation se peut confondre avec l'expression. » La déclamation de la tragédie s'écartait délibérément de la parole ordinaire, et visait à une certaine solennité en même temps qu'à l'*expressivité*.

Cet art de la parole se fondait sur un système de prononciation particulier, caractérisé par la réalisation du plus grand nombre de phonèmes latents : prononciation de toutes les consonnes finales des mots (même les marques de pluriel) aux pauses prescrites par la métrique, ou aux respirations oratoires marquées par le comédien ; réalisation des *e* caducs (sauf en position élidée), *en particulier en fin de vers* – ce qui créait, par l'alternance régulière des rimes masculines et féminines, un subtil balancement entre des distiques de vers de quantités légèrement inégales : 12 syllabes / 12 syllabes plus une résonance surnuméraire [1]... Molière, en raillant ces conventions dans *L'Impromptu de Versailles*, en a bien décrit les traits principaux : « dire les choses avec emphase », veiller à « cette exactitude de prononciation qui appuie sur toutes les syllabes, et ne laisse échapper aucune lettre de la plus sévère orthographe ». Il faut aussi se figurer que l'intensité de la diction marquait plus fortement qu'aujourd'hui les attaques des sonorités consonantiques, que le *r* était roulé...

Racine accordait la plus grande attention à la réalisation vocale de ses textes dramatiques ; aux dires de ses contemporains, il les composait avec un sens de la déclamation hors de pair, et s'attachait souvent à enseigner précisément aux comédiens la bonne façon de les interpréter. Louis Racine l'a noté dans ses *Mémoires* : « Tout le monde sait le talent que mon père avait pour la déclamation, dont il donna le vrai goût aux comédiens capables de le prendre. » La Champmeslé, qui fut sa maîtresse, fut sur ce plan aussi l'objet de soins attentifs de sa part : il annotait ses rôles musicalement (prescrivant sur tel vers de *Mithridate*, dit-on, une chute d'une octave complète), lui enseignait comment renforcer la voix par une gestuelle éloquente. « Il lui faisait d'abord comprendre les vers qu'elle avait à dire, lui montrait les gestes, et lui dictait les tons », écrit encore Louis Racine. Ainsi l'expressivité se fondait-elle aussi bien sur des artifices techniques que sur la pleine compréhension des émotions et des affects appelés par le texte. Le 9 mars 1672, Madame de Sévigné écrivait à sa fille, loin de Paris, à qui elle adressait le

---

1. Ronsard, dans son *Abrégé de l'art poétique français*, définit l'alexandrin comme un vers de 12 *ou de 13* syllabes, suivant qu'il est masculin ou féminin. La même définition se retrouve dans d'autres arts poétiques, jusqu'au XVIIe siècle. En fait, le *e* sonore des rimes féminines ne comptait sans doute pas comme une syllabe pleine, faute de porter l'accent tonique, mais il sonnait suffisamment pour imprimer au rythme du discours versifié un balancement inégal perceptible.

texte de *Bajazet* : « Si je pouvais vous envoyer la Champmeslé, vous trouveriez cette comédie belle ; mais sans elle, elle perd la moitié de ses attraits. » On a rapporté plus haut l'anecdote selon laquelle le rôle passionné de Phèdre aurait été composé afin de mettre en valeur toute l'étendue expressive de sa déclamation ; on sait, enfin, que Lully envoyait ses chanteurs écouter la déclamation des comédiens de l'Hôtel de Bourgogne, pour leur enseigner à chanter les récitatifs de ses opéras... Autant de confirmations de l'importance essentielle de la dimension vocale, musicale, du poème tragique.

Il est bien difficile, aujourd'hui, de concevoir quel était concrètement cet art déclamatoire [1] ; mais au moins peut-on s'attacher précisément au système rythmique sur lequel il se fonde, savoir la métrique classique. On sait que le vers de base de la tragédie classique est l'alexandrin régulier : soit un vers de 12 syllabes [2] marqué en son milieu par une légère pause, la *césure*, délimitant deux *hémistiches* isométriques (6 syllabes // 6 syllabes), un accent tonique soulignant la sixième syllabe et la douzième (qui porte la rime). Dans chaque hémistiche, un accent secondaire, déterminé par l'organisation syntaxique [3], ou parfois

---

1. Il faut renvoyer sur ce sujet aux travaux d'Eugène Green : aux quelques articles qu'il a publiés sur la question (en particulier « Le " lieu " de la déclamation en France au XVIIe siècle », dans le n° 12 (1990) de la revue *Littératures classiques*, dirigé par Patrick Dandrey, consacré à *La voix au XVIIe siècle* ; une partie des présentes remarques se fondent sur ce texte), et surtout aux spectacles dans lesquels il s'est attaché à faire revivre cet art de l'éloquence expressive.
2. Rappelons deux règles élémentaires, et essentielles, pour scander correctement l'alexandrin classique. En premier lieu, l'élision de l'*e* caduc devant une autre voyelle, sa prononciation pleine au contraire devant une consonne ; par exemple, l'*e* final de « Phèdre » ne sonne pas au v. 661 : « Et Phèdre au Labyrinthe... » ; il sonne par contre au v. 714, « Est-ce Phèdre qui fuit... », devant consonne. Il faut prendre garde à ne pas omettre les liaisons, déterminées souvent par les marques de pluriel : au premier hémistiche du v. 254, « Vous mourûtes aux bords... », le son consonantique de la désinence verbale empêche toute élision. En second lieu, la possibilité, pour certains mots, de faire sonner une diphtongue en deux syllabes distinctes, ou *diérèse*. Les mots « Ariane, ma sœur » forment par exemple le premier hémistiche du v. 253 – soit 6 syllabes : il faut en effet prononcer distinctement les deux voyelles centrales du nom d'Ariane (Ari/ane).
3. L'accent se pose d'ordinaire sur la dernière syllabe d'un mot, ou d'un groupe de mots formant une unité de sens ; sauf dans le cas où cette syllabe comprend un *e* caduc, auquel cas l'accent porte sur la précédente. Par exemple, au v. 634, « Oui, *Prin*/ce, je lan*guis*, // je *brû*/le pour Thé*sée* », les quatre accents, ici soulignés, profilent un alexandrin coupé à 2/4 // 2/4.

par un effet oratoire [1], détermine une *coupe* délimitant deux *mesures* de quantités variables (1/5, 2/4, 3/3, 4/2 ou 5/1). L'alexandrin puise sa plasticité expressive dans cette combinaison entre un principe de symétrie stricte et immuable (césure à l'hémistiche) et un principe de partition inégale et variable (coupes mobiles). La scansion peut ainsi souligner un déséquilibre pour mettre en valeur un mot, une formule (ainsi au v. 707 : « Frappe. Ou si tu le crois indigne de tes coups »..., où l'injonction initiale est renforcée par un accent oratoire qui coupe le premier hémistiche à 1/5) ; à l'inverse elle peut donner l'image d'un parfait équilibre par la coupe régulière 3/3 // 3/3, qui dessine ce que l'on appelle un *tétramètre*. Ce vers exprime quelquefois la plénitude et l'harmonie ; mais dans l'insistance sur la scansion que marque le retour régulier des accents, il peut tout aussi bien prendre une valeur presque pesante, incantatoire, comme c'est plusieurs fois le cas dans les tirades de Phèdre :

Tout m'afflige et me nuit, et conspire à me nuire (v. 161)
Je le vis, je rougis, je pâlis à sa vue (v. 273)
J'ai langui, j'ai séché, dans les feux, dans les larmes (v. 690).

Dans cette perspective, il faut aussi s'attacher à la coïncidence ou la discordance des structures métriques et des structures syntaxiques : effets d'*enjambements* (lorsqu'une phrase s'étend sur plusieurs vers, cas fréquent dans les longues tirades), de *rejets* (la fin d'une phrase, ou d'une proposition, est rejetée au commencement du vers suivant [2]), de *contre-rejets* (une phrase ou une proposition s'amorce à la fin d'un vers, et se développe au suivant [3]). C'est en effet la structure rythmique du vers qui met en relief, par le jeu des accents, tel mot, telle image ; qui établit des relations obliques entre des termes qui ne sont pas liés par la syntaxe (notamment les termes en positions équivalentes dans les vers : à l'attaque, à la rime, à l'hémistiche) ; qui déter-

1. Voir les cas fréquents d'exclamations brèves à l'attaque d'un vers (« Dieux ! », « Ciel ! », « Quoi ! », et autres interjections).
2. En voici un exemple dans une réplique d'Aricie, v. 423-424 : « J'ai perdu dans la fleur de leur jeune saison / *Six frères...* » Dans une autre réplique, v. 1443-1446, le même personnage rappelle à Thésée les monstres jadis tués par lui, et ajoute : « Mais tout n'est pas détruit ; et vous en laissez vivre / *Un...* » Le rejet du monosyllabe, suspensif et lourd de sous-entendus, produit ici un effet saisissant.
3. Exemple aux v. 629-630 : « Je le vois, je lui parle, et mon cœur... *Je m'égare*, / Seigneur, ma folle ardeur malgré moi se déclare ». Ici, la discordance entre découpe syntaxique et découpe métrique permet à Racine d'exprimer le trouble de Phèdre, à travers l'embarras et les interruptions de son discours.

mine la dynamique d'une tirade [1]. Ces effets de rythmes se combinent, bien évidemment, avec les jeux de sonorités, allitérations et assonances, et avec les figures de style (fréquemment fondées sur des effets de symétrie, d'antithèse ou de répétition que souligne la structure symétrique de l'alexandrin). L'écriture de Racine ménage avec soin tous ces effets expressifs, essentiels au pathétique de la tragédie ; mais il appartenait à la déclamation de les actualiser – tout de même qu'une partition musicale. De ce fait, on ne peut apprécier la plénitude poétique, la puissance oratoire et par conséquent l'intensité pathétique et tragique de *Phèdre* que si l'on apprend à restituer les rythmes du discours, et donc des vers, par une lecture correctement scandée – à haute voix, ou intérieurement.

1. On n'expose ici que très sommairement ces règles, et les effets qu'il est possible d'en tirer : pour plus de détail, on se reportera à un précis de versification française – par exemple aux ouvrages de Michèle Aquien, *La Versification appliquée aux textes*, Nathan, « 128 », 1993, et *Dictionnaire de poétique*, Le Livre de Poche, 1993.

Phèdre

Tragédie

Cette gravure de Sébastien Le Clerc d'après un dessin de Charles Le Brun – Premier Peintre du Roi, Recteur de l'Académie de Peinture – figure en frontispice de la pièce dans toutes les éditions parues du vivant de Racine. Elle est ici reproduite d'après l'exemplaire de l'édition de 1697 de la Bibliothèque de l'Institut. Cliché : Jean-Loup Charmet.

PRÉFACE

Voici encore une tragédie dont le sujet est pris d'Euripide [1]. Quoique j'aie suivi une route un peu différente de celle de cet auteur pour la conduite de l'action [2], je n'ai pas laissé d'enrichir ma pièce de tout ce qui m'a paru le plus éclatant dans la sienne. Quand je ne lui devrais que la seule idée du caractère [3] de Phèdre, je pourrais dire que je lui dois ce que j'ai peut-être mis de plus raisonnable [4] sur le théâtre. Je ne suis point étonné que ce caractère ait eu un succès si heureux du temps d'Euripide, et qu'il ait encore si bien réussi dans notre siècle [5], puisqu'il a toutes les qualités qu'Aristote demande dans le héros de la tragédie, et qui sont propres à exciter la compassion et la terreur. En effet, Phèdre n'est ni tout à fait coupable, ni tout à fait innocente [6]. Elle est engagée par sa destinée, et par la colère des Dieux, dans une passion illégitime dont elle a horreur toute la première. Elle fait tous ses efforts pour la surmonter. Elle aime mieux se laisser mourir, que de la déclarer à personne. Et lorsqu'elle est forcée de la découvrir, elle en parle avec une confusion*, qui fait bien voir que son crime est plutôt une punition des Dieux, qu'un mouvement de sa volonté.

J'ai même pris soin de la rendre un peu moins odieuse* qu'elle n'est dans les tragédies des Anciens, où elle se résout d'elle-même à accuser Hippolyte. J'ai cru que la calomnie avait quelque chose de trop bas et de trop noir pour la mettre dans la bouche d'une Princesse, qui a d'ailleurs* des sentiments si nobles et si vertueux. Cette bassesse m'a paru plus convenable à une nourrice, qui pouvait avoir des inclinations plus serviles, et qui néan-

1. Les notes de la Préface se trouvent p. 70-73 ; les astérisques renvoient au Lexique, p. 215-222.

moins n'entreprend cette fausse accusation que pour sauver la vie et l'honneur de sa maîtresse. Phèdre n'y donne les mains que parce qu'elle est dans une agitation d'esprit qui la met hors d'elle-même, et elle vient un moment après dans le dessein de justifier* l'innocence, et de déclarer la vérité.

Hippolyte est accusé dans Euripide et dans Sénèque d'avoir en effet* violé sa belle-mère. *Vim corpus tulit*[7]. Mais il n'est ici accusé que d'en avoir eu le dessein. J'ai voulu épargner à Thésée une confusion qui l'aurait pu rendre moins agréable aux spectateurs[8].

Pour ce qui est du personnage d'Hippolyte, j'avais remarqué dans les Anciens, qu'on reprochait à Euripide de l'avoir représenté comme un philosophe exempt de toute imperfection. Ce qui faisait que la mort de ce jeune Prince causait beaucoup plus d'indignation que de pitié. J'ai cru lui devoir donner quelque faiblesse qui le rendrait un peu coupable envers son père, sans pourtant lui rien ôter de cette grandeur d'âme avec laquelle il épargne l'honneur de Phèdre, et se laisse opprimer sans l'accuser. J'appelle faiblesse la passion qu'il ressent malgré lui pour Aricie, qui est la fille et la sœur des ennemis mortels de son père.

Cette Aricie n'est point un personnage de mon invention. Virgile dit qu'Hippolyte l'épousa et en eut un fils après qu'Esculape l'eut ressuscité[9]. Et j'ai lu encore dans quelques auteurs qu'Hippolyte avait épousé et emmené en Italie une jeune Athénienne de grande naissance, qui s'appelait Aricie, et qui avait donné son nom à une petite ville d'Italie[10].

Je rapporte ces autorités, parce que je me suis très scrupuleusement attaché à suivre la Fable[11]. J'ai même suivi l'histoire de Thésée telle qu'elle est dans Plutarque[12].

C'est dans cet historien que j'ai trouvé que ce qui avait donné occasion de croire que Thésée fût descendu dans les Enfers pour enlever Proserpine, était un voyage que ce Prince avait fait en Épire vers la source de l'Achéron, chez un Roi dont Pirithoüs voulait enlever la femme, et qui arrêta Thésée prisonnier après avoir fait mourir Pirithoüs[13]. Ainsi j'ai tâché de conserver la vraisemblance de l'histoire, sans rien perdre des ornements de la Fable qui fournit extrêmement à la poésie[14]. Et le bruit de la mort de

Thésée fondé sur ce voyage fabuleux, donne lieu à Phèdre de faire une déclaration d'amour, qui devient une des principales causes de son malheur, et qu'elle n'aurait jamais osé faire tant qu'elle aurait cru que son mari était vivant.

Au reste, je n'ose encore assurer que cette pièce soit en effet* la meilleure de mes tragédies. Je laisse et aux lecteurs et au temps à décider de son véritable prix. Ce que je puis assurer, c'est que je n'en ai point fait où la vertu soit plus mise en jour que dans celle-ci [15]. Les moindres fautes y sont sévèrement punies. La seule pensée du crime y est regardée avec autant d'horreur que le crime même. Les faiblesses de l'amour y passent pour de vraies faiblesses. Les passions n'y sont présentées aux yeux que pour montrer tout le désordre dont elles sont cause : et le vice y est peint partout avec des couleurs qui en font connaître et haïr la difformité. C'est là proprement le but que tout homme qui travaille pour le public doit se proposer. Et c'est ce que les premiers poètes tragiques avaient en vue sur toute chose. Leur théâtre était une école où la vertu n'était pas moins bien enseignée que dans les écoles des philosophes. Aussi Aristote a bien voulu donner des règles du poème dramatique ; et Socrate, le plus sage des philosophes, ne dédaignait pas de mettre la main aux tragédies d'Euripide [16]. Il serait à souhaiter que nos ouvrages fussent aussi solides et aussi pleins d'utiles instructions que ceux de ces poètes. Ce serait peut-être un moyen de réconcilier la tragédie avec quantité de personnes célèbres par leur piété et par leur doctrine, qui l'ont condamnée dans ces derniers temps [17], et qui en jugeraient sans doute plus favorablement, si les auteurs songeaient autant à instruire leurs spectateurs qu'à les divertir, et s'ils suivaient en cela la véritable intention de la tragédie.

NOTES DE LA PRÉFACE

1. En s'inspirant du théâtre d'Euripide, Racine avait déjà donné *La Thébaïde* (1664), sa première pièce, librement adaptée des *Phéniciennes* du dramaturge grec, et surtout *Iphigénie* (1674), sa précédente tragédie. Sur la part exacte de l'*Hippolyte* d'Euripide dans la composition de *Phèdre*, voir le Dossier, p. 151-157.
2. La *conduite de l'action*, c'est la façon d'enchaîner les événements pour composer les différentes phases de l'intrigue, et amener celle-ci de la situation initiale au dénouement.
3. Ce terme de *caractère* doit être ici entendu en un sens technique : il s'agit de ce que la *Poétique* d'Aristote nomme l'*ethos*, c'est-à-dire le principe de cohérence psychologique et moral qui permet de rendre compte de l'ensemble des actions accomplies par une personne dans le cours de l'intrigue. C'est ce que l'on nommait souvent, au XVIIe siècle, *les mœurs* de ce personnage : dans la traduction que Racine a ébauchée, pour lui-même, de la *Poétique* d'Aristote, il pose clairement l'équivalence entre « mœurs » et « caractère » (voir Racine, *Principes de la tragédie en marge de la Poétique d'Aristote*, texte établi et commenté par Eugène Vinaver, Nizet, 1951, p. 27). Qu'est-ce, dès lors, que l'« idée du caractère de Phèdre » ? C'est la constitution morale ambivalente d'un personnage dont l'âme est trop faible pour résister à la passion amoureuse, trop faible même pour la contenir en elle (voir l'importance, dans l'action, des *aveux* de cet amour) ; et cependant assez élevée pour concevoir de l'horreur pour cette passion et les actes qui en découlent au sein de l'intrigue. Phèdre est donc constituée comme un personnage partagé entre une passion violente, proche de la fureur, et un sentiment de responsabilité et de culpabilité absolu qui lui fait désirer la mort par souci de son honneur : caractère évidemment riche de potentialités dramatiques.
4. En quoi alors ce personnage est-il au plus haut point « raisonnable » ? Racine joue sur les mots : le caractère de Phèdre répond à merveille à la *raison interne* propre à la tragédie, à la logique du genre, en ce qu'il réalise à la perfection l'idéal aristotélicien du héros tragique « ni tout à fait coupable, ni tout à fait innocent » (voir n. 6) ; par ailleurs, ce personnage criminel, mais sans nulle indulgence pour ses propres actes, tourmenté par la culpabilité et le remords, est finalement conforme à la *raison morale* qu'impose, au XVIIe siècle, la religion chrétienne. (La conclusion de cette Préface fait même de la pièce une école de vertu.) Ces explications ne doivent pas faire perdre de vue la vigueur provocante de l'affirmation qui fait d'un personnage ravagé par une passion interdite, souvent égaré dans son délire, un sommet dans l'ordre du raisonnable. Par ce paradoxe, Racine répond peut-être à certaine épigramme qu'un auteur anonyme aiguisa contre les deux *Phèdre* rivales (voir le Dossier, p. 176-181) : « Dans la pièce que l'on estime, / J'y vois des défauts à foison. / Pradon pèche contre la rime, / Racine contre la raison. » (texte reproduit par Raymond Picard dans le *Nouveau Corpus Racinianum*, CNRS, 1976, p. 100.)
5. Racine fait-il ici allusion aux autres pièces composées au XVIIe siècle sur le même sujet, et mettant en scène les mêmes personnages ? *Hip-*

polyte de Guérin de La Pinelière (1635), *Hippolyte, ou le Garçon insensible* de Gabriel Gilbert (1647), *Hippolyte* de Mathieu Bidar (1675), sans oublier *Phèdre et Hippolyte* de Pradon, qui rivalisa avec sa pièce lors de la création (voir le Dossier, pp. 168-171 & 176-181)... Il est probable qu'il s'enorgueillit surtout du succès de sa propre tragédie, et de l'impression qu'a su produire sur le public de son temps le « caractère » de Phèdre tel qu'il l'a façonné en s'inspirant des Anciens.

6. Dans un célèbre passage de la *Poétique*, Aristote définit la tragédie par l'effet qu'elle produit sur le spectateur, ramené à deux passions essentielles : la crainte (ou *terreur*) et la pitié (ou *compassion*). Il s'en déduit que le héros tragique doit être un héros « médiocre », au sens où il est « ni tout à fait coupable, ni tout à fait innocent », selon un raisonnement que Racine avait déjà formulé dans la Préface d'*Andromaque* (1668) : « Aristote, bien éloigné de nous demander des héros parfaits, veut au contraire que les personnages tragiques [...] ne soient ni tout à fait bons, ni tout à fait méchants. Il ne veut pas qu'ils soient extrêmement bons, parce que la punition d'un homme de bien exciterait plutôt l'indignation, que la pitié du spectateur ; ni qu'ils soient méchants avec excès, parce qu'on n'a point pitié d'un scélérat. Il faut donc qu'ils aient une bonté médiocre, c'est-à-dire, une vertu capable de faiblesse, et qu'ils tombent dans le malheur par quelque faute, qui les fasse plaindre, sans les faire détester. » Par cette référence appuyée à Aristote, Racine se démarque de Corneille, qui avait préféré faire reposer ses tragédies sur le ressort de l'*admiration* que peut susciter dans l'esprit des spectateurs un héros parfaitement vertueux.
7. « Mon corps a subi sa violence » (Sénèque, *Phèdre*, v. 892). On peut lire le passage où l'héroïne sénéquienne formule cette accusation dans le Dossier, p. 163.
8. La « confusion », pour Thésée, eût été de se croire un mari trompé – quasiment un cocu de comédie, dont la colère eût pris une coloration presque ridicule (ce que Racine sous-entend quand il explique que son personnage eût ainsi paru « moins agréable aux spectateurs »). Au lieu qu'en abandonnant cette accusation mensongère de viol, Racine fait de la fureur de Thésée un mouvement d'indignation horrifiée contre les désirs monstrueux de son fils.
9. Virgile, *Énéide*, VII, v. 761-769 : « Avec eux marchait le fils d'Hippolyte, Virbius, si beau / dans les combats, et qu'avait envoyé sa mère Aricie, / pour qu'on l'admirât, lui qu'on éleva aux bois d'Égérie, / aux rives où l'autel se teint de sang pour apaiser Diane. / Car l'on dit qu'Hippolyte quand il eut péri par les ruses / d'une marâtre, et que, traîné par ses chevaux affolés, / son sang eut assouvi la vengeance d'un père, s'en revint / sous les astres de l'éther, les brises du ciel, rappelé / ici-bas par les herbes de Péon et l'amour de Diane. »
10. Racine, ici, fait surtout référence aux savantes annotations dont Blaise de Vigenère a enrichi le « tableau » d'Hippolyte dans sa traduction des *Images ou Tableaux de plate-peinture* (1578) du sophiste grec Philostrate. Après sa mort, « Diane [...] le transporta en Italie en la forêt Aricinie où il fut puis après révéré au rang des moindres dieux. [...] On estime que ce lieu fut ainsi appelé d'une belle jeune demoi-

selle de la contrée d'Attique nommée Aricia ; de laquelle Hippolyte s'étant enamouré, l'emmena en Italie où il l'épousa. » Vigenère cite à l'appui de ce récit Ovide, livre XV des *Métamorphoses* (v. 497-546) et livre III des *Fastes* (v. 262-265) : « Dans la vallée d'Aricia, il est certain lac / que ceint une forêt profonde, consacré / par un culte antique. Là se cache Hippolyte, / emporté par ses coursiers en furie ; aussi / nul cheval ne doit-il pénétrer en ces bois. »

11. *La Fable* : la mythologie, c'est-à-dire le *corpus* des récits fabuleux légués par l'Antiquité. L'autorité que lui confère son ancienneté empêche la Fable d'entrer en conflit avec l'exigence de vraisemblance, puisque le public reçoit sans difficulté ces fictions merveilleuses qui font déjà partie de sa culture.
12. Racine, en effet, suit assez précisément la *Vie de Thésée* telle qu'elle a été consignée par Plutarque dans ses *Vies parallèles*. Il connaissait intimement l'ouvrage de Plutarque pour en avoir étudié, dans sa jeunesse, le texte original grec : la Bibliothèque nationale de France conserve l'exemplaire qu'il a soigneusement annoté, que date et identifie, dans les premières pages, l'inscription *Ioannes Racine 1655* (il avait alors seize ans). Les *Vies* de Plutarque avaient été popularisées, en France, par la célèbre traduction de Jacques Amyot (1559), dont Montaigne (avec beaucoup d'autres) admirait tant le style ; elle fut sans cesse réimprimée au cours du XVIIe siècle.
13. Sur ce point, voir le Dossier, p. 190-193.
14. Voir le Dossier, p. 189-190.
15. Ce développement sur la moralité de sa tragédie semble dicté à Racine par un contexte polémique. Dans une perspective large, cette réflexion s'inscrit dans ce que l'on a appelé la « querelle de la moralité du théâtre », qui oppose les dramaturges les plus en vue à certains courants rigoristes de l'Église. Selon leurs critiques, le théâtre, qui se complaît dans la représentation de passions moralement condamnables, et dont le but est également d'exciter les passions du spectateur, est par nature une école de vice et d'impiété. Même les pièces les plus sérieuses, les plus morales en apparence (et pour cette raison même les plus dangereuses !) doivent tomber sous le coup de cette condamnation. La querelle s'était cristallisée d'abord à l'occasion du scandale causé par *Le Tartuffe* de Molière (1664) ; l'ancien protecteur de Molière, le Prince de Conti, libertin converti, avait fait paraître en 1666 un sévère *Traité de la Comédie et des Spectacles*, suivi peu après, en 1667, par le *Traité de la Comédie* de Pierre Nicole (dans ces deux titres, le terme de *comédie* est synonyme de *théâtre*, et la condamnation ne se limite donc pas aux genres comiques). Ce dernier ouvrage reprenait certaines réflexions développées dans de petits pamphlets, les *Lettres sur l'hérésie imaginaire*, publiées entre 1664 et 1666 : Nicole y accusait tout poète de théâtre d'être « un empoisonneur public, non des corps, mais des âmes des fidèles, qui se doit regarder comme coupable d'une infinité d'homicides spirituels ». Et d'ajouter : « Plus il a eu soin de couvrir d'un voile d'honnêteté les passions criminelles qu'il y décrit, plus il les a rendues dangereuses et capables de surprendre et de corrompre les âmes simples et innocentes. » Or Nicole était l'un des anciens maîtres jansénistes de Racine ; celui-ci,

jeune dramaturge alors (il avait composé déjà ses deux premières tragédies), décida de s'engager dans la polémique pour défendre son art. Il composa en 1666 une *Lettre à l'auteur des Hérésies imaginaires*, suivie peu après d'une seconde qu'il ne publia pas. À la création de *Phèdre*, en 1677, cette polémique était déjà loin, mais toujours prête à se raviver : elle le fut par un libelle anonyme, la *Dissertation sur les tragédies de Phèdre et Hippolyte*, publiée début mars 1677 (voir le Dossier, p. 188-189). « Je trouverais M. Racine fort dangereux, s'il avait fait cette odieuse criminelle, aussi aimable et autant à plaindre, qu'il en avait envie, puisqu'il n'y a point de vice qu'il ne pût embellir et insinuer agréablement après ce succès », y lisait-on. Racine, dans l'ultime paragraphe de sa Préface (peut-être composé au dernier moment pour répliquer, dans l'urgence, à ces attaques : c'est l'hypothèse de Georges Forestier, dans sa récente édition du *Théâtre* de Racine, « Bibliothèque de la Pléiade », 1999, p. 1622), répond qu'il n'a nullement cherché à « embellir » le vice, ni à rendre les passions séduisantes, mais au contraire à en peindre « la difformité » et les effets funestes, pour en détourner ses spectateurs ; pour conclure, de façon provocante, que le théâtre est une école de vertu – du moins si l'on revient à « la véritable intention de la tragédie ». La Préface se referme ainsi comme elle s'était ouverte, sur un hommage à l'exemple donné par les Anciens.

16. Selon une tradition rapportée par Diogène Laërce, dans ses *Vies, doctrines et sentences des philosophes illustres*, II, VI. Semblablement, La Fontaine avait rappelé, dans la Préface de ses *Fables* (1668), que Socrate à la fin de sa vie se serait plu à mettre en vers les apologues d'Ésope…

17. Les jansénistes, et en particulier Pierre Nicole. Voir *supra* la note 15. Signalons que les textes polémiques de Nicole ont été récemment réédités : *Traité de la Comédie*, et autres pièces d'un procès du théâtre, Champion, « Sources classiques », 1998, édition critique de Laurent Thirouin, à qui l'on doit également un essai sur le sujet, *L'Aveuglement salutaire. Le réquisitoire contre le théâtre dans la France classique*, Champion, « Lumière classique », 1997.

ACTEURS

THÉSÉE, Fils d'Égée, Roi d'Athènes.

PHÈDRE, Femme de Thésée, Fille de Minos et de Pasiphaé [1].

HIPPOLYTE, Fils de Thésée, et d'Antiope Reine des Amazones.

ARICIE, Princesse du sang royal d'Athènes.

ŒNONE, Nourrice et Confidente de Phèdre.

THÉRAMÈNE, Gouverneur d'Hippolyte.

ISMÈNE, Confidente d'Aricie.

PANOPE, Femme de la suite de Phèdre.

GARDES.

La scène est à Trézène [2], ville du Péloponnèse.

---

1. Pour les généalogies mythologiques des personnages, on se reportera à l'arbre qui figure en fin de volume, p. 223.
2. Trézène est une petite ville d'Argolide, à l'est du Péloponnèse, en face de l'Attique. C'est là qu'Euripide avait situé l'action de son *Hippolyte*, mais tous ceux qui en avaient repris le sujet, à partir de Sénèque, l'avaient transportée à Athènes. Première manifestation (symbolique) du retour aux sources grecques prôné par Racine dans sa Préface.

ACTE PREMIER

Scène première

HIPPOLYTE, THÉRAMÈNE

HIPPOLYTE

Le dessein en est pris, je pars, cher Théramène,
Et quitte le séjour de l'aimable Trézène.
Dans le doute mortel dont je suis agité,
Je commence à rougir de mon oisiveté.
Depuis plus de six mois éloigné de mon père,
J'ignore le destin d'une tête si chère.
J'ignore jusqu'aux lieux qui le peuvent cacher.

THÉRAMÈNE

Et dans quels lieux, Seigneur, l'allez-vous donc chercher ?
Déjà pour satisfaire à votre juste crainte,
J'ai couru les deux mers que sépare Corinthe [1].

---

1. L'isthme de *Corinthe* sépare la *mer Ionienne* et la *mer Égée*. Théramène, autrement dit, a parcouru toutes les côtes grecques à la recherche de Thésée, et les vers qui suivent donnent le détail de son périple : depuis l'*Achéron*, fleuve de l'Épire qui se jette dans la mer Ionienne, au nord-ouest de la Grèce, il est descendu vers le sud en *Élide*, sur la côte occidentale du Péloponnèse, pour doubler le *Ténare*, c'est-à-dire le promontoire méridional du Péloponnèse, avant de remonter vers le nord sillonner la mer Égée jusque dans ses eaux orientales – la *mer Icarienne*, au large de l'Asie Mineure. Cette géographie concrète s'enrichit de puissantes résonances mythologiques : l'*Achéron* est aussi l'un des quatre grands fleuves des Enfers ; le *Ténare* constituait l'une des entrées du royaume des morts, et sur sa rive était édifié un sanctuaire consacré à Poséidon (*i.e.* Neptune) ; la mer Icarienne est évidemment consacrée au souvenir de l'imprudent fils de Dédale. On sait que Dédale et Icare, après la construction du Labyrinthe de Crète destiné à accueillir le Minotaure, s'enfuirent par la voie des airs en se confectionnant des ailes au moyen de

J'ai demandé Thésée aux peuples de ces bords*
Où l'on voit l'Achéron se perdre chez les Morts.
J'ai visité l'Élide, et laissant le Ténare,
Passé jusqu'à la mer, qui vit tomber Icare.
Sur quel espoir nouveau, dans quels heureux climats
Croyez-vous découvrir la trace de ses pas ?
Qui sait même, qui sait si le Roi votre père
Veut que de son absence on sache le mystère ?
Et si lorsque avec vous nous tremblons pour ses jours,
Tranquille, et nous cachant de nouvelles amours,
Ce héros n'attend point qu'une amante abusée [1]...

HIPPOLYTE

Cher Théramène, arrête, et respecte Thésée.
De ses jeunes erreurs [2] désormais revenu,
Par un indigne obstacle il n'est point retenu ;
Et fixant* de ses vœux* l'inconstance fatale*,
Phèdre depuis longtemps ne craint plus de rivale.
Enfin en le cherchant je suivrai mon devoir,
Et je fuirai ces lieux que je n'ose plus voir.

THÉRAMÈNE

Hé depuis quand, Seigneur, craignez-vous la présence
De ces paisibles lieux, si chers à votre enfance,
Et dont je vous ai vu préférer le séjour
Au tumulte pompeux* d'Athène [3] et de la Cour ?
Quel péril, ou plutôt quel chagrin* vous en chasse ?

---

plumes fixées avec de la cire ; celles d'Icare fondirent quand le jeune homme voulut trop s'approcher du soleil, et il fut précipité dans la mer qui devait dès lors porter son nom.

1. *Abusée* : séduite, trompée, subornée. Le verbe *abuser* peut recevoir dans un tel contexte un sens plus précis : « Jouir d'une femme, en avoir les dernières faveurs » (*Dictionnaire* de Richelet). Les aventures galantes de Thésée vont être évoquées plus en détail aux v. 84-90 ; elles attachent au père d'Hippolyte une réputation d'éternel séducteur. Peut-être quelque nouvelle entreprise amoureuse doit-elle expliquer le mystère de sa disparition ? C'est l'hypothèse qu'avance Théramène.

2. *De ses jeunes erreurs* : des erreurs, ou des errements, de sa jeunesse.

3. Dans l'édition originale de la pièce (1677), ce vers se lit : « Au tumulte pompeux d'Athènes, de la Cour ». Racine introduit en 1687 une conjonction de coordination dans le second hémistiche, une petite licence orthographique (*Athène* pour *Athènes*) permettant *in fine* de préserver la mesure du vers.

HIPPOLYTE

Cet heureux temps n'est plus. Tout a changé de face
Depuis que sur ces bords* les Dieux ont envoyé
La fille de Minos et de Pasiphaé [1].

THÉRAMÈNE

J'entends. De vos douleurs la cause m'est connue,
Phèdre ici vous chagrine*, et blesse votre vue.
Dangereuse marâtre, à peine elle vous vit,
Que votre exil d'abord signala son crédit [2].
Mais sa haine sur vous autrefois attachée,
Ou s'est évanouie, ou s'est bien relâchée.
Et d'ailleurs, quels périls vous peut faire courir
Une femme mourante, et qui cherche à mourir ?
Phèdre atteinte d'un mal qu'elle s'obstine à taire,
Lasse enfin d'elle-même, et du jour qui l'éclaire,
Peut-elle contre vous former quelques desseins ?

HIPPOLYTE

Sa vaine inimitié n'est pas ce que je crains.

---

1. La périphrase désigne Phèdre – en insistant sur la résonance mythologique des deux noms propres qui forment son ascendance. *Minos*, fils de Zeus et d'Europe, roi de Crète, modèle de juste législateur, est devenu après sa mort l'un des trois juges des Enfers (voir le monologue de Phèdre v. 1277-1288). *Pasiphaé*, son épouse, outre les six enfants qu'elle lui donna (en particulier Ariane et Phèdre), enfanta aussi le Minotaure, un monstre à corps humain et tête de taureau. Minos avait prié Poséidon de faire sortir un taureau de la mer, qu'il lui sacrifierait en retour : il manqua à cette promesse, et le dieu fit naître en Pasiphaé un amour contre nature pour le taureau. On sait que le monstre fut enfermé dans le Labyrinthe construit par Dédale ; chaque année, les Athéniens devaient lui livrer en pâture des adolescents, jusqu'à ce que Thésée, fils du roi d'Athènes, Égée, vînt l'occire.
2. Comprendre : votre exil, aussitôt *(d'abord)*, témoigna de façon éclatante *(signala)* du *crédit*, c'est-à-dire de la faveur, dont Phèdre jouissait auprès de Thésée. Phèdre est la *marâtre* d'Hippolyte, autrement dit sa belle-mère : le jeune héros est en effet le fruit de l'union de Thésée avec la reine des Amazones, bien antérieure au mariage de Thésée et de Phèdre. Le terme est dépréciatif, comme l'attestent les contes de fées (voir *Cendrillon* de Perrault, 1697) et le *Dictionnaire* de Furetière : « Belle-mère, femme d'un second lit, qui maltraite les enfants d'un premier pour avantager les siens ».

Hippolyte en partant fuit une autre ennemie [1].
Je fuis, je l'avouerai, cette jeune Aricie,
Reste d'un sang* fatal* conjuré contre nous.

THÉRAMÈNE

Quoi ! vous-même, Seigneur, la persécutez-vous ?
Jamais l'aimable* sœur des cruels Pallantides [2],
Trempa-t-elle aux complots de ses frères perfides ?
Et devez-vous haïr ses innocents appas* ?

HIPPOLYTE

Si je la haïssais, je ne la fuirais pas.

THÉRAMÈNE

Seigneur, m'est-il permis d'expliquer* votre fuite ?
Pourriez-vous n'être plus ce superbe* Hippolyte,
Implacable ennemi des amoureuses lois [3],
Et d'un joug* que Thésée a subi tant de fois ?
Vénus par votre orgueil si longtemps méprisée,
Voudrait-elle à la fin justifier* Thésée [4] ?

---

1. Hippolyte joue sur un double sens du terme, qui peut, au sens propre, désigner Phèdre, sa « dangereuse marâtre », mais qui est ici investi d'un sens figuré, galant, pour désigner Aricie – qui le tourmente en lui inspirant de l'amour : « *Ennemi*, se dit quelquefois en galanterie par antiphrase. Un amant appelle sa maîtresse, sa douce *ennemie* » (*Dictionnaire* de Furetière). L'ambiguïté du terme appelle la méprise de Théramène, qui permet l'aveu d'Hippolyte.
2. Encore un rappel mythologique dans cette scène d'exposition décidément très dense. Les *Pallantides* étaient les fils de Pallas (que Racine nomme *Pallante*, v. 330), frère d'Égée. Celui-ci n'était, selon certaines traditions, que le fils adoptif de Pandion, père de Pallas : les Pallantides, prétendants légitimes au trône d'Athènes, s'insurgèrent dès lors contre Égée qu'ils considéraient comme un usurpateur ; ils furent massacrés par Thésée. Aricie, leur sœur, est donc l'héritière légitime du trône d'Athènes. (On trouve le récit de ces luttes chez Plutarque, *Vie de Thésée*, IV & XV ; elles sont évoquées dans la pièce v. 494-507.) Dans l'intrigue de Racine, Aricie a été épargnée par Thésée, qui l'a tenue cependant dans une semi-captivité, lui défendant de se marier et d'avoir des enfants afin que la lignée de Pallas s'éteigne avec elle, comme Hippolyte lui-même va le rappeler (v. 105-110).
3. *Des amoureuses lois* : des lois de l'amour.
4. *Justifier* a ici le sens précis de « montrer qu'une personne n'est point coupable » (*Dictionnaire* de Richelet) : Vénus, la déesse de l'amour, en forçant l'insensible Hippolyte lui-même à aimer à son tour, excuserait la conduite volage de Thésée.

Et vous mettant au rang du reste des mortels,
Vous a-t-elle forcé d'encenser* ses autels ?
Aimeriez-vous, Seigneur ?

HIPPOLYTE

Ami, qu'oses-tu dire ?
Toi qui connais mon cœur depuis que je respire,
Des sentiments d'un cœur si fier, si dédaigneux,
Peux-tu me demander le désaveu honteux ?
C'est peu qu'avec son lait une mère Amazone [1]
M'ait fait sucer encor cet orgueil qui t'étonne.
Dans un âge plus mûr moi-même parvenu,
Je me suis applaudi, quand je me suis connu.
Attaché près de moi par un zèle sincère,
Tu me contais alors l'histoire de mon père.
Tu sais combien mon âme attentive à ta voix,
S'échauffait aux récits de ses nobles exploits ;
Quand tu me dépeignais ce héros intrépide
Consolant les mortels de l'absence d'Alcide [2],
Les Monstres étouffés, et les brigands punis,
Procruste, Cercyon, et Scirron, et Sinnis [3],

1. Hippolyte est en effet le fils de la reine des Amazones, nommée Antiope (ou parfois également Hippolyte). Ce nom, qui désigne « celui (ou celle) qui délie ses chevaux », s'applique bien à ces farouches chasseresses à qui le fils de Thésée doit son insensibilité (ici dénotée par les adjectifs *fier*, *dédaigneux*, et le terme d'*orgueil*).

2. *Alcide* est l'autre nom que l'on donne à Hercule, petit-fils d'Alcée. On connaît les douze exploits, ou « travaux », qui sont attachés à sa légende : Thésée, en purgeant la Grèce des brigands et des monstres qui l'infectent, suit les traces de ce demi-dieu. Plutarque, dans sa *Vie de Thésée*, VIII-IX, écrit (traduction d'Amyot) : « il y avait longtemps, à mon avis, que la gloire des faits renommés de Hercules lui avait secrètement enflammé le cœur [...] Si pensa que ce serait chose honteuse & insupportable à lui, que Hercules fût allé ainsi par tout le monde, cherchant les méchants pour en nettoyer la mer & la terre, & que lui, au contraire, fuît l'occasion de combattre ceux qui se présentait en son chemin ». Hippolyte énumère allusivement les exploits de son père dans les vers qui suivent ; Racine, sur ce point, s'est inspiré de Plutarque et d'Ovide (*Métamorphoses*, VII, v. 433-444) pour souligner l'arrière-plan mythologique et fabuleux sur lequel se détache toute l'action de sa pièce.

3. Cet extraordinaire alexandrin, tout en noms propres liés entre eux par l'allitération en *s*, possède une puissante charge évocatrice pour qui connaît la mythologie : le géant *Procruste* capturait les voyageurs dont il coupait ou étirait les membres après les avoir allongés sur un lit de fer ;

Et les os dispersés du Géant d'Épidaure [1],
Et la Crète fumant du sang du Minotaure [2].
Mais quand tu récitais* des faits moins glorieux,
Sa foi* partout offerte, et reçue en cent lieux,
Hélène à ses parents dans Sparte dérobée [3],
Salamine témoin des pleurs de Péribée [4],
Tant d'autres, dont les noms lui sont même échappés,
Trop crédules esprits que sa flamme a trompés ;
Ariane aux rochers contant ses injustices [5],

Thésée lui fit subir le même sort (Plutarque : Thésée « défit en la ville d'Hermione Damastes, qui autrement était surnommé Procrustes : & ce, en le faisant égaler à la mesure de ses lits, comme lui avait accoutumé de faire aux étrangers passants »). *Cercyon* et *Scirron* sont deux autres bandits légendaires (« Il tua aussi en la ville d'Éleusine Cercyon Arcadien en luttant contre lui » ; « il défit Scirron à l'entrée du territoire de Mégare, pource qu'il détroussait les passants [...] par une outrageuse mauvaiseté, & un plaisir désordonné, il tendait ses pieds à ceux qui passaient par là le long de la marine, & leur commandait de les lui laver : puis quand ils se cuidaient baisser pour le faire, il les poussait à coups de pied, tant qu'il les faisait trébucher en la mer : & Theseus l'y jeta lui-même du haut en bas des rochers »). *Sinnis* soumettait ses victimes à un supplice ingénieux : il les attachait à deux pins courbés qui les écartelaient en se détendant. « Passant plus outre le détroit du Péloponnèse », écrit Plutarque, Thésée défit un autre brigand « nommé Sinnis, & surnommé *Pithyocamptès*, c'est-à-dire, ployeur de pins, & le défit tout en la même sorte qu'il avait fait mourir plusieurs passants » (*Vie de Thésée*, X-XIII).

1. Périphétès, le *Géant d'Épidaure* (une ville de l'Argolide), brigand boiteux armé d'une massue, se repaissait (dit-on) de la chair des voyageurs qu'il croisait. Plutarque écrit que le premier brigand vaincu par Thésée « fut un voleur nommé Périphétès, dedans le territoire de la ville d'Épidaure. Le voleur portait ordinairement pour son bâton une massue [...] Si mit le premier la main sur lui pour le garder de passer, mais Theseus le combattit, de sorte qu'il le tua : dont il fut si aise, mêmement d'avoir gagné sa massue, que depuis il la porta toujours lui-même »...

2. Voir la note du vers 36, p. 77.

3. Avant d'épouser Ménélas, puis d'être enlevée par Pâris et de devenir ainsi la cause de la guerre de Troie, *Hélène*, fille de Léda et de Zeus, avait d'abord été enlevée par Thésée et son fidèle complice Pirithoüs. L'allusion à cet épisode, conté par Plutarque dans sa *Vie de Thésée*, XXXIX, contribue encore à nimber la pièce de Racine d'une atmosphère mythologique archaïque – antérieure même aux récits homériques.

4. *Péribée*, fille du roi de Mégare, elle aussi enlevée puis abandonnée par Thésée, se consola en épousant Télamon, roi de Salamine.

5. On sait qu'*Ariane*, fille de Minos – et sœur de Phèdre – fut séduite par Thésée quand celui-ci vint en Crète affronter le Minotaure : c'est elle qui lui permit de s'échapper du Labyrinthe, en lui donnant une pelote de fil

Phèdre enlevée enfin sous de meilleurs auspices ;
Tu sais comme à regret écoutant ce discours,
Je te pressais souvent d'en abréger le cours.
Heureux ! si j'avais pu ravir à la Mémoire [1]
Cette indigne moitié d'une si belle histoire.
Et moi-même à mon tour je me verrais lié ?
Et les Dieux jusque-là [2] m'auraient humilié ?
Dans mes lâches soupirs [3] d'autant plus méprisable,
Qu'un long amas d'honneurs rend Thésée excusable,
Qu'aucuns Monstres [4] par moi domptés jusqu'aujourd'hui,
Nem'ont acquis le droit de faillir comme lui.
Quand même ma fierté pourrait s'être adoucie,
Aurais-je pour vainqueur dû choisir Aricie ?
Ne souviendrait-il plus à mes sens égarés,
De l'obstacle éternel qui nous a séparés ?
Mon père la réprouve, et par des lois sévères
Il défend de donner des neveux à ses frères [5] ;
D'une tige coupable il craint un rejeton.
Il veut avec leur sœur ensevelir leur nom,
Et que jusqu'au tombeau soumise à sa tutelle,
Jamais les feux d'Hymen* ne s'allument pour elle.

---

pour marquer son chemin. Thésée s'enfuit avec elle, pour l'abandonner presque aussitôt sur l'île de Naxos, au milieu des rochers et des bêtes sauvages. Les plaintes qu'inspira à Ariane son amour bafoué (*ses injustices* : les injustices dont elle fut la victime) inspirèrent, à leur tour, les poètes latins, en particulier Catulle dans ses *Noces de Thétis et Pélée*, et Ovide dans la dixième des *Héroïdes* (« Ariane à Thésée »). Racine revient par deux fois sur le sort malheureux d'Ariane : dans une invocation de Phèdre (v. 253), et dans l'aveu halluciné que celle-ci fait à Hippolyte (v. 652 *sq.*). Il faut ajouter qu'Ariane abandonnée fut recueillie par le dieu Bacchus, qui en fit son épouse.

1. *La Mémoire* : la mémoire des hommes, le souvenir de la postérité ; la majuscule du texte original peut aussi évoquer Mnémosyne, déesse de la mémoire (et mère des Muses).
2. *Jusque-là* : à ce point.
3. *Lâches soupirs* : soupirs amoureux indignes de l'orgueil (v. 70) et de la fierté (v. 101) d'Hippolyte.
4. La forme plurielle *aucuns* est encore courante au XVIIe siècle. On notera que le v. 99 est bâti sur une forte asyndète : la construction de la phrase sous-entend en effet un adversatif («… d'autant plus méprisable / Qu'un long amas d'honneurs rend Thésée excusable, / [*cependant*] Qu'aucuns monstres par moi domptés jusqu'aujourd'hui / Ne m'ont acquis le droit de faillir comme lui »).
5. Voir la note du vers 53, p. 78.

Dois-je épouser ses droits contre un père irrité ?
Donnerai-je l'exemple à la témérité ?
Et dans un fol amour ma jeunesse embarquée...

THÉRAMÈNE

Ah, Seigneur ! Si votre heure est une fois marquée,
Le Ciel de nos raisons ne sait point s'informer [1].
Thésée ouvre vos yeux en voulant les fermer [2],
Et sa haine irritant* une flamme* rebelle,
Prête à son ennemie une grâce nouvelle.
Enfin d'un chaste amour pourquoi vous effrayer ?
S'il a quelque douceur, n'osez-vous l'essayer* ?
En croirez-vous toujours un farouche scrupule ?
Craint-on de s'égarer sur les traces d'Hercule [3] ?
Quels courages* Vénus n'a-t-elle pas domptés !
Vous-même où seriez-vous, vous qui la combattez,
Si toujours Antiope à ses lois opposée,
D'une pudique ardeur n'eût brûlé pour Thésée ?

---

1. Le sens de ces deux vers est obscur. Théramène médite sur les paradoxes du Destin : s'il se trouve *(si... une fois)* que voici fixé *(marquée)* le moment *(l'heure)* où Hippolyte doit aimer, alors c'est que le Ciel se soucie peu de la volonté des hommes ; désirant interdire que quiconque arrête son regard sur Aricie, Thésée, par cette défense même, aura suscité l'intérêt et l'amour d'Hippolyte. Cependant, une autre signification se fait peut-être jour derrière celle-ci : lorsqu'on dit qu'une certaine *heure* est *marquée*, arrêtée *une fois* pour toutes, c'est en général de l'heure de la mort qu'il s'agit. Par ailleurs, *raison* et *s'informer* possèdent au XVIIe siècle un sens judiciaire, selon lequel le v. 115 peut signifier : le Ciel ne souhaite point approfondir nos procès, nos querelles. Or si dans la pièce le destin tragique d'Hippolyte est scellé, c'est justement parce que Neptune accomplira le vœu de Thésée sans nullement chercher à savoir si le jeune homme est ou non coupable du crime dont il est accusé... La réplique de Théramène laisse ainsi entrevoir au spectateur ou au lecteur attentif le dénouement funeste de l'intrigue, par un effet d'*ironie tragique*.
2. Comprendre ainsi cette antithèse élégante : Thésée a attiré votre regard sur Aricie en vous défendant, précisément, de la regarder. Au vers suivant, la *haine* de Thésée *irrite une flamme rebelle*, autrement dit suscite (ou avive) un amour contraire à sa volonté.
3. Hercule, en effet, qui servait un peu plus haut de modèle héroïque à Thésée et Hippolyte, a lui-même donné l'exemple de la soumission amoureuse : il se mit un an durant au service d'Omphale, la reine de Lydie, qui l'obligea à porter des robes de femme et à effectuer des travaux féminins, comme filer la laine.

Mais que sert d'affecter un superbe* discours ?
Avouez-le, tout change. Et depuis quelques jours
On vous voit moins souvent, orgueilleux, et sauvage,
Tantôt faire voler un char sur le rivage,
Tantôt savant dans l'art par Neptune inventé [1],
Rendre docile au frein un coursier indompté.
Les forêts de nos cris moins souvent retentissent.
Chargés d'un feu secret, vos yeux s'appesantissent.
Il n'en faut point douter, vous aimez, vous brûlez.
Vous périssez d'un mal que vous dissimulez.
La charmante* Aricie a-t-elle su vous plaire ?

HIPPOLYTE

Théramène, je pars, et vais chercher mon père.

THÉRAMÈNE

Ne verrez-vous point Phèdre avant que de partir,
Seigneur ?

HIPPOLYTE

C'est mon dessein, tu peux l'en avertir.
Voyons-la, puisque ainsi mon devoir me l'ordonne.
Mais quel nouveau malheur trouble sa chère Œnone ?

Scène II

HIPPOLYTE, ŒNONE, THÉRAMÈNE

ŒNONE

Hélas, Seigneur ! quel trouble au mien peut être égal ?
La Reine touche presque à son terme fatal*.
En vain à l'observer jour et nuit je m'attache.
Elle meurt dans mes bras d'un mal qu'elle me cache.
Un désordre éternel règne dans son esprit.
Son chagrin inquiet* l'arrache de son lit.
Elle veut voir le jour ; et sa douleur profonde
M'ordonne toutefois d'écarter tout le monde…

---

1. *L'art par Neptune inventé* : l'équitation. Selon certaines traditions mythologiques, Neptune inventa la bride (et fut donc le premier à dompter le cheval) ; il aurait aussi institué les courses de chevaux.

Elle vient.

HIPPOLYTE

Il suffit, je la laisse en ces lieux,
Et ne lui montre point un visage odieux*.

Scène III

PHÈDRE, ŒNONE

PHÈDRE

N'allons point plus avant. Demeurons, chère Œnone.
Je ne me soutiens plus, ma force m'abandonne.
Mes yeux sont éblouis du jour que je revois,
Et mes genoux tremblants se dérobent sous moi [1].
Hélas !

Elle s'assit.

ŒNONE

Dieux tout-puissants ! que nos pleurs vous apaisent.

PHÈDRE

Que ces vains ornements, que ces voiles me pèsent !
Quelle importune main, en formant tous ces nœuds,
A pris soin sur mon front d'assembler mes cheveux ?
Tout m'afflige* et me nuit, et conspire à me nuire.

ŒNONE

Comme on voit tous ses vœux l'un l'autre se détruire !
Vous-même condamnant vos injustes desseins,
Tantôt à vous parer vous excitiez nos mains.
Vous-même rappelant votre force première,
Vous vouliez vous montrer et revoir la lumière ;
Vous la voyez, Madame, et prête à vous cacher,
Vous haïssez le jour que vous veniez chercher ?

---

1. L'entrée en scène de Phèdre dans la pièce de Racine, et le dialogue de l'héroïne avec sa nourrice jusqu'à l'aveu de son amour, sont assez étroitement démarqués du premier épisode de l'*Hippolyte* d'Euripide (v. 170-524).

PHÈDRE

Noble et brillant auteur d'une triste famille,
Toi, dont ma mère osait se vanter d'être fille [1],
Qui peut-être rougis du trouble où tu me vois,
Soleil, je te viens voir pour la dernière fois.

ŒNONE

Quoi ! vous ne perdrez point cette cruelle envie ?
Vous verrai-je toujours, renonçant à la vie,
Faire de votre mort les funestes* apprêts ?

PHÈDRE

Dieux ! que ne suis-je assise à l'ombre des forêts !
Quand pourrai-je au travers d'une noble poussière
Suivre de l'œil un char fuyant dans la carrière [2] ?

ŒNONE

Quoi, Madame !

PHÈDRE

Insensée, où suis-je ? et qu'ai-je dit ?
Où laissé-je égarer mes vœux, et mon esprit ?
Je l'ai perdu. Les Dieux m'en ont ravi l'usage.
Œnone, la rougeur me couvre le visage,
Je te laisse trop voir mes honteuses douleurs,
Et mes yeux malgré moi se remplissent de pleurs.

---

1. Dans la tradition mythologique, Pasiphaé est en effet la fille d'Hélios, le Soleil. On voit comment Racine réduit à la vraisemblance, par une formule habile, cette filiation merveilleuse («... osait se vanter d'être fille »). Plus loin, v. 1273, Phèdre se réclamera encore de la descendance du Soleil, mais dans un monologue visionnaire où elle s'imaginera même comparaître aux Enfers.

2. Phèdre rêve ici de hanter les lieux favoris d'Hippolyte : le jeune chasseur, fils d'une Amazone, est tout naturellement prédisposé à rechercher l'« ombre des forêts », et, plus tard, c'est là que Phèdre enflammée par la jalousie le soupçonnera de donner libre cours à son amour pour Aricie (« Dans le fond des forêts allaient-ils se cacher ? », v. 1236) ; la *carrière* où l'adolescent conduit son char est à mettre en rapport avec les v. 129-132, où Théramène énumère les activités favorites d'Hippolyte. On comprend que Phèdre, en prononçant à haute voix cette rêverie, pense ensuite avoir presque révélé son amour secret (« Insensée [...] qu'ai-je dit ? », v. 179).

ŒNONE

Ah ! s'il vous faut rougir, rougissez d'un silence,
Qui de vos maux encore aigrit la violence.
Rebelle à tous nos soins, sourde à tous nos discours,
Voulez-vous sans pitié laisser finir vos jours ?
Quelle fureur* les borne au milieu de leur course ?
Quel charme* ou quel poison en a tari la source ?
Les ombres par trois fois ont obscurci les cieux,
Depuis que le sommeil n'est entré dans vos yeux ;
Et le jour a trois fois chassé la nuit obscure,
Depuis que votre corps languit sans nourriture.
À quel affreux dessein vous laissez-vous tenter ?
De quel droit sur vous-même osez-vous attenter ?
Vous offensez les Dieux auteurs de votre vie.
Vous trahissez l'époux à qui la foi* vous lie,
Vous trahissez enfin vos enfants malheureux,
Que vous précipitez sous un joug rigoureux[1].
Songez qu'un même jour leur ravira leur mère,
Et rendra l'espérance au fils de l'étrangère,
À ce fier ennemi de vous, de votre sang*,
Ce fils qu'une Amazone a porté dans son flanc,
Cet Hippolyte…

PHÈDRE

Ah Dieux !

ŒNONE

Ce reproche vous touche.

1. La situation complexe de la descendance de Thésée (que l'on imagine peut-être disparu à l'ouverture de la pièce, il faut s'en souvenir) ouvre la voie à une complexe crise de succession pour le trône d'Athènes : on a vu qu'Aricie pouvait y prétendre par une légitimité ancienne, qu'il lui faudrait cependant faire valoir avec de puissants appuis (voir la note du v. 53, p. 78) ; Hippolyte, fils de Thésée, prince adolescent, semble en effet le prétendant le plus évident. Mais Phèdre, épouse légitime de Thésée et mère de deux enfants (Acamas et Démophon, que Racine ne nomme pas), pourrait avancer que cet Hippolyte n'est que le fils d'une Amazone, une étrangère – et de plus un bâtard, le fruit d'une union non consacrée. Les enfants de Phèdre, cependant, sont encore trop jeunes pour défendre eux-mêmes la légitimité de leur filiation : ils ont besoin de l'appui de leur mère. C'est par cet argument (déjà présent chez Euripide) qu'Œnone tente de ramener Phèdre à la vie : si elle se laisse mourir, elle abandonne ses enfants au pouvoir d'Hippolyte.

PHÈDRE

Malheureuse, quel nom est sorti de ta bouche ?

ŒNONE

Hé bien, votre colère éclate avec raison.
J'aime à vous voir frémir à ce funeste* nom.
Vivez donc. Que l'amour, le devoir vous excite*.
Vivez, ne souffrez pas que le fils d'une Scythe[1],
Accablant vos enfants d'un empire* odieux*,
Commande au plus beau sang* de la Grèce, et des Dieux.
Mais ne différez point, chaque moment vous tue.
Réparez promptement votre force abattue,
Tandis que de vos jours prêts* à se consumer,
Le flambeau dure encore, et peut se rallumer.

PHÈDRE

J'en ai trop prolongé la coupable durée.

ŒNONE

Quoi ! de quelques remords êtes-vous déchirée ?
Quel crime a pu produire un trouble si pressant* ?
Vos mains n'ont point trempé dans le sang innocent ?

PHÈDRE

Grâces au Ciel, mes mains ne sont point criminelles.
Plût aux Dieux que mon cœur fût innocent comme elles !

ŒNONE

Et quel affreux projet avez-vous enfanté,
Dont votre cœur encor doive être épouvanté ?

PHÈDRE

Je t'en ai dit assez. Épargne-moi le reste.
Je meurs, pour ne point faire un aveu si funeste*.

ŒNONE

Mourez donc, et gardez un silence inhumain.
Mais pour fermer vos yeux cherchez une autre main.

1. *Une Scythe* : une Amazone.

Quoiqu'il vous reste à peine une faible lumière*,
Mon âme chez les morts descendra la première.
Mille chemins ouverts y conduisent toujours,
Et ma juste douleur choisira les plus courts.
Cruelle, quand ma foi* vous a-t-elle déçue ?
Songez-vous qu'en naissant mes bras vous ont reçue ?
Mon pays, mes enfants, pour vous j'ai tout quitté.
Réserviez-vous ce prix à ma fidélité ?

PHÈDRE

Quel fruit espères-tu de tant de violence ?
Tu frémiras d'horreur si je romps le silence.

ŒNONE

Et que me direz-vous, qui ne cède, grands Dieux !
À l'horreur de vous voir expirer à mes yeux ?

PHÈDRE

Quand tu sauras mon crime, et le sort qui m'accable,
Je n'en mourrai pas moins, j'en mourrai plus coupable.

ŒNONE

Madame, au nom des pleurs que pour vous j'ai versés,
Par vos faibles genoux, que je tiens embrassés,
Délivrez mon esprit de ce funeste* doute.

PHÈDRE

Tu le veux. Lève-toi.

ŒNONE

Parlez. Je vous écoute.

PHÈDRE

Ciel ! que lui vais-je dire ? Et par où commencer ?

ŒNONE

Par de vaines frayeurs cessez de m'offenser [1].

---

1. Œnone interprète les réticences de sa maîtresse (les *vaines frayeurs* qui la retiennent de se confier) comme un manque de confiance à son égard, dont elle est blessée.

PHÈDRE

O haine de Vénus [1] ! O fatale* colère !
Dans quels égarements l'amour jeta ma mère [2] !

ŒNONE

Oublions-les, Madame. Et qu'à tout l'avenir
Un silence éternel cache ce souvenir.

PHÈDRE

Ariane, ma sœur ! de quel amour blessée,
Vous mourûtes aux bords* où vous fûtes laissée [3] ?

ŒNONE

Que faites-vous, Madame ? et quel mortel ennui*,
Contre tout votre sang* vous anime aujourd'hui ?

PHÈDRE

Puisque Vénus le veut, de ce sang* déplorable
Je péris la dernière, et la plus misérable*.

ŒNONE

Aimez-vous ?

PHÈDRE

De l'amour j'ai toutes les fureurs*.

ŒNONE

Pour qui ?

PHÈDRE

Tu vas ouïr le comble des horreurs.
J'aime… à ce nom fatal*, je tremble, je frissonne.
J'aime…

---

1. Allusion à un épisode mythologique : Vénus, épouse de Vulcain, brûlait d'un amour adultère pour Mars ; les amants furent surpris par Apollon – le Soleil – qui prévint Vulcain. Celui-ci forgea un filet magique dans lequel il enferma Mars et Vénus pour les exposer à la risée de tous les dieux de l'Olympe. Pour Phèdre, ainsi, l'amour interdit qui la dévore serait une vengeance de Vénus – déesse de l'amour – contre la descendante du Soleil qui trahit jadis le secret de son adultère. (Sénèque, dans sa *Phèdre*, fait allusion à l'épisode un peu plus précisément que Racine : voir le Dossier, p. 160.)
2. Voir la note du v. 36, p. 77.
3. Voir la note du v. 89, p. 80-81.

ŒNONE

Qui ?

PHÈDRE

Tu connais ce fils de l'Amazone,
Ce prince si longtemps par moi-même opprimé.

ŒNONE

Hippolyte ! Grands Dieux !

PHÈDRE

C'est toi qui l'as nommé.

ŒNONE

Juste Ciel ! tout mon sang dans mes veines se glace.
O désespoir ! O crime ! O déplorable* race !
Voyage infortuné ! Rivage malheureux !
Fallait-il approcher de tes bords* dangereux ?

PHÈDRE

Mon mal vient de plus loin. À peine au fils d'Égée
Sous les lois de l'hymen* je m'étais engagée,
Mon repos, mon bonheur semblait être affermi,
Athènes me montra mon superbe* ennemi*.
Je le vis, je rougis, je pâlis à sa vue.
Un trouble s'éleva dans mon âme éperdue.
Mes yeux ne voyaient plus, je ne pouvais parler,
Je sentis tout mon corps et transir, et brûler [1].
Je reconnus Vénus, et ses feux redoutables,
D'un sang* qu'elle poursuit tourments inévitables.
Par des vœux assidus je crus les détourner,
Je lui bâtis un temple, et pris soin de l'orner.
De victimes moi-même à toute heure entourée,
Je cherchais dans leurs flancs ma raison égarée,

---

1. Racine paraphrase ici l'ode célèbre de la poétesse grecque Sapphô (VIIe-VIe siècles avant notre ère), telle que nous l'a transmise le *Traité du Sublime* attribué à Longin, traduit en français par Boileau en 1674. Voir le Dossier, p. 203-204.

D'un incurable amour remèdes impuissants [1] !
En vain sur les autels ma main brûlait l'encens.
Quand ma bouche implorait le nom de la Déesse,
J'adorais Hippolyte, et le voyant sans cesse,
Même au pied des autels que je faisais fumer,
J'offrais tout à ce Dieu, que je n'osais nommer.
Je l'évitais partout. O comble de misère !
Mes yeux le retrouvaient dans les traits de son père.
Contre moi-même enfin j'osai me révolter.
J'excitai mon courage à le persécuter.
Pour bannir l'ennemi* dont j'étais idolâtre,
J'affectai les chagrins* d'une injuste marâtre,
Je pressai son exil, et mes cris éternels
L'arrachèrent du sein, et des bras paternels.
Je respirais, Œnone ; et depuis son absence,
Mes jours moins agités coulaient dans l'innocence.
Soumise à mon époux, et cachant mes ennuis*,
De son fatal* hymen* je cultivais les fruits.
Vaines précautions ! Cruelle destinée !
Par mon époux lui-même à Trézène amenée
J'ai revu l'ennemi* que j'avais éloigné.
Ma blessure trop vive aussitôt a saigné.
Ce n'est plus une ardeur dans mes veines cachée [2] ;
C'est Vénus tout entière à sa proie attachée [3].

1. Sur les données empruntées à Euripide et à Sénèque, Racine brode ici un souvenir virgilien : au chant IV de l'*Énéide*, v. 62-67, Didon, enflammée d'un amour passionné pour Énée, se consacre semblablement aux devoirs religieux. «… alors, sous le regard des dieux, aux autels luisants de sang, / pieusement elle marche, et va ses dons renouvelant / lorsque revient le jour ; ou bien, dans les flancs ouverts des bêtes, / hagarde, elle scrute les entrailles palpitant encore… / Las ! devins ignorants ! Les saints lieux et les vœux, quel secours / pour une furieuse ? Une flamme dévore sa chair / si faible, cependant qu'en son cœur vit une plaie secrète. »

2. Souvenir, encore, de Virgile, et de l'amour de Didon, ainsi évoqué dans l'ouverture du chant IV de l'*Énéide* : « Mais la Reine, dès longtemps blessée d'un souci qui l'accable, / nourrit une plaie dans ses veines, brûle d'un feu caché. »

3. Souvenir, cette fois, d'un vers d'Horace : *In me tota ruens Venus*, « Et sur moi Vénus fondant tout entière » (*Odes*, I, XIX, v. 9). On voit que la sublime évocation de la passion dévorante de Phèdre, si immédiatement évocatrice pour le spectateur et le lecteur, est tissée de réminiscences de la littérature classique.

J'ai conçu pour mon crime une juste terreur.
J'ai pris la vie en haine, et ma flamme* en horreur.
Je voulais en mourant prendre soin de ma gloire*,
Et dérober au jour une flamme* si noire.
Je n'ai pu soutenir tes larmes, tes combats.
Je t'ai tout avoué, je ne m'en repens pas,
Pourvu que de ma mort respectant les approches
Tu ne m'affliges plus par d'injustes reproches,
Et que tes vains secours cessent de rappeler
Un reste de chaleur, tout prêt* à s'exhaler.

Scène IV

PHÈDRE, ŒNONE, PANOPE

PANOPE

Je voudrais vous cacher une triste* nouvelle,
Madame. Mais il faut que je vous la révèle.
La mort vous a ravi votre invincible époux,
Et ce malheur n'est plus ignoré que de vous.

ŒNONE

Panope, que dis-tu ?

PANOPE

Que la Reine abusée*
En vain demande au Ciel le retour de Thésée,
Et que par des vaisseaux arrivés dans le port
Hippolyte son fils vient d'apprendre sa mort.

PHÈDRE

Ciel !

PANOPE

Pour le choix d'un maître Athènes se partage [1].
Au Prince votre fils l'un donne son suffrage,
Madame, et de l'État l'autre oubliant les lois
Au fils de l'étrangère ose donner sa voix.
On dit même qu'au trône une brigue* insolente

1. La crise de succession évoquée allusivement dans toute l'exposition de la pièce est désormais ouverte ; voir v. 199-205, et la note, p. 86.

Veut placer Aricie, et le sang de Pallante [1].
J'ai cru de ce péril vous devoir avertir.
Déjà même Hippolyte est tout prêt à partir,
Et l'on craint, s'il paraît dans ce nouvel* orage,
Qu'il entraîne après lui tout un peuple volage.

ŒNONE

Panope, c'est assez. La Reine qui t'entend,
Ne négligera point cet avis important.

Scène V

PHÈDRE, ŒNONE

ŒNONE

Madame, je cessais de vous presser de vivre.
Déjà même au tombeau je songeais à vous suivre.
Pour vous en détourner je n'avais plus de voix.
Mais ce nouveau malheur vous prescrit d'autres lois.
Votre fortune change et prend une autre face.
Le Roi n'est plus, Madame, il faut prendre sa place.
Sa mort vous laisse un fils à qui vous vous devez,
Esclave, s'il vous perd, et Roi, si vous vivez.
Sur qui dans son malheur voulez-vous qu'il s'appuie ?
Ses larmes n'auront plus de main qui les essuie.
Et ses cris innocents, portés jusques aux Dieux,
Iront contre sa mère irriter ses aïeux.
Vivez, vous n'avez plus de reproche à vous faire.
Votre flamme* devient une flamme ordinaire.
Thésée en expirant vient de rompre les nœuds,
Qui faisaient tout le crime et l'horreur de vos feux [2].

---

1. Voir les v. 53-54, et la note, p. 78.
2. L'argumentation d'Œnone est celle-ci : selon elle, en désirant Hippolyte, Phèdre ne se rend coupable, en pensée, que d'*adultère* (et non d'*inceste* : si elle convoite le fils de son époux, elle n'est nullement liée à lui par le sang). Or voici Phèdre veuve : la disparition de Thésée efface son crime. Dans la logique de la pièce de Racine, cependant, ce raisonnement est un sophisme : puisque le dramaturge a pris soin de bien faire comprendre que Phèdre désire, en Hippolyte, non pas un adolescent parmi d'autres, mais précisément le fils de l'homme qu'elle a autrefois aimé : voir son aveu à Hippolyte, sans équivoque sur ce point, v. 627-628 (« Il n'est point mort, puisqu'il respire en vous. / Toujours devant mes yeux je crois voir mon époux »), et v. 634-644.

Hippolyte pour vous devient moins redoutable,
Et vous pouvez le voir sans vous rendre coupable.
Peut-être convaincu de votre aversion
Il va donner un chef à la sédition.
Détrompez son erreur, fléchissez son courage*.
Roi de ces bords* heureux, Trézène est son partage.
Mais il sait que les lois donnent à votre fils
Les superbes remparts que Minerve a bâtis [1].
Vous avez l'un et l'autre une juste* ennemie.
Unissez-vous tous deux pour combattre Aricie.

PHÈDRE

Hé bien ! À tes conseils je me laisse entraîner.
Vivons, si vers la vie on peut me ramener,
Et si l'amour d'un fils en ce moment funeste*,
De mes faibles esprits peut ranimer le reste.

Fin du premier Acte

1. Périphrase pour désigner Athènes, la cité altière (*cf.* l'adjectif *superbes*) dont la déesse tutélaire est *Minerve* (en grec, Athéna).

ACTE II

Scène première

ARICIE, ISMÈNE

ARICIE

Hippolyte demande à me voir en ce lieu ?
Hippolyte me cherche, et veut me dire adieu ?
Ismène, dis-tu vrai ? N'es-tu point abusée* ?

ISMÈNE

C'est le premier effet de la mort de Thésée.
Préparez-vous, Madame, à voir de tous côtés
Volez vers vous les cœurs par Thésée écartés.
Aricie à la fin de son sort est maîtresse,
Et bientôt à ses pieds verra toute la Grèce.

ARICIE

Ce n'est donc point, Ismène, un bruit mal affermi [1] ?
Je cesse d'être esclave, et n'ai plus d'ennemi ?

ISMÈNE

Non, Madame, les Dieux ne vous sont plus contraires,
Et Thésée a rejoint les Mânes* de vos frères.

ARICIE

Dit-on quelle aventure* a terminé ses jours ?

ISMÈNE

On sème de sa mort d'incroyables discours.

1. *Mal affermi* : sans grand fondement.

On dit que ravisseur d'une amante nouvelle
Les flots ont englouti cet époux infidèle.
On dit même, et ce bruit* est partout répandu,
Qu'avec Pirithoüs [1] aux Enfers descendu
Il a vu le Cocyte [2] et les rivages sombres,
Et s'est montré vivant aux infernales Ombres ;
Mais qu'il n'a pu sortir de ce triste* séjour,
Et repasser les bords*, qu'on passe sans retour.

ARICIE

Croirai-je qu'un mortel avant sa dernière heure
Peut pénétrer des morts la profonde demeure ?
Quel charme* l'attirait sur ces bords* redoutés ?

ISMÈNE

Thésée est mort, Madame, et vous seule en doutez.
Athènes en gémit, Trézène en est instruite,
Et déjà pour son Roi reconnaît Hippolyte.
Phèdre dans ce palais tremblante pour son fils,
De ses amis troublés demande les avis.

ARICIE

Et tu crois que pour moi plus humain que son père
Hippolyte rendra ma chaîne plus légère ?
Qu'il plaindra mes malheurs ?

ISMÈNE

Madame, je le crois.

ARICIE

L'insensible Hippolyte est-il connu de toi ?
Sur quel frivole espoir penses-tu qu'il me plaigne,
Et respecte en moi seule un sexe* qu'il dédaigne ?
Tu vois depuis quel temps il évite nos pas,
Et cherche tous les lieux où nous ne sommes pas.

---

1. *Pirithoüs*, roi des Lapithes (peuple de Thessalie) : c'est l'ami et le frère d'armes légendaire de Thésée, qui partagea avec lui quelques équipées héroïques ou galantes. Voir Plutarque, *Vie de Thésée*, XXXVIII.
2. *Le Cocyte* : ce fleuve de l'Épire, tout comme l'Achéron (v. 12), passait pour être l'un des fleuves des Enfers.

ISMÈNE

Je sais de ses froideurs tout ce que l'on récite*.
Mais j'ai vu près de vous ce superbe* Hippolyte.
Et même, en le voyant, le bruit* de sa fierté*
A redoublé pour lui ma curiosité.
Sa présence à ce bruit* n'a point paru répondre [1].
Dès vos premiers regards je l'ai vu se confondre*.
Ses yeux, qui vainement voulaient vous éviter,
Déjà pleins de langueur ne pouvaient vous quitter.
Le nom d'amant peut-être offense son courage*,
Mais il en a les yeux, s'il n'en a le langage.

ARICIE

Que mon cœur, chère Ismène, écoute avidement
Un discours, qui peut-être a peu de fondement !
O toi ! qui me connais, te semblait-il croyable
Que le triste jouet d'un sort impitoyable,
Un cœur toujours nourri d'amertume et de pleurs,
Dût connaître l'amour, et ses folles douleurs ?
Reste du sang* d'un Roi, noble fils de la Terre [2],
Je suis seule échappée aux fureurs* de la guerre,
J'ai perdu dans la fleur de leur jeune saison
Six frères [3], quel espoir d'une illustre Maison* !
Le fer moissonna tout [4], et la Terre humectée
But à regret le sang des neveux d'Érechthée.
Tu sais depuis leur mort quelle sévère loi

1. Comprendre : la façon d'être d'Hippolyte *(sa présence)* n'a pas semblé correspondre *(répondre)* à sa réputation d'insensibilité, à tout ce qui se dit de lui *(ce bruit)*.

2. Aricie fait ici allusion à son ancêtre Érechthée, nommé quelques vers plus loin : fils de Vulcain et de la Terre, il fut le premier roi d'Athènes où il introduisit le culte d'Athéna.

3. Les Pallantides, massacrés par Thésée : voir la note du v. 53, p. 78. On remarque au passage que Racine s'attache discrètement à conférer aux généalogies mythologiques un peu de vraisemblance (ou de moralité ?), en ramenant à six le nombre de ces Pallantides, qui chez Plutarque était bien plus élevé : « eux étaient cinquante frères tous engendrés d'un même père » (*Vie de Thésée*, IV). Enfants de Pallas, ils sont les descendants *(neveux)* d'Érechthée, comme le rappelle le v. 426.

4. Noter ici la densité de l'expression poétique : les armes (*le fer*, par métonymie) ont tranché toutes ces vies comme la faux *moissonne* les épis (métaphore).

Défend à tous les Grecs de soupirer pour moi.
On craint que de la sœur les flammes téméraires
Neraniment un jour la cendre de ses frères.
Mais tu sais bien aussi de quel œil dédaigneux
Je regardais ce soin* d'un vainqueur soupçonneux.
Tu sais que de tout temps à l'amour opposée,
Je rendais souvent grâce à l'injuste Thésée
Dont l'heureuse rigueur secondait mes mépris.
Mes yeux alors, mes yeux n'avaient pas vu son fils.
Non que par les yeux seuls lâchement enchantée [1]
J'aime en lui sa beauté, sa grâce tant vantée,
Présents dont la Nature a voulu l'honorer,
Qu'il méprise lui-même, et qu'il semble ignorer.
J'aime, je prise en lui de plus nobles richesses,
Les vertus de son père, et non point les faiblesses.
J'aime, je l'avouerai, cet orgueil généreux*
Qui jamais n'a fléchi sous le joug* amoureux.
Phèdre en vain s'honorait des soupirs de Thésée.
Pour moi, je suis plus fière, et fuis la gloire aisée
D'arracher un hommage à mille autres offert,
Et d'entrer dans un cœur de toutes parts ouvert.
Mais de faire fléchir un courage* inflexible,
De porter la douleur dans une âme insensible,
D'enchaîner un captif de ses fers étonné*,
Contre un joug* qui lui plaît vainement mutiné ;
C'est là ce que je veux, c'est là ce qui m'irrite*.
Hercule à désarmer coûtait moins qu'Hippolyte,
Et vaincu plus souvent, et plus tôt surmonté
Préparait moins de gloire aux yeux qui l'ont dompté [2].
Mais, chère Ismène, hélas ! quelle est mon imprudence !
On ne m'opposera que trop de résistance.
Tu m'entendras peut-être, humble dans mon ennui*,
Gémir du même orgueil que j'admire aujourd'hui.
Hippolyte aimerait ? Par quel bonheur extrême
Aurais-je pu fléchir…

---

1. *Lâchement enchantée* : pour Aricie, succomber à la beauté physique d'Hippolyte serait comme être liée par un sortilège (*cf.* le sens fort du mot *charme**), mais en même temps l'effet d'une faiblesse honteuse.
2. Voir v. 122, et la note, p. 82.

ISMÈNE

Vous l'entendrez lui-même.
Il vient à vous.

Scène II

HIPPOLYTE, ARICIE, ISMÈNE

HIPPOLYTE

Madame, avant que de partir,
J'ai cru de votre sort vous devoir avertir.
Mon père ne vit plus. Ma juste* défiance
Présageait les raisons de sa trop longue absence.
La mort seule bornant ses travaux* éclatants
Pouvait à l'Univers le cacher si longtemps.
Les Dieux livrent enfin à la Parque homicide [1]
L'ami, le compagnon, le successeur d'Alcide [2].
Je crois que votre haine, épargnant ses vertus,
Écoute sans regret ces noms qui lui sont dus.
Un espoir adoucit ma tristesse mortelle.
Je puis vous affranchir d'une austère tutelle.
Je révoque des lois dont j'ai plaint la rigueur,
Vous pouvez disposer de vous, de votre cœur.
Et dans cette Trézène aujourd'hui mon partage,
De mon aïeul Pitthée [3] autrefois l'héritage,
Qui m'a sans balancer reconnu pour son Roi,
Je vous laisse aussi libre, et plus libre que moi [4].

ARICIE

Modérez des bontés, dont l'excès m'embarrasse.
D'un soin* si généreux* honorer ma disgrâce,

---

1. La mythologie classique identifiait le Destin à trois divinités, filles de Zeus : les trois Parques. La première, Clotho, filait le fil de la vie humaine, la seconde, Lachesis, attribuait ce destin, Atropos enfin tranchait le fil, scellant la mort de chacun : c'est elle la *Parque homicide* qu'évoque Racine.
2. *Alcide* : Hercule, voir la note du v. 78, p. 79.
3. *Pitthée*, fondateur de Trézène, grand-père maternel de Thésée.
4. La gradation « aussi libre, et plus libre que moi » est déjà une discrète allusion d'Hippolyte à un amour qui restreint sa liberté. Ce trait prélude donc, de loin, à l'aveu des v. 524-560.

Seigneur, c'est me ranger, plus que vous ne pensez,
Sous ces austères lois, dont vous me dispensez [1].

HIPPOLYTE

Du choix d'un successeur Athènes incertaine
Parle de vous, me nomme, et le fils de la Reine [2].

ARICIE

De moi, Seigneur ?

HIPPOLYTE

Je sais, sans vouloir me flatter,
Qu'une superbe* loi semble me rejeter.
La Grèce me reproche une mère étrangère.
Mais si pour concurrent je n'avais que mon frère,
Madame, j'ai sur lui de véritables droits
Que je saurais sauver du caprice des lois.
Un frein plus légitime arrête mon audace.
Je vous cède, ou plutôt je vous rends une place,
Un sceptre, que jadis vos aïeux ont reçu
De ce fameux mortel que la Terre a conçu [3].
L'adoption le mit entre les mains d'Égée [4].
Athènes par mon père accrue, et protégée
Reconnut avec joie un Roi si généreux*,
Et laissa dans l'oubli vos frères malheureux.
Athènes dans ses murs maintenant vous rappelle.
Assez elle a gémi d'une longue querelle,

1. La réplique d'Aricie comporte une allusion galante analogue : elle se plaint qu'Hippolyte, en l'affranchissant, la rende paradoxalement un peu plus son obligée, et la range par cette bonté sous ses *austères lois* ; mais elle évoque ainsi, à demi mots (voir l'incise *plus que vous ne pensez*), l'amour secret qui l'attache à Hippolyte.
2. Sur cette crise de succession, voir la note du v. 200, p. 86, et la Présentation, p. 32-33.
3. Érechthée, encore. Voir la note du v. 421, p. 97.
4. Égée n'est en effet, selon certaines traditions mythologiques, que le fils *adoptif* de Pandion, descendant d'Erechthée ; Hippolyte, petit-fils d'Égée, malgré les bienfaits pour Athènes du règne de son père (rappelés aux v. 498-499), reconnaît donc ici à Aricie une légitimité supérieure à la sienne, puisqu'elle et ses frères défunts descendent de Pallas, fils de Pandion *par le sang*. C'est ainsi qu'il peut lui signifier, au v. 507 : « L'Attique est votre bien ».

Assez dans ses sillons votre sang* englouti
A fait fumer le champ dont il était sorti.
Trézène m'obéit. Les campagnes de Crète
Offrent au fils de Phèdre une riche retraite.
L'Attique est votre bien. Je pars, et vais pour vous
Réunir tous les vœux partagés entre nous.

ARICIE

De tout ce que j'entends étonnée* et confuse*
Je crains presque, je crains qu'un songe ne m'abuse.
Veillé-je ? Puis-je croire un semblable dessein ?
Quel Dieu, Seigneur, quel Dieu l'a mis dans votre sein ?
Qu'à bon droit votre gloire en tous lieux est semée !
Et que la Vérité passe* la Renommée !
Vous-même en ma faveur vous voulez vous trahir !
N'était-ce pas assez de ne me point haïr ?
Et d'avoir si longtemps pu défendre votre âme
De cette inimitié...

HIPPOLYTE

Moi, vous haïr, Madame ?
Avec quelques couleurs qu'on ait peint ma fierté,
Croit-on que dans ses flancs un Monstre m'ait porté ?
Quelles sauvages mœurs, quelle haine endurcie
Pourrait, en vous voyant, n'être point adoucie ?
Ai-je pu résister au charme* décevant*...

ARICIE

Quoi, Seigneur ?

HIPPOLYTE

Je me suis engagé trop avant.
Je vois que la raison cède à la violence.
Puisque j'ai commencé de rompre le silence,
Madame, il faut poursuivre. Il faut vous informer
D'un secret que mon cœur ne peut plus renfermer.
Vous voyez devant vous un Prince déplorable*,
D'un téméraire orgueil exemple mémorable.
Moi, qui contre l'amour fièrement révolté,
Aux fers de ses captifs ai longtemps insulté*,
Qui des faibles mortels déplorant les naufrages,

Pensais toujours du bord* contempler les orages [1],
Asservi maintenant sous la commune loi,
Par quel trouble me vois-je emporté loin de moi !
Un moment a vaincu mon audace imprudente.
Cette âme si superbe* est enfin dépendante.
Depuis près de six mois honteux, désespéré,
Portant partout le trait, dont je suis déchiré [2],
Contre vous, contre moi vainement je m'éprouve*.
Présente je vous fuis, absente je vous trouve.
Dans le fond des forêts votre image me suit.
La lumière du jour, les ombres de la nuit,
Tout retrace à mes yeux les charmes* que j'évite.
Tout vous livre à l'envi* le rebelle Hippolyte.
Moi-même pour tout fruit de mes soins* superflus,
Maintenant je me cherche, et ne me trouve plus.
Mon arc, mes javelots, mon char, tout m'importune.
Je ne me souviens plus des leçons de Neptune [3].
Mes seuls gémissements font retentir les bois,
Et mes coursiers oisifs ont oublié ma voix.
Peut-être le récit d'un amour si sauvage
Vous fait en m'écoutant rougir de votre ouvrage.
D'un cœur qui s'offre à vous quel farouche entretien !
Quel étrange captif pour un si beau lien !
Mais l'offrande à vos yeux en doit être plus chère.
Songez que je vous parle une langue étrangère [4],

1. Allusion à l'ouverture du chant II du grand poème de Lucrèce, *De natura rerum (De la nature)* : le sage y est dépeint comme celui qui contemple la mer agitée depuis le rivage, en toute sûreté.

2. Souvenir cette fois du chant IV de l'*Énéide*, v. 69-73, où l'amoureux est comparé à la biche qui s'enfuit en emportant dans son flanc la flèche du chasseur. « Elle brûle, l'infortunée Didon, et à travers la ville / elle erre, hors de sens, pareille à la biche qu'une flèche / a frappée, peu méfiante, dans les bois de la Crète ; un pâtre, / de loin, d'un trait l'a blessée, lui laissant ce fer empenné / sans le savoir ; elle de fuir par les forêts, aux vallons / de Dicté, cependant qu'à son flanc pend le mortel roseau. » L'image des traits de l'amour est commune : elle découle de la figuration mythologique du dieu Amour en archer.

3. Voir le v. 131, et la note, p. 83.

4. Hippolyte parle pour la première fois le langage de l'amour. Cette figure d'excuse qui clôt la tirade est un ultime hommage aux charmes victorieux d'Aricie, qui le forcent à se soumettre au sentiment auquel il avait toujours voulu résister ; d'où cette tension, dans tout son discours, entre la représentation de l'amour comme un esclavage, et la reconnaissance du plaisir que l'on trouve à s'y soumettre.

Et ne rejetez pas des vœux* mal exprimés,
Qu'Hippolyte sans vous n'aurait jamais formés.

Scène III

HIPPOLYTE, ARICIE, THÉRAMÈNE, ISMÈNE

THÉRAMÈNE

Seigneur, la Reine vient, et je l'ai devancée.
Elle vous cherche.

HIPPOLYTE

Moi !

THÉRAMÈNE

J'ignore sa pensée,
Mais on vous est venu demander de sa part.
Phèdre veut vous parler avant votre départ.

HIPPOLYTE

Phèdre ? Que lui dirai-je ? Et que peut-elle attendre…

ARICIE

Seigneur, vous ne pouvez refuser de l'entendre.
Quoique trop convaincu de son inimitié,
Vous devez à ses pleurs quelque ombre de pitié.

HIPPOLYTE

Cependant vous sortez. Et je pars. Et j'ignore
Si je n'offense point les charmes que j'adore.
J'ignore si ce cœur que je laisse en vos mains…

ARICIE

Partez, Prince, et suivez vos généreux* desseins.
Rendez de mon pouvoir Athènes tributaire*.
J'accepte tous les dons que vous me voulez faire.
Mais cet Empire enfin si grand, si glorieux,
N'est pas de vos présents le plus cher à mes yeux.

Scène IV

HIPPOLYTE, THÉRAMÈNE

HIPPOLYTE

Ami, tout est-il prêt ? Mais la Reine s'avance.
Va, que pour le départ tout s'arme en diligence.
Fais donner le signal, cours, ordonne, et reviens
Me délivrer bientôt d'un fâcheux entretien.

Scène V

PHÈDRE, HIPPOLYTE, ŒNONE

PHÈDRE, *à Œnone*

Le voici. Vers mon cœur tout mon sang se retire.
J'oublie, en le voyant, ce que je viens lui dire.

ŒNONE

Souvenez-vous d'un fils qui n'espère qu'en vous.

PHÈDRE

On dit qu'un prompt départ vous éloigne de nous,
Seigneur. À vos douleurs je viens joindre mes larmes.
Je vous viens pour un fils expliquer* mes alarmes*
Mon fils n'a plus de père, et le jour n'est pas loin
Qui de ma mort encor doit le rendre témoin.
Déjà mille ennemis attaquent son enfance,
Vous seul pouvez contre eux embrasser sa défense.
Mais un secret remords agite mes esprits.
Je crains d'avoir fermé votre oreille à ses cris.
Je tremble que sur lui votre juste colère
Ne poursuive bientôt une odieuse* mère.

HIPPOLYTE

Madame, je n'ai point des sentiments si bas.

PHÈDRE

Quand vous me haïriez je ne m'en plaindrais pas,
Seigneur. Vous m'avez vue attachée à vous nuire ;
Dans le fond de mon cœur vous ne pouviez pas lire.

À votre inimitié j'ai pris soin de m'offrir.
Aux bords* que j'habitais je n'ai pu vous souffrir.
En public, en secret contre vous déclarée,
J'ai voulu par des mers en être séparée [1].
J'ai même défendu par une expresse loi
Qu'on osât prononcer votre nom devant moi.
Si pourtant à l'offense on mesure la peine,
Si la haine peut seule attirer votre haine,
Jamais femme ne fut plus digne de pitié,
Et moins digne, Seigneur, de votre inimitié.

HIPPOLYTE

Des droits de ses enfants une mère jalouse
Pardonne rarement au fils d'une autre épouse.
Madame, je le sais. Les soupçons importuns
Sont d'un second hymen* les fruits les plus communs.
Toute autre aurait pour moi pris les mêmes ombrages,
Et j'en aurais peut-être essuyé plus d'outrages.

PHÈDRE

Ah, Seigneur ! Que le Ciel, j'ose ici l'attester,
De cette loi commune a voulu m'excepter !
Qu'un soin* bien différent me trouble, et me dévore !

HIPPOLYTE

Madame, il n'est pas temps de vous troubler encore.
Peut-être votre époux voit encore le jour.
Le Ciel peut à nos pleurs accorder son retour.
Neptune le protège, et ce Dieu tutélaire
Ne sera pas en vain imploré par mon père [2].

PHÈDRE

On ne voit point deux fois le rivage des morts,
Seigneur. Puisque Thésée a vu les sombres bords*,
En vain vous espérez qu'un Dieu vous le renvoie,

---

1. *En être séparée* : être séparée de vous. (L'emploi du pronom *en* avec un référent animé est admis dans la langue du XVIIe siècle.)
2. Par un nouvel effet d'ironie tragique, Racine place dans la bouche d'Hippolyte une remarque qui annonce, sans qu'il le sache, sa propre fin.

Et l'avare Achéron [1] ne lâche point sa proie.
Que dis-je ? Il n'est point mort, puisqu'il respire en vous.
Toujours devant mes yeux je crois voir mon époux.
Je le vois, je lui parle, et mon cœur… Je m'égare,
Seigneur, ma folle ardeur malgré moi se déclare.

HIPPOLYTE

Je vois de votre amour l'effet prodigieux.
Tout mort qu'il est, Thésée est présent à vos yeux.
Toujours de son amour votre âme est embrasée.

PHÈDRE

Oui, Prince, je languis, je brûle pour Thésée.
Je l'aime, non point tel que l'ont vu les Enfers,
Volage adorateur de mille objets divers,
Qui va du Dieu des morts déshonorer la couche [2] ;
Mais fidèle, mais fier, et même un peu farouche,
Charmant*, jeune, traînant tous les cœurs après soi,
Tel qu'on dépeint nos Dieux, ou tel que je vous vois.
Il avait votre port*, vos yeux, votre langage.
Cette noble pudeur colorait son visage,
Lorsque de notre Crète il traversa les flots,
Digne sujet des vœux* des filles de Minos [3].
Que faisiez-vous alors : Pourquoi sans Hippolyte
Des héros de la Grèce assembla-t-il l'élite ?
Pourquoi trop jeune encor ne pûtes-vous alors
Entrer dans le vaisseau qui le mit sur nos bords* ?
Par vous aurait péri le Monstre de la Crète [4]
Malgré tous les détours de sa vaste retraite.
Pour en développer l'embarras incertain [5]
Ma sœur du fil fatal* eût armé votre main.
Mais non, dans ce dessein je l'aurais devancée.

---

1. Voir la note du v. 10, p. 75.
2. Voir la Préface de Racine et le Dossier, p. 191-193.
3. Digne d'inspirer de l'amour à Ariane et Phèdre ; voir les v. 89-90.
4. *Le monstre de la Crète* : le Minotaure ; sa *vaste retraite* aux nombreux *détours* est bien sûr le Labyrinthe. Voir la note du v. 36, p. 77.
5. Comprendre : pour en débrouiller *(développer)* l'enchevêtrement *(embarras)* – ces replis et ces détours où manque tout point de repère pour trouver son chemin (d'où l'adjectif *incertain*).

L'Amour m'en eût d'abord [1] inspiré la pensée.
C'est moi, Prince, c'est moi dont l'utile secours
Vous eût du Labyrinthe enseigné les détours.
Que de soins* m'eût coûté cette tête charmante !
Un fil n'eût point assez rassuré votre amante.
Compagne du péril qu'il vous fallait chercher,
Moi-même devant vous j'aurais voulu marcher.
Et Phèdre au Labyrinthe avec vous descendue,
Se serait avec vous retrouvée, ou perdue [2].

HIPPOLYTE

Dieux ! Qu'est-ce que j'entends ? Madame, oubliez-vous
Que Thésée est mon père, et qu'il est votre époux ?

PHÈDRE

Et sur quoi jugez-vous que j'en perds la mémoire,
Prince ? Aurais-je perdu tout le soin de ma gloire* ?

HIPPOLYTE

Madame, pardonnez. J'avoue en rougissant,
Que j'accusais à tort un discours innocent.
Ma honte ne peut plus soutenir votre vue,
Et je vais…

PHÈDRE

Ah ! cruel, tu m'as trop entendue [3].
Je t'en ai dit assez pour te tirer d'erreur.
Hé bien, connais donc Phèdre et toute sa fureur*.
J'aime. Ne pense pas qu'au moment que je t'aime,
Innocente à mes yeux je m'approuve moi-même,
Ni que du fol amour qui trouble ma raison

---

1. *D'abord* : aussitôt (sens habituel dans la langue du XVIIe siècle) ; mais surtout, dans ce contexte : la première.
2. Cette tirade s'inspire assez étroitement de la *Phèdre* de Sénèque ; elle avait déjà été paraphrasée en français par Garnier. Voir le Dossier, p. 166-167.
3. *Tu m'as trop entendue* : tu m'as trop bien comprise. Après avoir nié un instant (v. 665-666) la valeur d'un aveu encore ambigu, Phèdre confirme finalement ce qu'Hippolyte avait bien compris (témoin son indignation), et lui déclare sans détour son amour.

Ma lâche complaisance ait nourri le poison.
Objet infortuné des vengeances célestes,
Je m'abhorre encor plus que tu ne me détestes.
Les Dieux m'en sont témoins, ces Dieux qui dans mon flanc
Ont allumé le feu fatal* à tout mon sang*,
Ces Dieux qui se sont fait une gloire cruelle
De séduire le cœur d'une faible mortelle.
Toi-même en ton esprit rappelle le passé.
C'est peu de t'avoir fui, cruel, je t'ai chassé.
J'ai voulu te paraître odieuse*, inhumaine.
Pour mieux te résister, j'ai recherché ta haine.
De quoi m'ont profité mes inutiles soins* ?
Tu me haïssais plus, je ne t'aimais pas moins.
Tes malheurs te prêtaient encor de nouveaux charmes*.
J'ai langui, j'ai séché, dans les feux, dans les larmes.
Il suffit de tes yeux pour t'en persuader,
Si tes yeux un moment pouvaient me regarder.
Que dis-je ? Cet aveu que je te viens de faire,
Cet aveu si honteux, le crois-tu volontaire ?
Tremblante pour un fils que je n'osais trahir,
Je te venais prier de ne le point haïr.
Faibles projets d'un cœur trop plein de ce qu'il aime !
Hélas ! je ne t'ai pu parler que de toi-même.
Venge-toi, punis-moi d'un odieux* amour.
Digne fils du héros qui t'a donné le jour,
Délivre l'Univers d'un Monstre qui t'irrite.
La veuve de Thésée ose aimer Hippolyte ?
Crois-moi, ce Monstre affreux ne doit point t'échapper.
Voilà mon cœur. C'est là que ta main doit frapper.
Impatient déjà d'expier son offense
Au-devant de ton bras je le sens qui s'avance.
Frappe. Ou si tu le crois indigne de tes coups,
Si ta haine m'envie* un supplice si doux,
Ou si d'un sang trop vil ta main serait trempée,
Au défaut de ton bras prête-moi ton épée.
Donne.

ŒNONE

Que faites-vous, Madame ? Justes Dieux ?

Mais on vient [1]. Évitez des témoins odieux,
Venez, rentrez, fuyez une honte certaine.

Scène VI

HIPPOLYTE, THÉRAMÈNE

THÉRAMÈNE

Est-ce Phèdre qui fuit, ou plutôt qu'on entraîne ?
Pourquoi, Seigneur, pourquoi ces marques de douleur ?
Je vous vois sans épée, interdit, sans couleur ?

HIPPOLYTE

Théramène, fuyons. Ma surprise est extrême.
Je ne puis sans horreur me regarder moi-même.
Phèdre… Mais non, grands Dieux ! Qu'en un profond oubli
Cet horrible* secret demeure enseveli !

THÉRAMÈNE

Si vous voulez partir, la voile est préparée.
Mais Athènes, Seigneur, s'est déjà déclarée.
Ses chefs ont pris les voix de toutes ses tribus [2].
Votre frère [3] l'emporte, et Phèdre a le dessus.

---

1. Faute de didascalie, il faut imaginer l'action qui accompagne ces répliques : Racine la décrira partiellement après coup, par un récit de Phèdre (v. 743-752). Celle-ci fait d'abord mine de s'offrir à l'épée d'Hippolyte, lequel demeure comme pétrifié (il ne prononce pas un mot pour répondre à l'aveu de Phèdre, et la scène suivante nous le présente encore immobile et blême, « interdit, sans couleur »). Elle se saisit alors elle-même de cette épée (« Donne »), pour se donner la mort, mais Œnone arrête son geste dans l'instant où elle lui intime de faire retraite. Phèdre conserve donc l'épée, qui lui servira un peu plus loin à accuser le jeune homme. C'est Sénèque qui a inventé ce motif de l'épée accusatrice. Dans sa *Phèdre*, Hippolyte dégainait son épée, mû par le dégoût, quand Phèdre se jetait sur lui ; mais comme elle le priait alors de lui donner ce bonheur, périr par sa main, le jeune homme interrompait son geste avant d'abandonner une arme qu'il estimait souillée par ce seul contact. On voit que Racine, s'il a souhaité reprendre le motif de l'épée, a cependant substitué à l'indignation violente de l'Hippolyte de Sénèque la réaction horrifiée et muette qui caractérisait l'*Hippolyte voilé* d'Euripide (voir le Dossier, pp. 152 & 162).
2. Athènes était constituée de plusieurs tribus, que leurs chefs respectifs ont consultées sur la question de la succession de Thésée.
3. Il s'agit précisément du *demi-frère* d'Hippolyte, autrement dit du fils de Phèdre.

HIPPOLYTE

Phèdre ?

THÉRAMÈNE

Un héraut chargé des volontés d'Athènes
De l'État en ses mains vient remettre les rênes.
Son fils est Roi, Seigneur.

HIPPOLYTE

Dieux, qui la connaissez,
Est-ce donc sa vertu que vous récompensez ?

THÉRAMÈNE

Cependant un bruit* sourd veut que le Roi respire.
On prétend que Thésée a paru dans l'Épire.
Mais moi qui l'y cherchai, Seigneur, je sais trop bien…

HIPPOLYTE

N'importe, écoutons tout, et ne négligeons rien.
Examinons ce bruit*, remontons à sa source.
S'il ne mérite pas d'interrompre ma course,
Partons, et quelque prix qu'il en puisse coûter,
Mettons le sceptre aux mains dignes de le porter.

Fin du deuxième Acte

ACTE III

Scène première

PHÈDRE, ŒNONE

PHÈDRE

Ah ! que l'on porte ailleurs les honneurs qu'on m'envoie.
Importune, peux-tu souhaiter qu'on me voie ?
De quoi viens-tu flatter* mon esprit désolé ?
Cache-moi bien plutôt, je n'ai que trop parlé.
Mes fureurs* au dehors ont osé se répandre.
J'ai dit ce que jamais on ne devait entendre.
Ciel ! comme il m'écoutait ! Par combien de détours
L'insensible a longtemps éludé mes discours !
Comme il ne respirait* qu'une retraite prompte !
Et combien sa rougeur a redoublé ma honte !
Pourquoi détournais-tu mon funeste* dessein ?
Hélas ! Quand son épée allait chercher mon sein,
A-t-il pâli pour moi ? Me l'a-t-il arrachée ?
Il suffit que ma main l'ait une fois touchée,
Je l'ai rendue horrible* à ses yeux inhumains,
Et ce fer malheureux profanerait ses mains.

ŒNONE

Ainsi dans vos malheurs ne songeant qu'à vous plaindre,
Vous nourrissez un feu, qu'il vous faudrait éteindre.
Ne vaudrait-il pas mieux, digne sang* de Minos,
Dans de plus nobles soins* chercher votre repos,
Contre un ingrat qui plaît recourir à la fuite,
Régner [1], et de l'État embrasser la conduite ?

1. Construction complexe, et elliptique. Comprendre : Ne vaudrait-il pas mieux […] régner contre un ingrat qui *se plaît à* recourir à la fuite… ?

PHÈDRE

Moi régner ! Moi ranger un État sous ma loi !
Quand ma faible raison ne règne plus sur moi,
Lorsque j'ai de mes sens abandonné l'empire*,
Quand sous un joug* honteux à peine je respire,
Quand je me meurs.

ŒNONE

Fuyez.

PHÈDRE

Je ne le puis quitter.

ŒNONE

Vous l'osâtes bannir, vous n'osez l'éviter.

PHÈDRE

Il n'est plus temps. Il sait mes ardeurs insensées.
De l'austère pudeur les bornes sont passées.
J'ai déclaré ma honte aux yeux de mon vainqueur,
Et l'espoir malgré moi s'est glissé dans mon cœur.
Toi-même rappelant ma force défaillante,
Et mon âme déjà sur mes lèvres errante [1],
Par tes conseils flatteurs* tu m'as su ranimer,
Tu m'as fait entrevoir que je pouvais l'aimer.

ŒNONE

Hélas ! de vos malheurs innocente ou coupable,
De quoi pour vous sauver n'étais-je point capable ?
Mais si jamais l'offense irrita vos esprits [2],
Pouvez-vous d'un superbe* oublier les mépris ?
Avec quels yeux cruels sa rigueur obstinée
Vous laissait à ses pieds peu s'en faut prosternée !

---

1. Il faut se souvenir que l'âme, au sens premier (celui du terme grec *psukhê*), se confond avec le souffle : Phèdre évoque ici le moment où elle était près d'expirer (v. 315-316), quand Œnone, en lui annonçant la mort de Thésée, a rendu concevable son amour pour Hippolyte (v. 350-354).
2. *Mais si jamais l'offense irrita vos esprits* : si jamais *une* offense a eu le pouvoir de vous irriter.

Que son farouche orgueil le rendait odieux* !
Que [1] Phèdre en ce moment n'avait-elle mes yeux !

PHÈDRE

Œnone, il peut quitter cet orgueil qui te blesse.
Nourri* dans les forêts, il en a la rudesse.
Hippolyte endurci par de sauvages lois
Entend parler d'amour pour la première fois.
Peut-être sa surprise a causé son silence,
Et nos plaintes peut-être ont trop de violence.

ŒNONE

Songez qu'une barbare en son sein l'a formé.

PHÈDRE

Quoique Scythe et barbare, elle a pourtant aimé.

ŒNONE

Il a pour tout le sexe* une haine fatale*.

PHÈDRE

Je ne me verrai point préférer de rivale.
Enfin, tous ces conseils ne sont plus de saison.
Sers ma fureur*, Œnone, et non point ma raison.
Il oppose à l'amour un cœur inaccessible.
Cherchons pour l'attaquer quelque endroit plus sensible.
Les charmes d'un Empire ont paru le toucher.
Athènes l'attirait, il n'a pu s'en cacher.
Déjà de ses vaisseaux la pointe était tournée,
Et la voile flottait aux vents abandonnée.
Va trouver de ma part ce jeune ambitieux,
Œnone. Fais briller la couronne à ses yeux.
Qu'il mette sur son front le sacré diadème.
Je ne veux que l'honneur de l'attacher moi-même.
Cédons-lui ce pouvoir que je ne puis garder.
Il instruira mon fils dans l'art de commander.
Peut-être il voudra bien lui tenir lieu de père.

1. L'adverbe *que* a ici la valeur de *pourquoi*, il exprime le regret, la plainte : au vers précédent, sa valeur était autre (proche de *comme*, valeur de haut degré).

Je mets sous son pouvoir et le fils et la mère.
Pour le fléchir enfin tente tous les moyens.
Tes discours trouveront plus d'accès* que les miens.
Presse, pleure, gémis, plains-lui [1] Phèdre mourante.
Ne rougis point de prendre une voix suppliante.
Je t'avouerai* de tout, je n'espère qu'en toi.
Va, j'attends ton retour pour disposer de moi.

Scène II

PHÈDRE *seule*

O Toi ! qui vois la honte où je suis descendue,
Implacable Vénus, suis-je assez confondue* ?
Tu ne saurais plus loin pousser ta cruauté.
Ton triomphe est parfait*, tous tes traits ont porté.
Cruelle, si tu veux une gloire nouvelle,
Attaque un ennemi qui te soit plus rebelle.
Hippolyte te fuit, et bravant ton courroux,
Jamais à tes autels n'a fléchi les genoux.
Ton nom semble offenser ses superbes* oreilles.
Déesse, venge-toi, nos causes sont pareilles.
Qu'il aime. Mais déjà tu reviens sur tes pas,
Œnone ? On me déteste, on ne t'écoute pas.

Scène III

PHÈDRE, ŒNONE

ŒNONE

Il faut d'un vain* amour étouffer la pensée,
Madame. Rappelez votre vertu passée.

---

1. Ce vers porte la seule variante textuelle significative de la pièce : l'édition originale (1677) et l'édition de 1687 portent *peins-lui*, à quoi l'édition de 1697 substitue *plains-lui*. Pour certains éditeurs, ce *plains-lui* serait peut-être une faute d'impression (la construction grammaticale est certes exceptionnelle) ; mais on a tout lieu de penser qu'il s'agit bien d'une correction d'auteur, visant à remplacer un verbe relativement banal par un autre, mieux en harmonie avec le reste du vers aussi bien du point de vue du sens *(pleurer, gémir, plaindre)* que des sonorités (allitération *pl*eurer/*pl*aindre).

Le Roi, qu'on a cru mort, va paraître à vos yeux,
Thésée est arrivé. Thésée est en ces lieux.
Le peuple, pour le voir, court et se précipite.
Je sortais par votre ordre, et cherchais Hippolyte,
Lorsque jusques au ciel mille cris élancés…

PHÈDRE

Mon époux est vivant, Œnone, c'est assez.
J'ai fait l'indigne aveu d'un amour qui l'outrage.
Il vit. Je ne veux pas en savoir davantage.

ŒNONE

Quoi ?

PHÈDRE

Je te l'ai prédit, mais tu n'a pas voulu.
Sur mes justes remords tes pleurs ont prévalu.
Je mourais ce matin digne d'être pleurée.
J'ai suivi tes conseils, je meurs déshonorée.

ŒNONE

Vous mourez ?

PHÈDRE

Juste Ciel ! Qu'ai-je fait aujourd'hui ?
Mon époux va paraître, et son fils avec lui.
Je verrai le témoin de ma flamme* adultère
Observer de quel front j'ose aborder son père,
Le cœur gros de soupirs, qu'il n'a point écoutés,
L'œil humide de pleurs, par l'ingrat rebutés.
Penses-tu que sensible à l'honneur de Thésée,
Il lui cache l'ardeur dont je suis embrasée ?
Laissera-t-il trahir et son père et son Roi ?
Pourra-t-il contenir l'horreur qu'il a pour moi ?
Il se tairait en vain. Je sais mes perfidies,
Œnone, et ne suis point de ces femmes hardies,
Qui goûtant dans le crime une tranquille paix
Ont su se faire un front qui ne rougit jamais.
Je connais mes fureurs*, je les rappelle* toutes.
Il me semble déjà que ces murs, que ces voûtes

Vont prendre la parole, et prêts à m'accuser
Attendent mon époux, pour le désabuser*.
Mourons. De tant d'horreurs, qu'un trépas me délivre.
Est-ce un malheur si grand, que de cesser de vivre ?
La mort aux malheureux ne cause point d'effroi.
Je ne crains que le nom* que je laisse après moi.
Pour mes tristes* enfants quel affreux héritage !
Le sang* de Jupiter doit enfler leur courage.
Mais quelque juste orgueil qu'inspire un sang si beau,
Le crime d'une mère est un pesant fardeau.
Je tremble qu'un discours, hélas ! trop véritable,
Un jour ne leur reproche une mère coupable.
Je tremble qu'opprimés* de ce poids odieux*,
L'un ni l'autre jamais n'ose lever les yeux.

ŒNONE

Il n'en faut point douter, je les plains l'un et l'autre.
Jamais crainte ne fut plus juste que la vôtre.
Mais à de tels affronts, pourquoi les exposer ?
Pourquoi contre vous-même allez-vous déposer [1] ?
C'en est fait [2]. On dira que Phèdre trop coupable,
De son époux trahi fuit l'aspect redoutable.
Hippolyte est heureux qu'aux dépens de vos jours,
Vous-même en expirant appuyez* ses discours.
À votre accusateur, que pourrai-je répondre ?
Je serai devant lui trop facile à confondre*.
De son triomphe affreux je le verrai jouir,
Et conter votre honte à qui voudra l'ouïr.
Ah ! que plutôt du Ciel la flamme me dévore !
Mais ne me trompez point, vous est-il cher encore ?
De quel œil voyez-vous ce Prince audacieux ?

---

1. *Déposer* : témoigner, dans une acception juridique. Œnone montre ici à Phèdre que le suicide qu'elle envisage est le plus sûr moyen de laisser derrière elle une réputation à tout jamais odieuse, puisque ce serait confirmer (par un acte manifestant une culpabilité extrême) les accusations que pourrait porter Hippolyte.
2. On notera que pour évoquer avec davantage de force ce futur hypothétique (ce qu'il adviendra une fois que Phèdre se sera donné la mort), Œnone emploie largement le présent de l'indicatif (« *C'en est fait* » ; « Hippolyte *est* heureux » ; « vous-même en expirant *appuyez* ses discours »).

PHÈDRE

Je le vois comme un Monstre effroyable à mes yeux.

ŒNONE

Pourquoi donc lui céder une victoire entière ?
Vous le craignez… Osez l'accuser la première
Du crime dont il peut vous charger* aujourd'hui.
Qui vous démentira ? Tout parle contre lui.
Son épée en vos mains heureusement* laissée,
Votre trouble présent, votre douleur passée,
Son père par vos cris dès longtemps prévenu [1],
Et déjà son exil par vous-même obtenu.

PHÈDRE

Moi, que j'ose opprimer* et noircir l'innocence !

ŒNONE

Mon zèle* n'a besoin que de votre silence.
Tremblante comme vous, j'en [2] sens quelque remords.
Vous me verriez plus prompte affronter mille morts.
Mais puisque je vous perds sans ce triste* remède,
Votre vie est pour moi d'un prix à qui [3] tout cède.
Je parlerai. Thésée aigri par mes avis*,
Bornera sa vengeance à l'exil de son fils.
Un père, en punissant, Madame, est toujours père.
Un supplice léger suffit à sa colère.
Mais le sang innocent dût-il être versé,
Que ne demande point votre honneur menacé ?
C'est un trésor trop cher pour oser le commettre*.
Quelque loi qu'il vous dicte, il faut vous y soumettre,
Madame, et pour sauver notre Honneur combattu*,

1. Comprendre : son père depuis longtemps mal disposé envers lui *(prévenu)* du fait de vos plaintes *(vos cris)*.

2. Ce pronom reprend les actions exprimées au v. 893 *(opprimer et noircir l'innocence)*.

3. *À qui* : devant quoi. Dans l'usage du XVIIe siècle, le pronom relatif *qui* ne réfère pas toujours à un antécédent animé.

Il faut immoler tout, et même la Vertu [1].
On vient, je vois Thésée.

PHÈDRE

Ah ! je vois Hippolyte.
Dans ses yeux insolents je vois ma perte écrite.
Fais ce que tu voudras, je m'abandonne à toi.
Dans le trouble où je suis, je ne puis rien pour moi.

Scène IV

THÉSÉE, HIPPOLYTE, PHÈDRE,
ŒNONE, THÉRAMÈNE

THÉSÉE

La fortune à mes yeux cesse d'être opposée,
Madame, et dans vos bras met…

PHÈDRE

Arrêtez, Thésée,
Et ne profanez point des transports* si charmants.
Je ne mérite plus ces doux empressements*.
Vous êtes offensé. La fortune jalouse*
N'a pas en votre absence épargné votre épouse,
Indigne de vous plaire, et de vous approcher,
Je ne dois désormais songer qu'à me cacher.

---

1. L'argumentation d'Œnone, qui suggère à sa maîtresse de sacrifier la Vertu à l'Honneur, c'est-à-dire la réalité aux apparences, est un sophisme, un raisonnement faux, dont la bassesse est comme résumée dans ces deux derniers vers. Ce raisonnement serait indigne d'une princesse comme Phèdre ; il est digne en revanche d'une suivante, de surcroît bien intentionnée, qui ne persuade sa maîtresse qu'à cause du trouble extrême où celle-ci se trouve (voir les v. 911-912). Phèdre, d'ailleurs, ne doit marquer son consentement que par le silence (v. 894). C'est cette subtile combinaison qui permet, dans la logique de l'intrigue, la calomnie contre Hippolyte. Racine s'est expliqué sur cet élément important dans le second paragraphe de sa Préface, p. 67-68.

Scène v

THÉSÉE, HIPPOLYTE, THÉRAMÈNE

THÉSÉE

Quel est l'étrange accueil qu'on fait à votre père,
Mon fils ?

HIPPOLYTE

Phèdre peut seule expliquer ce mystère.
Mais si mes vœux ardents vous peuvent émouvoir,
Permettez-moi, Seigneur, de ne la plus revoir.
Souffrez que pour jamais le tremblant Hippolyte
Disparaisse des lieux que votre épouse habite.

THÉSÉE

Vous, mon fils, me quitter ?

HIPPOLYTE

Je ne la cherchais pas,
C'est vous qui sur ces bords conduisîtes ses pas.
Vous daignâtes, Seigneur, aux rives de Trézène
Confier en partant Aricie, et la Reine.
Je fus même chargé du soin de les garder.
Mais quels soins* désormais peuvent me retarder* ?
Assez dans les forêts mon oisive jeunesse,
Sur de vils ennemis a montré son adresse.
Ne pourrai-je en fuyant un indigne repos,
D'un sang plus glorieux [1] teindre mes javelots !
Vous n'aviez pas encore atteint l'âge où je touche,
Déjà plus d'un tyran, plus d'un Monstre farouche
Avait de votre bras senti la pesanteur*.
Déjà de l'insolence heureux persécuteur,
Vous aviez des deux mers [2] assuré* les rivages.
Le libre voyageur ne craignait plus d'outrages.
Hercule respirant sur le bruit* de vos coups*,

---

1. *Un sang plus glorieux*, sous-entendu : que celui des bêtes sauvages et du gibier des forêts. Hippolyte désire s'engager désormais sur les traces de son père, dans des exploits héroïques, et *teindre ses javelots* dans le sang d'ennemis plus dignes de sa valeur.
2. Voir la note du v. 10, p. 75.

Déjà de son travail se reposait sur vous [1].
Et moi, fils inconnu d'un si glorieux père,
Je suis même encor loin des traces de ma mère.
Souffrez que mon courage ose enfin s'occuper.
Souffrez, si quelque Monstre a pu vous échapper,
Que j'apporte à vos pieds sa dépouille honorable ;
Ou que d'un beau trépas la mémoire durable,
Éternisant des jours si noblement finis,
Prouve à tout l'avenir que j'étais votre fils [2].

THÉSÉE

Que vois-je ? Quelle horreur dans ces lieux répandue
Fait fuir devant mes yeux ma famille éperdue ?
Si je reviens si craint, et si peu désiré,
O Ciel ! de ma prison pourquoi m'as-tu tiré ?
Je n'avais qu'un ami [3]. Son imprudente flamme*
Du tyran de l'Épire allait ravir la femme [4].
Je servais à regret ses desseins amoureux.
Mais le sort irrité nous aveuglait tous deux.
Le tyran m'a surpris sans défense et sans armes.
J'ai vu Pirithoüs, triste objet de mes larmes,
Livré par ce barbare à des monstres cruels [5],
Qu'il nourrissait du sang des malheureux mortels.
Moi-même il m'enferma dans des cavernes sombres,
Lieux profonds, et voisins de l'empire des Ombres.
Les Dieux après six mois enfin m'ont regardé.
J'ai su tromper les yeux de qui j'étais gardé.
D'un perfide ennemi j'ai purgé la Nature.
À ses monstres lui-même a servi de pâture.
Et lorsque avec transport* je pense m'approcher

1. Pour le rappel des exploits de Thésée, mis en parallèle avec ceux d'Hercule, voir les v. 75-82, et les notes, p. 79-80.

2. Nouvel effet d'ironie tragique, puisque Hippolyte doit effectivement rencontrer la mort en affrontant un Monstre, et précisément parce qu'il est le fils de Thésée.

3. *Qu'un ami* : il s'agit de Pirithoüs. Sur l'épisode dont suit le récit, démarqué de Plutarque, voir la Préface p. 68, et le Dossier, p. 191-193.

4. En réalité, selon Plutarque, Pirithoüs s'intéressait à la *fille* d'Ædoneus (ou Aïdonée), roi des Molossiens.

5. *Des monstres cruels* : la meute du roi des Molossiens, qui avait fait combattre Pirithoüs avec son chien surnommé Cerbère (comme le monstre tricéphale gardien des Enfers).

De tout ce que les Dieux m'ont laissé de plus cher ;
Que dis-je ? Quand mon âme à soi-même rendue
Vient se rassasier d'une si chère vue ;
Je n'ai pour tout accueil que des frémissements.
Tout fuit, tout se refuse à mes embrassements.
Et moi-même éprouvant la terreur que j'inspire,
Je voudrais être encor dans les prisons d'Épire.
Parlez. Phèdre se plaint que je suis outragé.
Qui m'a trahi ? Pourquoi ne suis-je pas vengé ?
La Grèce, à qui mon bras fut tant de fois utile,
A-t-elle au criminel accordé quelque asile ?
Vous ne répondez point. Mon fils, mon propre fils
Est-il d'intelligence avec mes ennemis ?
Entrons. C'est trop garder un doute qui m'accable.
Connaissons à la fois le crime et le coupable.
Que Phèdre explique enfin le trouble où je la vois.

Scène VI

HIPPOLYTE, THÉRAMÈNE

HIPPOLYTE

Où tendait ce discours [1] qui m'a glacé d'effroi ?
Phèdre toujours en proie à sa fureur* extrême,
Veut-elle s'accuser et se perdre elle-même ?
Dieux ! que dira le Roi ? Quel funeste* poison
L'amour a répandu sur toute sa Maison* !
Moi-même plein d'un feu que sa haine réprouve,
Quel il m'a vu jadis, et quel il me retrouve [2] !
De noirs pressentiments viennent m'épouvanter.
Mais l'innocence enfin n'a rien à redouter.
Allons, cherchons ailleurs par quelle heureuse adresse*
Je pourrai de mon père émouvoir la tendresse,
Et lui dire un amour qu'il peut vouloir troubler,
Maisque tout son pouvoir ne saurait ébranler.

Fin du troisième Acte

---

1. Hippolyte parle ici des paroles adressées par Phèdre à Thésée, v. 914-920.
2. *Quel... quel* : comment… comment. Par ce parallélisme, Racine met en relief la transformation qui s'est opérée en Hippolyte entre ces deux moments : entre le départ de Thésée et son retour, son fils a trahi sa confiance en déclarant à Aricie un amour interdit.

ACTE IV

Scène première

THÉSÉE, ŒNONE

THÉSÉE

Ah ! Qu'est-ce que j'entends ? Un traître, un téméraire
Préparait cet outrage à l'honneur de son père ?
Avec quelle rigueur, Destin, tu me poursuis !
Je ne sais où je vais, je ne sais où je suis.
O tendresse ! O bonté trop mal récompensée !
Projet audacieux ! détestable pensée !
Pour parvenir au but de ses noires amours,
L'insolent de la force empruntait le secours.
J'ai reconnu le fer, instrument de sa rage,
Ce fer dont je l'armai pour un plus noble usage.
Tous les liens du sang n'ont pu le retenir !
Et Phèdre différait à le faire punir !
Le silence de Phèdre épargnait le coupable !

ŒNONE

Phèdre épargnait plutôt un père déplorable*.
Honteuse du dessein d'un amant furieux*,
Et du feu criminel qu'il a pris dans ses yeux,
Phèdre mourait, Seigneur, et sa main meurtrière
Éteignait de ses yeux l'innocente lumière.
J'ai vu lever le bras, j'ai couru la sauver.
Moi seule à votre amour j'ai su la conserver ;
Et plaignant à la fois son trouble et vos alarmes*,
J'ai servi malgré moi d'interprète à ses larmes [1].

---

1. Ce récit comble une ellipse entre les actes III et IV : Œnone est venue trouver Thésée pour accuser Hippolyte de brûler pour Phèdre de *noires*

THÉSÉE

Le perfide ! Il n'a pu s'empêcher de pâlir.
De crainte en m'abordant je l'ai vu tressaillir.
Je me suis étonné de son peu d'allégresse.
Ses froids embrassements ont glacé ma tendresse.
Mais ce coupable amour dont il est dévoré,
Dans Athènes déjà s'était-il déclaré ?

ŒNONE

Seigneur, souvenez-vous des plaintes de la Reine.
Un amour criminel causa toute sa haine.

THÉSÉE

Et ce feu dans Trézène a donc recommencé ?

ŒNONE

Je vous ai dit, Seigneur, tout ce qui s'est passé.
C'est trop laisser la Reine à sa douleur mortelle.
Souffrez que je vous quitte et me range auprès d'elle.

Scène II

THÉSÉE, HIPPOLYTE

THÉSÉE

Ah ! le voici, grands Dieux ! À ce noble maintien
Quel œil ne serait pas trompé comme le mien ?
Faut-il que sur le front d'un profane adultère [1]
Brille de la Vertu le sacré caractère [2] ?

---

amours, conçues à Athènes, poursuivies à Trézène, et qu'en sa fureur il aurait enfin tenté de mettre à exécution sous la menace de son épée – le *fer* que la nourrice produit comme pièce à conviction. Phèdre aurait ensuite tu le forfait d'Hippolyte par respect pour Thésée ; Œnone se serait alors faite *l'interprète de ses larmes* et de son silence. Racine évite ainsi de faire prononcer par Phèdre elle-même l'accusation calomniatrice, comme c'était le cas chez Sénèque (voir le Dossier, p. 163).

1. L'*adultère* – c'est-à-dire, ici, celui qui commet le crime d'adultère – est nécessairement *profane*, puisqu'il viole le lien sacré du mariage.

2. *Le sacré caractère* : le signe manifeste, la marque de la Vertu – marque *sacrée* par opposition au caractère *profane* du crime que cette apparence vertueuse semble ici couvrir.

Et ne devrait-on pas à des signes certains
Reconnaître le cœur des perfides humains ?

HIPPOLYTE

Puis-je vous demander quel funeste* nuage,
Seigneur, a pu troubler votre auguste* visage ?
N'osez-vous confier ce secret à ma foi* ?

THÉSÉE

Perfide, oses-tu bien te montrer devant moi ?
Monstre, qu'a trop longtemps épargné le tonnerre,
Reste impur des brigands dont j'ai purgé la Terre.
Après que le transport d'un amour plein d'horreur,
Jusqu'au lit* de ton père a porté sa fureur,
Tu m'oses présenter une tête ennemie,
Tu parais dans des lieux pleins de ton infamie,
Et ne vas pas chercher sous un ciel inconnu
Des pays où mon nom ne soit point parvenu.
Fuis, traître. Ne viens point braver ici ma haine,
Et tenter* un courroux que je retiens à peine*.
C'est bien assez pour moi de l'opprobre éternel
D'avoir pu mettre au jour un fils si criminel,
Sans que ta mort encor honteuse à ma mémoire [1],
De mes nobles travaux vienne souiller la gloire.
Fuis. Et si tu ne veux qu'un châtiment soudain
T'ajoute aux scélérats qu'a punis cette main,
Prends garde que jamais l'Astre qui nous éclaire
Ne te voie en ces lieux mettre un pied téméraire.
Fuis, dis-je, et sans retour précipitant tes pas,
De ton horrible* aspect purge tous mes États.
Et toi, Neptune [2], et toi, si jadis mon courage
D'infâmes assassins nettoya ton rivage,
Souviens-toi que pour prix de mes efforts heureux,

1. En parlant ici de sa *mémoire*, Thésée évoque sans nul doute le souvenir qu'il doit laisser dans la mémoire des hommes, sa gloire posthume.
2. Cette invocation à Neptune expose dans le cours de l'action le pacte conclu entre le dieu des mers et Thésée. Chez Euripide, Thésée est le fils de Neptune, qui a promis d'exaucer trois de ses vœux « en don gracieux » (voir le Dossier, p. 154) ; Racine élude la filiation surnaturelle, et fait du vœu apparemment unique que Neptune doit exaucer une récompense accordée à Thésée pour la pacification des rivages de la Grèce.

Tu promis d'exaucer le premier de mes vœux.
Dans les longues rigueurs d'une prison cruelle
Je n'ai point imploré ta puissance immortelle.
Avare du secours que j'attends de tes soins [1]
Mes vœux t'ont réservé pour de plus grands besoins.
Je t'implore aujourd'hui. Venge un malheureux père.
J'abandonne ce traître à toute ta colère.
Étouffe dans son sang ses désirs effrontés.
Thésée à tes fureurs* connaîtra tes bontés.

HIPPOLYTE

D'un amour criminel Phèdre accuse Hippolyte ?
Un tel excès d'horreur rend mon âme interdite ;
Tant de coups imprévus m'accablent à la fois,
Qu'ils m'ôtent la parole, et m'étouffent la voix.

THÉSÉE

Traître, tu prétendais qu'en un lâche silence,
Phèdre ensevelirait ta brutale insolence.
Il fallait en fuyant ne pas abandonner
Le fer, qui dans ses mains aide à te condamner.
Ou plutôt il fallait, comblant* ta perfidie,
Lui ravir tout d'un coup* la parole et la vie.

HIPPOLYTE

D'un mensonge si noir justement irrité,
Je devrais faire ici parler la Vérité,
Seigneur. Mais je supprime* un secret qui vous touche.
Approuvez le respect qui me ferme la bouche ;
Et sans vouloir vous-même augmenter vos ennuis*,
Examinez ma vie, et songez qui je suis.
Quelques crimes toujours précèdent les grands crimes.
Quiconque a pu franchir les bornes légitimes [2],
Peut violer enfin* les droits les plus sacrés.
Ainsi que la vertu, le crime a ses degrés.

---

1. Thésée n'a jusqu'ici pas eu recours à l'aide de Neptune (ses *soins*), qu'il a préféré conserver précieusement (d'où l'adjectif *avare*) pour une occasion exceptionnelle.
2. Les *bornes légitimes* sont les limites que fixent les lois, interdictions de degré inférieur à celles que fixe le respect des choses sacrées (comme le mariage).

Et jamais on n'a vu la timide innocence
Passer subitement à l'extrême licence*.
Un jour seul ne fait point d'un mortel vertueux
Un perfide assassin, un lâche incestueux.
Élevé dans le sein d'une chaste héroïne,
Je n'ai point de son sang* démenti l'origine.
Pitthée [1] estimé sage entre tous les humains,
Daigna m'instruire encore au sortir de ses mains.
Je ne veux point me peindre avec trop d'avantage ;
Mais si quelque vertu m'est tombée en partage,
Seigneur, je crois surtout avoir fait éclater*
La haine des forfaits qu'on ose m'imputer.
C'est par là qu'Hippolyte est connu dans la Grèce.
J'ai poussé la vertu jusques à la rudesse.
On sait de mes chagrins* l'inflexible rigueur.
Le jour n'est pas plus pur que le fond de mon cœur,
Et l'on veut qu'Hippolyte épris d'un feu profane…

THÉSÉE

Oui, c'est ce même orgueil, lâche, qui te condamne.
Je vois de tes froideurs le principe* odieux*.
Phèdre seule charmait tes impudiques yeux.
Et pour tout autre objet ton âme indifférente
Dédaignait de brûler d'une flamme* innocente.

HIPPOLYTE

Non, mon père, ce cœur (c'est trop vous le celer [2])
N'a point d'un chaste amour dédaigné de brûler.
Je confesse à vos pieds ma véritable offense.
J'aime, j'aime, il est vrai, malgré votre défense.
Aricie à ses lois tient mes vœux* asservis.
La fille de Pallante a vaincu votre fils.
Je l'adore, et mon âme à vos ordres rebelle,
Ne peut ni soupirer, ni brûler que pour elle.

---

1. Voir v. 478, et la note, p. 99. Dans *au sortir de ses mains,* le possessif renvoie à Antiope, la *chaste héroïne* évoquée deux vers plus haut. Hippolyte convoque, dans sa lignée, les modèles de probité et de chasteté dont il se réclame pour montrer qu'il ne peut avoir commis le crime dont on l'accuse.

2. *C'est trop vous le celer* : ce serait vous le cacher trop longtemps. L'incise justifie l'aveu par Hippolyte de son amour pour Aricie.

THÉSÉE

Tu l'aimes ? Ciel ! Mais non, l'artifice est grossier.
Tu te feins criminel pour te justifier*.

HIPPOLYTE

Seigneur, depuis six mois je l'évite, et je l'aime.
Je venais en tremblant vous le dire à vous-même.
Hé quoi ? De votre erreur rien ne vous peut tirer ?
Par quel affreux* serment faut-il vous rassurer ?
Que la Terre, le Ciel, que toute la Nature…

THÉSÉE

Toujours les scélérats ont recours au parjure.
Cesse, cesse, et m'épargne un importun discours,
Si ta fausse vertu n'a point d'autre secours.

HIPPOLYTE

Elle vous paraît fausse, et pleine d'artifice ;
Phèdre au fond de son cœur me rend plus de justice.

THÉSÉE

Ah ! que ton impudence excite* mon courroux !

HIPPOLYTE

Quel temps à mon exil, quel lieu prescrivez-vous ?

THÉSÉE

Fusses-tu par-delà les colonnes d'Alcide [1],
Je me croirais encor trop voisin d'un perfide.

HIPPOLYTE

Chargé du crime affreux* dont vous me soupçonnez,
Quels amis me plaindront quand vous m'abandonnez ?

THÉSÉE

Va chercher des amis, dont l'estime funeste*
Honore l'adultère, applaudisse à l'inceste ;

---

1. *Les Colonnes d'Alcide* : les colonnes d'Hercule, qui correspondent à l'actuel détroit de Gibraltar reliant la Méditerranée à l'océan Atlantique, représentaient pour les Grecs la limite du monde connu.

Des traîtres, des ingrats, sans honneur et sans loi,
Dignes de protéger un méchant* tel que toi.

HIPPOLYTE

Vous me parlez toujours d'inceste et d'adultère !
Je me tais. Cependant Phèdre sort d'une mère,
Phèdre est d'un sang*, Seigneur, vous le savez trop bien,
De toutes ces horreurs plus rempli que le mien.

THÉSÉE

Quoi ! ta rage à mes yeux perd toute retenue ?
Pour la dernière fois ôte-toi de ma vue.
Sors, traître. N'attends pas qu'un père furieux
Te fasse avec opprobre arracher de ces lieux.

Scène III

THÉSÉE *seul*

Misérable, tu cours à ta perte infaillible.
Neptune par le fleuve aux Dieux mêmes terrible [1],
M'a donné sa parole, et va l'exécuter.
Un Dieu vengeur te suit, tu ne peux l'éviter.
Je t'aimais. Et je sens que malgré ton offense,
Mes entrailles* pour toi se troublent par avance.
Mais à te condamner tu m'as trop engagé.
Jamais père en effet fut-il plus outragé ?
Justes Dieux, qui voyez la douleur qui m'accable,
Ai-je pu mettre au jour un enfant si coupable ?

Scène IV

THÉSÉE, PHÈDRE

PHÈDRE

Seigneur, je viens à vous, pleine d'un juste* effroi.
Votre voix redoutable a passé jusqu'à moi.
Je crains qu'un prompt effet n'ait suivi la menace.
S'il en est temps encor, épargnez votre race.

1. Il s'agit du Styx, fleuve des Enfers : un dieu qui jurait sur le Styx ne pouvait être délié de son serment.

Respectez votre sang*, j'ose vous en prier.
Sauvez-moi de l'horreur de l'entendre crier [1].
Ne me préparez point la douleur éternelle
De l'avoir fait répandre à la main paternelle.

THÉSÉE

Non, Madame, en mon sang* ma main n'a point trempé.
Mais l'ingrat toutefois ne m'est point échappé.
Une immortelle main de sa perte est chargée.
Neptune me la doit, et vous serez vengée.

PHÈDRE

Neptune vous la doit ! Quoi ! vos vœux irrités…

THÉSÉE

Quoi ! craignez-vous déjà qu'ils ne soient écoutés ?
Joignez-vous bien plutôt à mes vœux légitimes.
Dans toute leur noirceur retracez-moi ses crimes.
Échauffez mes transports* trop lents, trop retenus.
Tous ses crimes encor ne vous sont pas connus.
Sa fureur* contre vous se répand en injures.
Votre bouche, dit-il, est pleine d'impostures.
Il soutient qu'Aricie a son cœur, a sa foi,
Qu'il l'aime.

PHÈDRE

Quoi, Seigneur !

THÉSÉE

Il l'a dit devant moi.

---

1. *De l'entendre crier* : il s'agit du *sang*, c'est-à-dire tout à la fois de la lignée de Thésée, et plus précisément (par métonymie) de son descendant, Hippolyte. Le mot garde par ailleurs une charge concrète évidente, et les cris de ce sang injustement versé sont un souvenir de la Bible ; dans la Genèse (4, 10), le Seigneur s'adresse ainsi à Caïn après le meurtre d'Abel : « Qu'avez-vous fait ? La voix du sang de votre frère crie de la terre jusqu'à moi. » Les spectateurs du temps de Racine pensèrent peut-être aussi au récit de Chimène dans *Le Cid* de Corneille (1637). L'héroïne y évoque la mort de son père, Don Gormas : « Il ne me parla point mais pour mieux m'émouvoir / Son sang sur la poussière écrivit mon devoir / Ou plutôt sa valeur en cet état réduite / Me parlait par sa plaie et hâtait ma poursuite. » (II, VII, v. 685-688)

Mais je sais rejeter un frivole artifice [1].
Espérons de Neptune une prompte justice.
Je vais moi-même encor au pied de ses autels,
Le presser d'accomplir ses serments immortels.

Scène V

PHÈDRE *seule*

Il sort. Quelle nouvelle a frappé mon oreille ?
Quel feu mal étouffé dans mon cœur se réveille ?
Quel coup de foudre, ô Ciel ! et quel funeste* avis* !
Je volais tout entière au secours de son fils,
Et m'arrachant des bras d'Œnone épouvantée,
Je cédais au remords dont j'étais tourmentée.
Qui sait même où m'allait porter ce repentir ?
Peut-être à m'accuser j'aurais pu consentir,
Peut-être si la voix ne m'eût été coupée,
L'affreuse vérité me serait échappée.
Hippolyte est sensible*, et ne sent rien pour moi !
Aricie a son cœur ! Aricie a sa foi* !
Ah Dieux ! Lorsqu'à mes vœux l'ingrat inexorable
S'armait d'un œil si fier, d'un front si redoutable,
Je pensais qu'à l'amour son cœur toujours fermé,
Fût [2] contre tout mon sexe* également armé.
Une autre cependant a fléchi son audace.
Devant ses yeux cruels une autre a trouvé grâce.
Peut-être a-t-il un cœur facile à s'attendrir.
Je suis le seul objet qu'il ne saurait souffrir.
Et je me chargerais du soin de le défendre !

Scène VI

PHÈDRE, ŒNONE

PHÈDRE

Chère Œnone, sais-tu ce que je viens d'apprendre ?

---

1. Comprendre : je sais déjouer une ruse *(artifice)* si facile – si vaine, et inutile *(frivole)*.
2. L'emploi du subjonctif, ici, a pour fonction de marquer la fausseté de la croyance qui est énoncée.

ŒNONE

Non. Mais je viens tremblante, à ne vous point mentir.
J'ai pâli du dessein qui vous a fait sortir.
J'ai craint une fureur* à vous-même fatale*.

PHÈDRE

Œnone, qui l'eût cru ? j'avais une rivale.

ŒNONE

Comment ?

PHÈDRE

Hippolyte aime, et je n'en puis douter.
Ce farouche ennemi qu'on ne pouvait dompter,
Qu'offensait le respect, qu'importunait la plainte,
Ce tigre, que jamais je n'abordai sans crainte,
Soumis, apprivoisé reconnaît un vainqueur.
Aricie a trouvé le chemin de son cœur.

ŒNONE

Aricie ?

PHÈDRE

Ah, douleur non encore éprouvée !
À quel nouveau tourment* je me suis réservée !
Tout ce que j'ai souffert, mes craintes, mes transports*,
La fureur* de mes feux, l'horreur de mes remords,
Et d'un cruel refus l'insupportable injure
N'était qu'un faible essai* du tourment que j'endure.
Ils s'aiment ! Par quel charme* ont-ils trompé mes yeux ?
Comment se sont-ils vus ? Depuis quand ? Dans quels lieux ?
Tu le savais. Pourquoi me laissais-tu séduire* ?
De leur furtive ardeur ne pouvais-tu m'instruire ?
Les a-t-on vus souvent se parler, se chercher ?
Dans le fond des forêts allaient-ils se cacher ?
Hélas ! Ils se voyaient avec pleine licence.
Le Ciel de leurs soupirs approuvait l'innocence.
Ils suivaient sans remords leur penchant amoureux.
Tous les jours se levaient clairs et sereins pour eux.
Et moi, triste rebut de la Nature entière,
Je me cachais au jour, je fuyais la lumière.
La Mort est le seul Dieu que j'osais implorer.

J'attendais le moment où j'allais expirer,
Me nourrissant de fiel*, de larmes abreuvée,
Encor dans mon malheur de trop près observée,
Je n'osais dans mes pleurs me noyer à loisir,
Je goûtais en tremblant ce funeste* plaisir.
Et sous un front serein déguisant mes alarmes*,
Il fallait bien souvent me priver de mes larmes.

ŒNONE

Quel fruit recevront-ils de leurs vaines amours ?
Ils ne se verront plus.

PHÈDRE

Ils s'aimeront toujours.
Au moment que je parle, ah, mortelle pensée !
Ils bravent la fureur* d'une amante insensée.
Malgré ce même exil qui va les écarter [1],
Ils font mille serments de ne se point quitter.
Non, je ne puis souffrir un bonheur qui m'outrage,
Œnone. Prends pitié de ma jalouse rage.
Il faut perdre Aricie. Il faut de mon époux
Contre un sang* odieux* réveiller le courroux.
Qu'il ne se borne pas à des peines légères.
Le crime de la sœur passe celui des frères.
Dans mes jaloux transports* je le veux implorer.
Que fais-je ? Où ma raison se va-t-elle égarer ?
Moi jalouse ! Et Thésée est celui que j'implore !
Mon époux est vivant, et moi je brûle encore !
Pour qui ? Quel est le cœur où prétendent mes vœux* ?
Chaque mot sur mon front fait dresser mes cheveux.
Mes crimes désormais ont comblé* la mesure.
Je respire à la fois l'inceste et l'imposture*.
Mes homicides mains promptes à me venger,
Dans le sang innocent brûlent de se plonger.
Misérable ! Et je vis ? Et je soutiens la vue
De ce sacré Soleil dont je suis descendue [2] ?
J'ai pour aïeul le père et le maître des Dieux.

1. Comprendre : malgré même l'exil qui va les séparer. (Dans la langue classique, la valeur de *même* – pronominale, adjectivale ou adverbiale – n'est pas déterminée par sa position par rapport au nom.)
2. Voir v. 169-172, et la note, p. 85.

Le Ciel, tout l'Univers est plein de mes aïeux.
Où me cacher [1] ? Fuyons dans la Nuit infernale.
Mais que dis-je ? Mon père y tient l'Urne fatale*.
Le Sort, dit-on, l'a mise en ses sévères mains.
Minos juge aux Enfers tous les pâles humains [2].
Ah ! combien frémira son Ombre épouvantée,
Lorsqu'il verra sa fille à ses yeux présentée,
Contrainte d'avouer tant de forfaits divers,
Et des crimes peut-être inconnus aux Enfers ?
Que diras-tu, mon père, à ce spectacle horrible* ?
Je crois voir de ta main tomber l'Urne terrible,
Je crois te voir cherchant un supplice nouveau,
Toi-même de ton sang* devenir le bourreau.
Pardonne. Un Dieu cruel a perdu ta famille.
Reconnais sa vengeance aux fureurs* de ta fille.
Hélas ! Du crime affreux dont la honte me suit,
Jamais mon triste cœur n'a recueilli le fruit.
Jusqu'au dernier soupir de malheurs poursuivie,
Je rends dans les tourments* une pénible vie.

ŒNONE

Hé ! repoussez, Madame, une injuste* terreur.

---

1. L'évocation des Enfers qui suit (la *nuit infernale*, c'est la nuit des Enfers), même si elle s'inspire de Virgile, donc de la mythologie classique, est cependant teintée de la vision chrétienne du Jugement dernier. Racine, d'emblée, retrouve ici les accents d'un répons de l'Office des Morts, inspiré du psaume CXXXVIII : *Ubi me abscondam a vultu irae tuae ?* « Où me cacherai-je du visage de Ta colère ? ».
2. Dans la mythologie classique, Minos était l'un des juges des Enfers : chez Virgile, il préside un tribunal dont les jurés tirés au sort déposent leur vote dans une urne (*Énéide*, VI, v. 431-433 : « Mais ce séjour, on ne l'accorde pas sans choix ni jugement ; / l'inquisiteur Minos se fait apporter l'urne, il convoque / le Conseil des silencieux, puis s'enquiert des fautes d'une vie »). Racine ici transforme subtilement cette représentation : le Sort, puissance mystérieuse, semble avoir placé entre les seules mains de Minos l'Urne du Destin (c'est le sens précis de l'adjectif *fatale*), où il puise les noms de ceux qui doivent comparaître devant lui, en Juge souverain des existences. Ce sont les motifs du *Dies irae*, l'hymne célèbre de la messe des morts, où le Christ apparaît comme un « Juge terrible », un « Juge sévère » au pied duquel comparaît « la pâle créature » (*cf.* ici *Urne terrible*, v. 1286, *sévères mains*, v. 1279, et *pâles humains*, v. 1280, pour évoquer les ombres des morts). Il est aussi remarquable que Vénus, un peu plus loin, soit évoquée au masculin, comme *Un Dieu cruel* (v. 1289) ; ou bien s'agit-il de son fils, Cupidon ?

Regardez d'un autre œil une excusable erreur.
Vous aimez. On ne peut vaincre sa destinée.
Par un charme* fatal* vous fûtes entraînée.
Est-ce donc un prodige inouï parmi nous ?
L'amour n'a-t-il encor triomphé que de vous ?
La faiblesse aux humains n'est que trop naturelle.
Mortelle, subissez le sort d'une mortelle.
Vous vous plaignez d'un joug* imposé dès longtemps.
Les Dieux même, les Dieux de l'Olympe habitants,
Qui d'un bruit* si terrible épouvantent les crimes[1],
Ont brûlé quelquefois de feux illégitimes.

PHÈDRE

Qu'entends-je ? Quels conseils ose-t-on me donner ?
Ainsi donc jusqu'au bout tu veux m'empoisonner,
Malheureuse ? Voilà comme tu m'as perdue.
Au jour, que je fuyais, c'est toi qui m'as rendue.
Tes prières m'ont fait oublier mon devoir.
J'évitais Hippolyte, et tu me l'as fait voir.
De quoi te chargeais-tu ? Pourquoi ta bouche impie
A-t-elle en l'accusant osé noircir sa vie ?
Il en mourra peut-être, et d'un père insensé
Le sacrilège vœu peut-être est exaucé.
Je ne t'écoute plus. Va-t'en, Monstre exécrable.
Va, laisse-moi le soin de mon sort déplorable*.
Puisse le juste Ciel dignement te payer ;
Et puisse ton supplice à jamais effrayer
Tous ceux qui, comme toi, par de lâches adresses*,
Des Princes malheureux nourrissent les faiblesses,
Les poussent au penchant où leur cœur est enclin,
Et leur osent du crime aplanir le chemin ;
Détestables flatteurs, présent le plus funeste*
Que puisse faire aux Rois la colère céleste.

ŒNONE *seule*

Ah, Dieux ! Pour la servir, j'ai tout fait, tout quitté.
Et j'en reçois ce prix ? Je l'ai bien mérité.

Fin du quatrième Acte

1. *Crimes* doit être pris ici, par métonymie, pour criminels.

ACTE V

Scène première

HIPPOLYTE, ARICIE, ISMÈNE

ARICIE

Quoi ! vous pouvez vous taire en ce péril extrême ?
Vous laissez dans l'erreur un père qui vous aime ?
Cruel, si de mes pleurs méprisant le pouvoir,
Vous consentez sans peine à ne me plus revoir,
Partez, séparez-vous de la triste Aricie.
Mais du moins en partant assurez* votre vie.
Défendez votre honneur d'un reproche honteux,
Et forcez votre père à révoquer ses vœux.
Il en est temps encor. Pourquoi ? Par quel caprice
Laissez-vous le champ libre à votre accusatrice ?
Éclaircissez* Thésée.

HIPPOLYTE

Hé ! que n'ai-je point dit ?
Ai-je dû[1] mettre au jour l'opprobre de son lit* ?
Devais-je, en lui faisant un récit trop sincère,
D'une indigne rougeur couvrir le front d'un père ?
Vous seule avez percé ce mystère odieux*.
Mon cœur pour s'épancher n'a que vous et les Dieux.
Je n'ai pu vous cacher, jugez si je vous aime,
Tout ce que je voulais me cacher à moi-même.

1. *Ai-je dû* : aurais-je dû. Dans la langue classique, avec certains verbes (les auxiliaires modaux *pouvoir* et *devoir*), l'indicatif (imparfait ou passé composé) peut se substituer parfois au conditionnel passé pour marquer que l'action n'a pas été réalisée.

Mais songez sous quel sceau [1] je vous l'ai révélé.
Oubliez, s'il se peut, que je vous ai parlé,
Madame. Et que jamais une bouche si pure
Ne s'ouvre pour conter cette horrible* aventure.
Sur l'équité des Dieux osons nous confier*.
Ils ont trop d'intérêt à me justifier* ;
Et Phèdre tôt ou tard de son crime punie,
N'en saurait éviter la juste* ignominie.
C'est l'unique respect que j'exige de vous.
Je permets tout le reste à mon libre courroux.
Sortez de l'esclavage où vous êtes réduite.
Osez me suivre. Osez accompagner ma fuite.
Arrachez-vous d'un lieu funeste* et profané,
Où la vertu respire un air empoisonné.
Profitez pour cacher votre prompte retraite,
De la confusion que ma disgrâce y jette.
Je vous puis de la fuite assurer les moyens,
Vous n'avez jusqu'ici de gardes que les miens.
De puissants défenseurs prendront notre querelle [2].
Argos [3] nous tend les bras, et Sparte nous appelle.
À nos amis communs portons nos justes cris.
Ne souffrons pas que Phèdre assemblant nos débris [4]
Du trône paternel nous chasse l'un et l'autre,
Et promette à son fils ma dépouille et la vôtre.
L'occasion est belle, il la faut embrasser.
Quelle peur vous retient ? Vous semblez balancer* ?
Votre seul intérêt m'inspire cette audace.
Quand je suis tout de feu, d'où vous vient cette glace* ?
Sur les pas d'un banni craignez-vous de marcher ?

ARICIE

Hélas ! qu'un tel exil, Seigneur, me serait cher !
Dans quels ravissements, à votre sort liée

---

1. *Sous quel sceau* : c'est-à-dire sous le sceau du secret.
2. *Prendront notre querelle* : soutiendront, épouseront notre querelle, c'est-à-dire prendront notre parti.
3. *Argos* et *Sparte* sont de puissantes cités du Péloponnèse rivales d'Athènes.
4. *Assemblant nos débris* : le sens est ambigu ; faut-il comprendre « profitant de notre commune disgrâce », ou bien « recueillant notre double héritage » ?

Du reste des mortels je vivrais oubliée !
Mais n'étant point unis par un lien si doux [1],
Me puis-je avec honneur dérober* avec vous ?
Je sais que sans blesser l'honneur le plus sévère
Je me puis affranchir des mains de votre père.
Ce n'est point m'arracher du sein de mes parents,
Et la fuite est permise à qui fuit ses tyrans,
Mais vous m'aimez, Seigneur. Et ma gloire* alarmée...

HIPPOLYTE

Non, non ; j'ai trop de soin de votre renommée.
Un plus noble dessein m'amène devant vous.
Fuyez vos ennemis, et suivez votre époux.
Libres dans nos malheurs, puisque le Ciel l'ordonne,
Le don de notre foi* ne dépend de personne.
L'hymen* n'est point toujours entouré de flambeaux.
Aux portes de Trézène, et parmi ces tombeaux,
Des Princes de ma race antiques sépultures,
Est un temple sacré formidable* aux parjures.
C'est là que les mortels n'osent jurer en vain.
Le perfide y reçoit un châtiment soudain.
Et craignant d'y trouver la mort inévitable,
Le mensonge n'a point de frein plus redoutable.
Là, si vous m'en croyez, d'un amour éternel
Nous irons confirmer le serment solennel.
Nous prendrons à témoin le Dieu qu'on y révère.
Nous le prierons tous deux de nous servir de père.
Des Dieux les plus sacrés j'attesterai le nom.
Et la chaste Diane, et l'auguste Junon [2],
Et tous les Dieux enfin témoins de mes tendresses

---

1. *Mais n'étant pas unis...* : cette proposition participiale, qui ne se rattache pas au sujet grammatical de la phrase, s'apparente à l'ablatif absolu latin ; elle a ici une valeur causale (mais puisque nous ne sommes pas unis par le lien du mariage).
2. Diane, déesse de la chasse, personnification de la virginité (la *chaste* Diane), est la déesse tutélaire d'Hippolyte (dans l'*Hippolyte* d'Euripide, toute l'intrigue tragique qui conduit à la mort du jeune chasseur est rapportée à une vengeance de Vénus, déesse de l'amour, contre Diane). Junon, épouse de Jupiter, était à la fois la déesse protectrice des femmes, depuis leur naissance jusqu'à leur mort (à ce titre elle peut être invoquée par Aricie, tout comme Hippolyte s'en remet à la protection de Diane), et la déesse du mariage.

Garantiront la foi* de mes saintes promesses.

ARICIE

Le Roi vient. Fuyez, Prince, et partez promptement.
Pour cacher mon départ je demeure un moment.
Allez, et laissez-moi quelque fidèle guide,
Qui conduise vers vous ma démarche timide*.

Scène II

THÉSÉE, ARICIE, ISMÈNE

THÉSÉE

Dieux, éclairez mon trouble, et daignez à mes yeux
Montrer la vérité, que je cherche en ces lieux.

ARICIE

Songe à tout, chère Ismène, et sois prête à la fuite.

Scène III

THÉSÉE, ARICIE

THÉSÉE

Vous changez de couleur, et semblez interdite
Madame ! Que faisait Hippolyte en ce lieu ?

ARICIE

Seigneur, il me disait un éternel adieu.

THÉSÉE

Vos yeux ont su dompter ce rebelle courage* ;
Et ses premiers soupirs sont votre heureux ouvrage.

ARICIE

Seigneur, je ne vous puis nier la vérité.
De votre injuste haine il n'a pas hérité.
Il ne me traitait point comme une criminelle.

THÉSÉE

J'entends, il vous jurait une amour éternelle.

Ne vous assurez* point sur ce cœur inconstant.
Car à d'autres que vous il en jurait autant.

ARICIE

Lui, Seigneur ?

THÉSÉE

Vous deviez [1] le rendre moins volage.
Comment souffriez-vous cet horrible* partage ?

ARICIE

Et comment souffrez-vous que d'horribles* discours
D'une si belle vie osent noircir le cours ?
Avez-vous de son cœur si peu de connaissance ?
Discernez-vous si mal le crime et l'innocence ?
Faut-il qu'à vos yeux seuls un nuage odieux*
Dérobe sa vertu qui brille à tous les yeux ?
Ah ! c'est trop le livrer à des langues perfides.
Cessez. Repentez-vous de vos vœux homicides.
Craignez, Seigneur, craignez que le Ciel rigoureux*
Ne vous haïsse assez pour exaucer vos vœux.
Souvent dans sa colère il reçoit nos victimes.
Ses présents sont souvent la peine de nos crimes [2].

THÉSÉE

Non, vous voulez en vain couvrir son attentat.
Votre amour vous aveugle en faveur de l'ingrat.
Mais j'en crois des témoins certains, irréprochables.
J'ai vu, j'ai vu couler des larmes véritables*.

ARICIE

Prenez garde, Seigneur. Vos invincibles mains
Ont de Monstres sans nombre affranchi les humains.
Mais tout n'est pas détruit ; et vous en laissez vivre

---

1. *Vous deviez* : vous auriez dû. (Dans la langue classique, l'indicatif peut avoir la valeur d'un conditionnel pour les verbes d'obligation ; il s'agit d'un latinisme.)
2. Comprendre ainsi les v. 1437-1438 : souvent le Ciel accepte les victimes *innocentes* qu'on lui présente et exauce nos vœux, afin, en réalité, de nous punir. Les quatre derniers vers de la tirade d'Aricie développent ce paradoxe tragique – qui annonce évidemment le dénouement.

Un… Votre fils, Seigneur, me défend de poursuivre.
Instruite du respect qu'il veut vous conserver,
Je l'affligerais trop, si j'osais achever.
J'imite sa pudeur*, et fuis votre présence
Pour n'être pas forcée à rompre le silence.

Scène IV

THÉSÉE *seul*

Quelle est donc sa pensée ? Et que cache un discours
Commencé tant de fois, interrompu toujours ?
Veulent-ils m'éblouir* par une feinte vaine ?
Sont-ils d'accord tous deux pour me mettre à la gêne* ?
Mais moi-même, malgré ma sévère rigueur,
Quelle plaintive voix crie au fond de mon cœur ?
Une pitié secrète et m'afflige, et m'étonne*.
Une seconde fois interrogeons Œnone.
Je veux de tout le crime être mieux éclairci*.
Gardes. Qu'Œnone sorte et vienne seule ici.

Scène V

THÉSÉE, PANOPE

PANOPE

J'ignore le projet que la Reine médite,
Seigneur. Mais je crains tout du transport* qui l'agite.
Un mortel désespoir sur son visage est peint.
La pâleur de la mort est déjà sur son teint.
Déjà de sa présence avec honte chassée
Dans la profonde mer Œnone s'est lancée.
On ne sait point d'où part ce dessein furieux*,
Et les flots pour jamais l'ont ravie à nos yeux [1].

---

1. Racine a repris à un de ses prédécesseurs français dans l'adaptation du sujet, Gabriel Gilbert (voir le Dossier, p. 170-171), ce suicide de la Nourrice coupable qui se précipite dans les flots. Mais cette mort venait clore chez lui la marche funèbre des événements, et refermait l'action *après* la mort d'Hippolyte et de Phèdre, au lieu que Racine en fait le prélude (encore mystérieux pour Thésée) au dénouement tragique et aux révélations qu'il doit apporter.

THÉSÉE

Qu'entends-je ?

PANOPE

Son trépas n'a point calmé la Reine,
Le trouble semble croître en son âme incertaine.
Quelquefois pour flatter* ses secrètes douleurs
Elle prend ses enfants, et les baigne de pleurs.
Et soudain renonçant à l'amour maternelle,
Sa main avec horreur les repousse loin d'elle.
Elle porte au hasard ses pas irrésolus.
Son œil tout égaré ne nous reconnaît plus.
Elle a trois fois écrit, et changeant de pensée
Trois fois elle a rompu sa lettre commencée.
Daignez la voir, Seigneur, daignez la secourir.

THÉSÉE

O Ciel ! Œnone est morte, et Phèdre veut mourir ?
Qu'on rappelle mon fils, qu'il vienne se défendre,
Qu'il vienne me parler, je suis prêt* de l'entendre.
Ne précipite point tes funestes* bienfaits,
Neptune. J'aime mieux n'être exaucé jamais.
J'ai peut-être trop cru des témoins peu fidèles*.
Et j'ai trop tôt vers toi levé mes mains cruelles.
Ah ! de quel désespoir mes vœux seraient suivis !

Scène VI

THÉSÉE, THÉRAMÈNE

THÉSÉE

Théramène, est-ce toi ? Qu'as-tu fait de mon fils ?
Je te l'ai confié dès l'âge le plus tendre.
Mais d'où naissent les pleurs que je te vois répandre ?
Que fait mon fils ?

THÉRAMÈNE

O soins* tardifs, et superflus !
Inutile tendresse ! Hippolyte n'est plus.

THÉSÉE

Dieux !

THÉRAMÈNE

J'ai vu des mortels périr le plus aimable,
Et j'ose dire encor, Seigneur, le moins coupable.

THÉSÉE

Mon fils n'est plus ? Hé quoi ! quand je lui tends les bras,
Les Dieux impatients ont hâté son trépas ?
Quel coup me l'a ravi ? Quelle foudre soudaine ?

THÉRAMÈNE [1]

À peine nous sortions des portes de Trézène,
Il était sur son char. Ses gardes affligés
Imitaient son silence, autour de lui rangés.
Il suivait tout pensif le chemin de Mycènes [2].
Sa main sur ses chevaux laissait flotter les rênes.
Ses superbes* coursiers, qu'on voyait autrefois
Pleins d'une ardeur si noble obéir à sa voix,
L'œil morne maintenant et la tête baissée
Semblaient se conformer à sa triste pensée.
Un effroyable cri sorti du fond des flots
Des airs en ce moment a troublé le repos ;
Et du sein de la terre une voix formidable*
Répond en gémissant à ce cri redoutable.
Jusqu'au fond de nos cœurs notre sang s'est glacé.

---

1. Le récit de Théramène, morceau de bravoure qui forme le point culminant du dénouement et de la tragédie tout entière (c'est le moment de l'intrigue que figurait le frontispice de la pièce, quand elle a été publiée : voir p. 66), condense des souvenirs poétiques très nombreux : d'abord, des images ou des expressions que Racine emprunte aux versions antérieures de cet épisode chez ses modèles antiques Euripide et Sénèque, mais aussi chez ces prédécesseurs français, qui avaient déjà donné des versions très travaillées de cette évocation narrative (impossible de relever toutes ces réminiscences, ou même de les évaluer avec certitude) ; ensuite, des traits glanés ici et là chez Virgile, pour renforcer la coloration épique, et chez Ovide, pour le pathétique. On relèvera les effets d'*hypotypose* (voir le Dossier, p. 205-207), qui donnent à ce récit son énergie visionnaire : passage du passé au présent, vigueur de la narration, présence de détails concrets et expressifs, incises pathétiques…
2. *Mycènes* : ville située au nord du Péloponnèse.

Des coursiers attentifs le crin s'est hérissé.
Cependant, sur le dos de la plaine liquide [1]
S'élève à gros bouillons une montagne humide.
L'onde approche, se brise, et vomit à nos yeux
Parmi des flots d'écume un Monstre furieux.
Son front large est armé de cornes menaçantes.
Tout son corps est couvert d'écailles jaunissantes.
Indomptable Taureau, Dragon impétueux,
Sa croupe se recourbe en replis tortueux.
Ses longs mugissements font trembler le rivage.
Le Ciel avec horreur voit ce Monstre sauvage,
La terre s'en émeut [2], l'air en est infecté,
Le flot, qui l'apporta, recule épouvanté [3].
Tout fuit, et sans s'armer d'un courage inutile
Dans le temple voisin chacun cherche un asile.
Hippolyte lui seul digne fils d'un héros,
Arrête ses coursiers, saisit ses javelots,
Pousse au Monstre [4], et d'un dard lancé d'une main sûre
Il lui fait dans le flanc une large blessure.
De rage et de douleur le Monstre bondissant
Vient aux pieds des chevaux tomber en mugissant,
Se roule, et leur présente une gueule enflammée,
Qui les couvre de feu, de sang et de fumée.
La frayeur les emporte, et sourds à cette fois [5],
Ils ne connaissent plus ni le frein ni la voix.
En efforts impuissants leur maître se consume.

---

1. Image virgilienne pour désigner la mer (voir par exemple *Énéide*, VI, v. 724).

2. *La terre s'en émeut :* la terre en tremble, mais le tour, qui n'est pas loin de prêter à la terre une réaction horrifiée, est volontairement ambigu.

3. Souvenir de Virgile encore (*Énéide*, VIII, v. 240 : *Refluitque exterritus amnis*, « Et recule, épouvanté, le fleuve »), cette personnification des éléments est un artifice épique qui produit un effet de sublime. Boileau, dans les *Réflexions critiques* qu'il compose à la fin de sa vie pour les joindre à sa traduction du *Traité du Sublime* de Longin (voir le Dossier, p. 202-205), témoigne de son efficacité : « toutes les fois qu'on joue la tragédie de *Phèdre*, bien loin qu'on paraisse choqué de ce vers, *Le flot qui l'apporta recule épouvanté*, on y fait une espèce d'acclamation » (Réflexion XI, publication posthume en 1713).

4. *Pousse au Monstre :* pousse ses chevaux à s'avancer au-devant du monstre (terme de chasse).

5. *À cette fois* : à ce moment, mais aussi tous à la fois.

Ils rougissent le mors d'une sanglante écume.
On dit qu'on a vu même en ce désordre affreux
Un Dieu [1], qui d'aiguillons pressait leur flanc poudreux*.
À travers des rochers la peur les précipite.
L'essieu crie, et se rompt. L'intrépide Hippolyte
Voit voler en éclats tout son char fracassé.
Dans les rênes lui-même il tombe embarrassé*.
Excusez ma douleur. Cette image cruelle
Sera pour moi de pleurs une source éternelle.
J'ai vu, Seigneur, j'ai vu votre malheureux fils
Traîné par les chevaux que sa main a nourris.
Il veut les rappeler, et sa voix les effraie.
Ils courent. Tout son corps n'est bientôt qu'une plaie [2].
De nos cris douloureux la plaine retentit.
Leur fougue impétueuse enfin se ralentit.
Ils s'arrêtent, non loin de ces tombeaux antiques,
Où des Rois ses aïeux sont les froides reliques.
J'y cours en soupirant, et sa garde me suit.
De son généreux [3] sang la trace nous conduit.
Les rochers en sont teints. Les ronces dégouttantes
Portent de ses cheveux les dépouilles sanglantes.
J'arrive, je l'appelle, et me tendant la main
Il ouvre un œil mourant, qu'il referme soudain.
Le Ciel, dit-il, *m'arrache une innocente vie.*
Prends soin après ma mort de la triste Aricie.
*Cher ami, si mon père un jour désabusé**
Plaint le malheur d'un fils faussement accusé,
Pour apaiser mon sang, et mon Ombre plaintive,
Dis-lui, qu'avec douceur il traite sa captive,
Qu'il lui rende... À ce mot ce Héros expiré
N'a laissé dans mes bras qu'un corps défiguré [4],

---

1. Neptune, qui semble aiguillonner de son trident les chevaux d'Hippolyte. Noter avec quelle prudence Racine introduit dans le récit cette présence surnaturelle *(On dit qu'on a vu même...)*.
2. Souvenir d'Ovide, cette fois (*Métamorphoses*, XV, v. 526) : *unumque erat omnia vulnus*, « tout n'était qu'une plaie ».
3. *Généreux* semble ici traduire tout à la fois la noblesse de ce sang, et l'abondance avec laquelle il a été répandu (effet de syllepse).
4. Racine reste relativement modéré dans l'évocation du corps mutilé d'Hippolyte : Ovide et Sénèque ont décrit avec beaucoup plus de détails sanglants, et de complaisance, le cadavre démembré du jeune homme.

Triste objet, où des Dieux triomphe la colère,
Et que méconnaîtrait l'œil même de son père.

THÉSÉE

O mon fils ! cher espoir que je me suis ravi [1] !
Inexorables Dieux, qui m'avez trop servi [2] !
À quels mortels regrets ma vie est réservée !

THÉRAMÈNE

La timide Aricie est alors arrivée.
Elle venait, Seigneur, fuyant votre courroux,
À la face des Dieux l'accepter pour époux.
Elle approche. Elle voit l'herbe rouge et fumante.
Elle voit (quel objet pour les yeux d'une amante)
Hippolyte étendu, sans forme et sans couleur.
Elle veut quelque temps douter de son malheur,
Et ne connaissant* plus ce héros qu'elle adore,
Elle voit Hippolyte, et le demande encore.
Mais trop sûre à la fin qu'il est devant ses yeux,
Par un triste* regard elle accuse les Dieux,
Et froide, gémissante, et presque inanimée,
Aux pieds de son amant elle tombe pâmée.
Ismène est auprès d'elle. Ismène toute en pleurs
La rappelle à la vie, ou plutôt aux douleurs.
Et moi, je suis venu détestant la lumière*
Vous dire d'un Héros la volonté dernière,
Et m'acquitter, Seigneur, du malheureux emploi,
Dont son cœur expirant s'est reposé sur moi.
Mais j'aperçois venir sa mortelle ennemie.

Scène dernière

THÉSÉE, PHÈDRE, THÉRAMÈNE,
PANOPE, GARDES

THÉSÉE

Hé bien vous triomphez, et mon fils est sans vie.

---

1. *Que je me suis ravi* : que je me suis ôté à moi-même.
2. On retrouve ici le renversement paradoxal prédit par Aricie, v. 1435-1438.

Ah que j'ai lieu de craindre ! et qu'un cruel soupçon
L'excusant dans mon cœur, m'alarme avec raison !
Mais, Madame, il est mort, prenez votre victime.
Jouissez de sa perte injuste, ou légitime.
Je consens que mes yeux soient toujours abusés*,
Je le crois criminel, puisque vous l'accusez.
Son trépas à mes pleurs offre assez de matières,
Sans que j'aille chercher d'odieuses* lumières*,
Qui ne pouvant le rendre à ma juste douleur,
Peut-être ne feraient qu'accroître mon malheur.
Laissez-moi loin de vous, et loin de ce rivage
De mon fils déchiré fuir la sanglante image.
Confus*, persécuté* d'un mortel souvenir,
De l'Univers entier je voudrais me bannir.
Tout semble s'élever contre mon injustice.
L'éclat de mon nom même augmente mon supplice.
Moins connu des mortels je me cacherais mieux.
Je hais jusques aux soins dont m'honorent les Dieux.
Et je m'en vais pleurer leurs faveurs meurtrières,
Sans plus les fatiguer d'inutiles prières.
Quoi qu'ils fissent pour moi, leur funeste* bonté
Ne me saurait payer de ce qu'ils m'ont ôté.

PHÈDRE

Non. Thésée, il faut rompre un injuste silence ;
Il faut à votre fils rendre son innocence.
Il n'était point coupable.

THÉSÉE

Ah père infortuné !
Et c'est sur votre foi que je l'ai condamné !
Cruelle, pensez-vous être assez excusée…

PHÈDRE

Les moments me sont chers*, écoutez-moi, Thésée.
C'est moi qui sur ce fils chaste et respectueux
Osai jeter un œil profane, incestueux.
Le Ciel mit dans mon sein une flamme* funeste*.
La détestable Œnone a conduit tout le reste.
Elle a craint qu'Hippolyte instruit de ma fureur*
Ne découvrît* un feu qui lui faisait horreur.

La perfide abusant de ma faiblesse extrême,
S'est hâtée à vos yeux de l'accuser lui-même.
Elle s'en est punie, et fuyant mon courroux
A cherché dans les flots un supplice trop doux.
Le fer aurait déjà tranché ma destinée.
Mais je laissais gémir la Vertu soupçonnée.
J'ai voulu, devant vous exposant mes remords,
Par un chemin plus lent descendre chez les morts.
J'ai pris, j'ai fait couler dans mes brûlantes veines
Un poison que Médée [1] apporta dans Athènes.
Déjà jusqu'à mon cœur le venin parvenu
Dans ce cœur expirant jette un froid inconnu ;
Déjà je ne vois plus qu'à travers un nuage
Et le Ciel, et l'époux que ma présence outrage ;
Et la Mort à mes yeux dérobant la clarté
Rend au jour, qu'ils souillaient, toute sa pureté.

PANOPE

Elle expire, Seigneur.

THÉSÉE

D'une action si noire
Que ne peut avec elle expirer la mémoire [2] ?
Allons, de mon erreur, hélas ! trop éclaircis*
Mêler nos pleurs au sang de mon malheureux fils.

---

1. *Médée* la magicienne, la redoutable épouse de Jason, qu'elle avait aidé à s'emparer de la Toison d'or. Délaissée par son époux, elle se vengea de lui en poignardant leurs deux enfants après avoir fait périr sa maîtresse, Créüse, en lui offrant une robe empoisonnée. Pour échapper à la vengeance de Jason, Médée s'enfuit de Corinthe sur un char tiré dans les airs par des dragons, jusqu'à Athènes ; elle y épousa Égée, et tenta d'empoisonner le fils de celui-ci – Thésée. Sénèque, après Euripide (encore), a tiré une tragédie de ce sombre canevas mythologique ; Corneille l'a porté sur la scène française en 1634 (il s'agit de sa première tragédie). Faire périr Phèdre par le poison (et non plus par l'épée, comme Sénèque, ni par la corde, comme Euripide), et précisément par un philtre que Médée apporta à Athènes, c'est sans doute pour Racine une façon d'accentuer la noirceur du dénouement de sa pièce. Ajoutons que Médée, selon la tradition mythologique, est la petite-fille du Soleil, dont Phèdre descend également : Racine a gardé pour la fin un dernier maillon de cette parenté furieuse, sanglante et tragique qui pèse sur le destin de son héroïne.
2. *Expirer la mémoire* : disparaître le souvenir.

Allons de ce cher fils embrasser ce qui reste,
Expier la fureur* d'un vœu que je déteste.
Rendons-lui les honneurs qu'il a trop mérités [1].
Et pour mieux apaiser ses Mânes* irrités,
Que malgré les complots d'une injuste famille [2]
Son amante aujourd'hui me tienne lieu de fille.

Fin

1. *Qu'il a trop mérités* : qu'il n'a que trop mérités ; d'abord par sa vertu, sa droiture morale (en préférant se taire, être calomnié et encourir le courroux de Thésée plutôt que d'accuser Phèdre), ensuite par l'injuste châtiment dont il a été la victime innocente.
2. *Une injuste famille* : les Pallantides ; voir v. 53, et la note, p. 78.

DOSSIER

1 — *Du mythe à la tragédie antique : Euripide et Sénèque*

EURIPIDE, D'*HIPPOLYTE VOILÉ* À *HIPPOLYTE COURONNÉ*

Tout commence avec Euripide (*ca.* 480-406 avant notre ère). Le mythe de Phèdre, le récit de sa passion coupable pour Hippolyte fils de Thésée figuraient sans doute déjà dans certaines traditions locales, confinées autour de quelques sanctuaires de la Grèce antique [1] : mais ce n'est qu'avec sa transfiguration par la tragédie attique que la légende se diffuse dans l'art et la littérature. Euripide est l'*inventeur* du sujet – comme on parle de l'inventeur d'un trésor : s'il n'a pas imaginé de toutes pièces l'intrigue de sa tragédie, il a su dégager, dans un fonds légendaire diffus [2], des matériaux qu'il a agencés pour leur donner un pouvoir d'émotion incomparable, une forme poétique mémorable.

1. À Athènes, à Épidaure, et surtout à Trézène, plusieurs monuments et sanctuaires perpétuaient le souvenir d'Hippolyte. On le sait surtout grâce aux descriptions et anecdotes de Pausanias (*Description de la Grèce*, I, 22 ; II, 31-32) : ce témoignage, qui date du IIe siècle de notre ère, est bien tardif pour que l'on conjecture seulement l'importance de ces traditions au temps d'Euripide, six siècles plus tôt…
2. Sur les origines mythiques de la fable tragique de Phèdre et Hippolyte, ainsi que sur ses métamorphoses d'Euripide et Sénèque jusqu'à Racine, il faut consulter l'étude de Paul Bénichou, « Hippolyte requis d'amour et calomnié », dans *L'Écrivain et ses travaux*, José Corti, 1967, p. 237-323 ; ainsi que le travail plus ancien de Jean Pommier, « Histoire littéraire d'un couple tragique », dans *Aspects de Racine*, Nizet, 1954, p. 313-417.

L'*Hippolyte couronné* d'Euripide, représenté en 428 avant notre ère, quelques mois après la mort de Périclès, est en réalité la seconde tragédie que le dramaturge consacrait à ce sujet. De la première, intitulée *Hippolyte voilé*, il ne subsiste que quelques très brefs fragments : ils ont cependant permis de reconstituer le dessin de cette intrigue primitive. Phèdre y apparaissait sans doute comme le personnage saillant, qui s'abandonnait tout entière à sa fureur amoureuse, préparait des philtres d'amour pour mieux ensorceler Hippolyte, se conciliait l'aide de la déesse infernale Hécate par de sombres incantations. Comble d'impudeur, elle osait déclarer elle-même à Hippolyte un amour interdit – déclaration qui conduisait le fils de Thésée à se voiler la face. Devant ce refus horrifié, Phèdre alors se vouait entièrement à la perte de l'adolescent, l'accusant elle-même auprès de Thésée revenu des Enfers ; les imprécations du père abusé scellaient la perte du jeune homme ; Phèdre enfin se donnait la mort. Par bien des aspects, les audaces et la violence passionnée de ce canevas s'apparentent à la *Phèdre* racinienne• ; mais le second *Hippolyte* d'Euripide, le seul dont on connaisse le texte, celui auquel Racine se réfère dans sa Préface, semble en regard bien atténué.

Hippolyte est bien cette fois le personnage central de la tragédie. Le jeune chasseur représente un idéal aristocratique de vertu et de pureté, poussé à la démesure. Courant les forêts avec sa meute et ses chevaux, voué au seul service d'Artémis••, méprisant les femmes, refusant orgueilleusement de se soumettre aux lois de l'amour, il est une insulte vivante à la puis-

***• Il ne s'agit pas d'une coïncidence : le dramaturge latin Sénèque, dont on va bientôt mesurer l'influence sur Racine, a pu avoir connaissance de ce premier* Hippolyte, *et s'en inspirer pour sa propre* Phèdre.**

•• La déesse Artémis, vierge chasseresse, correspond à la Diane des Romains.

• *Déesse de l'amour et de la beauté, Aphrodite-Cypris correspond à la Vénus de la mythologie romaine.*

sance d'Aphrodite•. Ainsi la pièce s'organise-t-elle comme une *théomachie*, c'est-à-dire un affrontement entre divinités par mortels interposés. Euripide le marque en encadrant l'intrigue de sa tragédie par deux interventions surnaturelles : celle d'Aphrodite dans le prologue, celle d'Artémis au dénouement. La première constitue en quelque sorte le programme de l'intrigue, délivrant d'emblée la leçon que la tragédie donne à méditer : c'est la fatalité amoureuse, puissance surnaturelle à laquelle nul ne saurait résister, qui ourdit la perte des hommes.

APHRODITE

Célèbre parmi les mortels et non sans gloire dans les cieux
je suis la déesse Cypris.
En quelque lieu que les éclaire le soleil,
des rives de l'Euxin aux confins atlantiques,
j'honore ceux qui rendent hommage à ma puissance,
mais qui me traite avec superbe, je l'abats.
Car la race des dieux, elle aussi, prend plaisir
à recevoir l'hommage des humains.
Et de cette parole, je ferai voir tantôt la vérité.
Le fils que l'Amazone a conçu de Thésée,
cet Hippolyte qu'a nourri le pieux Pitthée,
seul ici parmi tout le peuple de Trézène,
me déclare la dernière des déités.
Il méprise les couples et refuse l'amour.
À la sœur de Phoibos, Artémis fille de Zeus,
va son respect. Elle est pour lui la déesse suprême.
Dans la verte forêt, toujours aux côtés de la Vierge,
avec ses chiens légers il détruit les bêtes sauvages.
C'est là trop haute société pour un mortel !
Non certes que j'en prenne ombrage. Que m'importe !
Mais il m'a offensé et je l'en châtierai,
cet Hippolyte, avant que le jour soit fini. J'ai dès longtemps
dressé le piège. Ce qui me reste à faire n'est plus rien.
Quittant un jour la maison de Pitthée
il vint pour célébrer les saints mystères
dans la ville de Pandion. L'illustre épouse de son père,
Phèdre, le vit et son cœur fut saisi
d'un amour violent. Tel était mon dessein. [...]
Et la voici, l'infortunée, gémissante, blessée
de tous les poinçons de l'amour. Elle se meurt,
muette, et nul dans la maison ne sait quel est son mal.

Mais ainsi ne doit pas s'éteindre cet amour.
J'en instruirai Thésée. Tout viendra au grand jour.
Et ce garçon qui se rebelle contre moi
son père le tuera d'une imprécation.
Car Posidon•, le seigneur de la mer, promit à Thésée,
en don gracieux,
de lui exaucer jusqu'à trois souhaits.
Pour Phèdre, elle est sans nul reproche, mais elle doit périr.
Car de son malheur comment faire cas
s'il doit m'empêcher de tirer justice
de mes ennemis jusqu'à me sentir satisfaite [1] ?

Le prologue se referme avec l'apparition d'Hippolyte : « Il ne sait pas la porte d'Hadès grande ouverte, / et ce jour le dernier qu'il verra », augure sombrement la déesse. L'intrigue alors se concentre un moment sur le personnage de Phèdre : sa secrète souffrance, et son désir de mourir, sont d'abord évoqués par le Chœur *(premier stasimon••)* ; puis la Reine paraît, torturée par l'amour et le silence, accompagnée de sa Nourrice. Les paroles qu'elle prononce comme égarée, l'évocation des amours de sa mère Pasiphaé et de sa sœur Ariane sont autant de traits mémorables forgés par Euripide, dont Racine ne manquera pas de tirer parti. Par-delà ce délire, cependant, Phèdre apparaît comme un personnage plein de noblesse : possédée par un amour furieux qui échappe à sa volonté, elle est hantée par le souci de son honneur, ravagée par la honte. Le conflit moral que le dramaturge grec peint dans le discours de son héroïne se retrouvera dans la culpabilité qui torture la Phèdre racinienne••• :

L'amour m'avait blessée et je me demandais
comment le supporter avec honneur. Pour commencer,
je décidai de taire et de cacher mon mal. [...]
Je résolus ensuite de porter dignement ma démence

• Posidon ou Poséidon, dieu grec de la mer, correspond au Neptune des Romains. Dans la tradition mythologique, Thésée apparaît tantôt comme le fils de Poséidon, tantôt comme celui du roi Égée : filiation divine et filiation humaine ne semblent pas s'exclure.

*•• Il faut rappeler la structure de la tragédie grecque, qu'Euripide a héritée d'Eschyle : une série d'*épisodes *ponctués par les* stasima, *morceaux lyriques chantés et dansés par le Chœur – l'ensemble encadré par le* prologue *et* l'exodos.

*••• On notera toutefois que c'est la hantise de l'*adultère *qui tourmente la Phèdre d'Euripide : si elle se consume d'amour pour le fils de son époux, celui-ci ne lui est pas apparenté par les liens du sang. La topique de la passion incestueuse, et donc monstrueuse, apparaît seulement chez Sénèque.*

1. Euripide, *Hippolyte*, v. 10-50, traduction Marie Delcourt-Curvers, dans le volume *Tragiques grecs / Euripide*, Gallimard, « Bibliothèque de la Pléiade », 1962, p. 211-212.

et que ma vertu pourrait la dominer.
Enfin, comme rien n'arrivait à me rendre plus forte
que Cypris, je pris le parti de mourir,
le meilleur de tous, sans conteste.
Ce qui m'honore n'a pas à demeurer caché ;
C'est si je faisais mal qu'il ne me faudrait nul témoin.
Ma passion consommée m'enlèverait l'honneur [1]...

À la résistance héroïque de Phèdre s'opposent les sophismes de la Nourrice, qui l'invite au contraire à s'abandonner au pouvoir universel de l'amour : « Tu aimes ! quoi d'étonnant ? C'est le lot des humains. / Et c'est pour cet amour que tu veux renoncer à la vie ? » – « À Cypris déchaînée on ne résiste pas. » – « Tombée / en un pareil abîme, tu voudrais résister au courant ? » – « Il faut te résoudre à l'amour, c'est un dieu qui l'exige, / et puisque tu aimes, par quelque moyen, donner à ton mal une heureuse issue [2]. » Cette extraordinaire confrontation entre les deux personnages, l'aveu par Phèdre de son amour et de son tourment intérieur, tout cela forme la matière du *premier épisode*. Le *premier stasimon* est une méditation lyrique du Chœur sur le pouvoir tyrannique d'Éros, l'Amour, et de Cypris-Aphrodite.

Le *second épisode* s'ouvre sur une entrevue entre Hippolyte et la Nourrice, qui trahit le secret de sa maîtresse ; Hippolyte, effarouché et horrifié, la traite d'« infâme entremetteuse », profère en une longue tirade un âpre réquisitoire contre les femmes. Le fils de Thésée menace de tout faire éclater au jour ; lié par un serment, il finit par promettre le silence. Phèdre, cependant, qui reproche durement à la Nour-

1. Euripide, *Hippolyte*, v. 392-405.
2. *Ibid.*, v. 439-440, 443, 470-471 & 476-477.

rice son imprudence, craint qu'Hippolyte ne révèle tout à Thésée ; elle ne voit plus d'autre issue pour sauver son honneur que de se donner la mort, en rejetant sur le jeune homme la faute d'un amour impie. Le suicide de Phèdre est décrit par le Chœur dans le *second stasimon* :

En accord avec ces mauvais présages
Aphrodite a brisé son cœur
d'une redoutable disgrâce
celle de l'amour interdit.
Sous le coup brutal Phèdre fait naufrage.
Au tout de sa chambre d'épouse
elle va suspendre un lacet
pour le lier à son cou blanc.
Répudiant la passion
dont avec horreur elle est possédée
elle voudra du moins sauver sa gloire
en se délivrant de l'amour qui fait sa souffrance [1].

Le *troisième épisode* s'ouvre sur le retour de Thésée, qui découvre la mort de son épouse et profère une longue plainte funèbre. Il trouve, attachée à la main de la défunte, une tablette : c'est le message accusateur. Hippolyte paraît justement : s'ensuit une grande scène de confrontation entre le père et le fils ; Hippolyte ne peut faire éclater son innocence, il doit subir les imprécations de Thésée. Le *troisième stasimon* voit le Chœur méditer sur la force aveugle du destin, et annonce avec des accents élégiaques le sort injuste qui guette Hippolyte. Au *quatrième épisode*, un message rapporte longuement la perte d'Hippolyte, en une rencontre fatale avec un monstre issu de la mer – Neptune ainsi a exaucé le vœu de Thésée. L'*exodos*, symétrique au prologue, est marqué par l'apparition d'Artémis : la déesse vient manifester la vérité, révéler le mensonge de

1. Euripide, *Hippolyte*, v. 764-775.

Phèdre, l'innocence d'Hippolyte, accusant Thésée d'avoir trop vite condamné son fils. Des serviteurs amènent alors Hippolyte mourant. Artémis scelle la réconciliation du père et du fils, et rejette finalement la responsabilité de tout le malheur sur Aphrodite : elle lave même Phèdre de tout crime, et fait d'elle une victime de l'acharnement d'Aphrodite, des indiscrétions de sa Nourrice, et du souci immodéré de son honneur. La tragédie se clôt donc sur une note apaisée, au plan humain, et sur une protestation contre le pouvoir cruel d'Aphrodite.

La pièce d'Euripide, dans sa structure, est relativement simple. Elle est constituée pour l'essentiel de trois grandes confrontations, qui mettent chacune en valeur le caractère d'un personnage, et ce qu'il porte en lui d'*hybris*, d'excès : la confrontation initiale entre Phèdre et la Nourrice fait ressortir la puissance du mal amoureux dont Phèdre est tourmentée, en même temps que sa grandeur d'âme ; la confrontation entre la Nourrice et Hippolyte manifeste l'emportement orgueilleux d'Hippolyte, et sa défiance excessive envers l'amour ; la confrontation entre Hippolyte et Thésée met l'accent sur l'aveuglement de ce dernier, possédé par la colère. À ces trois entrevues• s'ajoute un morceau épique, le récit de la mort d'Hippolyte par le messager. Deux apparitions surnaturelles encadrent l'action, pour en rejeter la noirceur sur le compte des forces aveugles qu'incarnent les divinités ; les interventions lyriques du Chœur, qui rythment l'action, ont une fonction analogue, et celle, de surcroît, de déplorer la marche inexorable du destin.

• Au passage, on remarquera qu'à aucun moment Phèdre n'est confrontée directement à Hippolyte, non plus qu'à Thésée. Ce n'est pas chez Euripide, mais chez Sénèque, que Racine a trouvé le modèle de ces confrontations essentielles à la marche de son intrigue.

La *Phèdre* de Sénèque

Euripide prête à Artémis s'adressant une dernière fois à Hippolyte des paroles qui semblent prophétiques au regard de la fortune du mythe : « Jamais ne se perdra dans le silence / et dans l'oubli, l'amour que Phèdre conçut pour toi [1] »… L'histoire, exemplaire, était vouée à demeurer dans les mémoires ; cela n'a pas empêché de se perdre dans l'oubli plusieurs versions qu'en donnèrent de grands dramaturges•. Peut-être ces pièces aideraient-elles à mieux comprendre la métamorphose du sujet qui s'opère avec Sénèque (*ca.* 2-64). Avec sa *Phèdre*, le dramaturge latin propose en effet une tragédie fort différente d'*Hippolyte couronné.* La marâtre tentatrice puis calomniatrice y tient le premier rôle. Euripide présentait un personnage féminin tenté par l'adultère, mais rongé par le souci de l'honneur ; Sénèque accentue le clair-obscur. Il souligne le caractère monstrueux du désir de Phèdre – amour incestueux qu'il place sur le même plan que l'union de Pasiphaé avec un taureau ; et son héroïne oscille sans cesse, et de façon brusque, entre l'abandon à cette passion, jusque dans les actes les plus audacieux ou les plus noirs, et un désir éperdu de pureté, que seule la mort pourrait satisfaire. Sénèque peint admirablement cette contradiction intime, et les revirements, les abattements, les emportements qu'elle engendre. Racine, sur ce point, lui doit beaucoup plus qu'il ne veut l'avouer dans sa Préface ; à vrai dire, c'est aussi du dramaturge latin qu'il s'est

• *Outre l'*Hippolyte voilé *d'Euripide, il faut regretter la perte d'un* Hippolyte *de Sophocle, et d'un autre de Lycophron.*

1. Euripide, *Hippolyte*, v. 1429-1430.

inspiré pour structurer l'intrigue de sa pièce [1].

Sénèque efface la dimension surnaturelle de l'action dramatique. Chez lui, plus de dieux ou de déesses sur la scène : la fatalité, déjà, est intériorisée, confinée dans les passions qui tourmentent les personnages, et dans le poids de leur hérédité. La pièce s'ouvre sur un *prologue* qui a presque valeur de divertissement : Hippolyte, en un long monologue lyrique, célèbre les plaisirs de la chasse. Puis tout s'assombrit, et l'action s'amorce avec un dialogue entre Phèdre et la Nourrice *(premier épisode)*. Phèdre d'abord profère une longue plainte, décrit son tourment et déplore la fatalité qui s'acharne sur les amours de sa lignée•. Sénèque fait précisément allusions au désir monstrueux de Pasiphaé pour un taureau envoyé par Neptune, que l'épouse de Minos put séduire grâce à un artifice de Dédale : celui-ci confectionna un simulacre de génisse dans lequel Pasiphaé se dissimula. Ce fut lui, encore, qui imagina le labyrinthe où fut enfermé le fruit de cette union contre nature – le Minotaure.

• On retrouve chez Racine le poids de cette fatalité familiale, évoqué beaucoup plus allusivement dans les paroles de Phèdre qui précèdent son aveu : voir la scène III de l'acte premier, v. 249-250, 257-258, 277-278.

Mais sur mon chagrin pèse une douleur plus vive ;
ni le sommeil profond, ni le repos, la nuit,
ne me délivrent des peines ; mon mal grandit
et s'accroît, et s'embrase, pareil à la flamme
qui jaillit du gouffre de l'Etna. Je délaisse
la toile de Pallas, et la laine à filer
retombe de mes mains. Non, je n'ai plus envie
d'honorer les saints temples d'offrandes votives,
ni, aux autels, mêlée au chœur des Athéniennes,

---

1. Mais Sénèque s'est peut-être inspiré de l'*Hippolyte voilé* d'Euripide, dont ne restent aujourd'hui que quelques fragments. Cette hypothèse a été émise au XVIIe siècle, quelques années avant la *Phèdre* de Racine, dans l'édition de la pièce de Sénèque publiée à Leyde en 1668 par Walckenaer. Ainsi le dramaturge français, en suivant Sénèque, pouvait peut-être s'imaginer ressaisir indirectement l'inspiration première d'Euripide…

de brandir des torches pour les rites mystiques,
ni de m'approcher, avec des prières pures
et des gestes pieux, de la divinité
qui préside aux travaux de la terre. Il me plaît
de poursuivre à la course les bêtes sauvages
et, de ma faible main, lancer le javelot.
Où vas-tu donc, mon cœur ? Pourquoi, dans ta folie,
aimes-tu les forêts ? Je reconnais ce mal
fatal à ma pauvre mère. L'amour, chez nous,
a dans les bois appris à commettre ses fautes.
O ma mère, j'ai pitié de toi : possédée
d'un mal infâme, ce chef cruel d'un farouche
troupeau, tu as osé l'aimer ! Et cet amant
à l'œil terrible, guidant sa horde indomptée,
qui refusait le joug – il a pourtant aimé !
Mais moi qui brûle malheureuse,
quel dieu pourrait m'assister ? Quel Dédale ?
Quand même il reviendrait, cet artisan habile
qui sut enclore dans une demeure obscure
un monstre de mon sang, il ne saurait m'offrir
aucun de ses secours là où je suis réduite.
Car Vénus hait la race odieuse du Soleil ;
elle venge sur nous l'histoire du filet
où elle fut, avec Mars, surprise ; elle veut
couvrir d'infamie la famille de Phébus.
Jamais fille de Minos n'aura pu connaître
d'amour léger•. Toujours le crime y est mêlé [1] !

• Allusion cette fois au sort de sa sœur Ariane, abandonnée par Thésée sur un rivage hostile après qu'elle l'eut aidé à s'enfuir du labyrinthe et à quitter la Crète. On trouve la trace de cet amour malheureux chez Racine, dans les célèbres vers « Ariane, ma sœur ! de quel amour blessée, / Vous mourûtes aux bords où vous fûtes laissée ? » (v. 253-254)

Sénèque omet, dans cette scène, l'aveu proprement dit de l'amour de Phèdre pour Hippolyte ; mais il est annoncé plus qu'à demi mots, à travers la hantise de l'inceste qui revient sans cesse dans le discours des personnages, notamment dans les durs reproches de la Nourrice :

Et tu irais confondre dans la même couche
le père avec le fils ? concevoir en ton ventre
impie quelque être hybride ? Mais continue donc,
et dévoie la Nature par ton ardeur sacrilège !
Pourquoi n'y aurait-il plus de monstres ? Pourquoi
le labyrinthe resterait-il vide [2] ?

Dans la pièce de Sénèque, la Nourrice a d'abord un rôle de conseillère de vertu,

1. Sénèque, *Phèdre*, v. 99-128, traduction originale Danielle Sonnier & B.D.
2. *Ibid.*, v. 171-174.

presque de conscience morale : par ses préceptes, elle tente de raisonner Phèdre, de la rendre responsable d'une passion qu'il faut éteindre par un effort de volonté. Sans doute s'agit-il d'un écho de la morale stoïcienne, à laquelle Sénèque se rattache par son œuvre philosophique.

Épouse de Thésée, noble fille de Jupiter,
chasse vite cette horreur de ton chaste cœur.
Éteins ces flammes, et ne consens pas à suivre
l'espérance mauvaise. Qui d'abord résiste
et repousse l'amour, en sûreté triomphe ;
pour qui, en le flattant, entretient un doux mal,
trop tard pour refuser le joug qu'il a choisi ! [...]
L'honneur voudrait d'abord qu'on désire le bien,
sans dévier ; il veut ensuite que l'on sache
borner sa faute... Malheureuse, où vas-tu donc ?
Pourquoi rends-tu plus odieuse une maison
déjà infâme ? Veux-tu surpasser ta mère ?
Braver un interdit est plus que monstrueux :
le monstrueux est l'œuvre du destin ; le crime
ne relève que de nos actes [1]...

Ces exhortations conduisent à un renversement des positions : confrontée à sa responsabilité morale, Phèdre ne voit plus comme issue que la mort ; et la Nourrice lui propose alors d'assister son amour en tentant de fléchir le chasseur farouche. Ainsi s'achève le premier épisode ; suit une première intervention du Chœur, qui célèbre la puissance universelle de l'amour, bêtes, hommes et dieux, sans oublier les astres. Le *deuxième épisode* se raccorde assez mal au premier : Phèdre reparaît affaiblie, consumée par la fièvre et le délire, en un tableau mémorable imité de près par Racine (I, III). La Nourrice invoque Diane afin d'adoucir le cœur d'Hippolyte. Puis, dans une longue entrevue avec le jeune homme, sans lui avouer la passion de

1. Sénèque, *Phèdre*, v. 129-135 & 140-144.

Phèdre, elle le conjure de quitter son ascétisme forcené. Hippolyte répond par un ample développement moral opposant la pureté de la vie sauvage, au cœur des forêts, à la corruption qui ronge les villes ; c'est selon lui la faute de la race des femmes, qui porte en elle toutes les noirceurs (on retrouve ici les propos misogynes du personnage d'Euripide). Phèdre, finalement, devance la Nourrice en avouant elle-même son amour à Hippolyte horrifié : scène extraordinaire, dont Racine s'est inspiré étroitement [1] (II, v). C'est aussi Sénèque qui imagine le motif de l'épée (que Racine adoucira quelque peu) : Phèdre, dans sa fureur, se jette sur le jeune homme, qui se saisit d'elle et s'apprête à la sacrifier à Diane ; mais les paroles audacieuses, scandaleuses de Phèdre (« voici qui passe / le vœu que j'ai formé, de sauver ma vertu / en mourant sous ta main ! », v. 711-712) arrêtent son geste, et lui font même rejeter son épée impure d'avoir touché la tentatrice. Elle servira ensuite de « preuve » aux accusations portées contre lui, selon un stratagème aussitôt imaginé par la Nourrice.

Après une seconde intervention du Chœur, qui déplore la fugacité et la fragilité de la beauté virile – annonçant le sort tragique qui guette Hippolyte –, l'action reprend avec le retour de Thésée des Enfers *(troisième épisode)*. Il est bientôt confronté à Phèdre qui, gémissante, accuse l'adolescent de son propre crime.

1. Nous n'en donnerons pas ici de traduction, mais on en trouvera plus loin, p. 166-167, une superbe adaptation, assez fidèle, dans la langue du XVIe siècle finissant, par le dramaturge Robert Garnier.

THÉSÉE
Pourquoi détournes-tu ton visage affligé,
pourquoi veux-tu cacher, en rabattant ton voile,
des larmes qui soudain ont jailli sur tes joues ?

PHÈDRE
Père des dieux du ciel, je te prends à témoin,
et toi, astre brillant de la pure lumière,
de la race de qui notre famille est née.
Aux prières qu'il me faisait, j'ai résisté ;
à la menace de l'épée, mon cœur n'a pas cédé ;
et cependant mon corps a subi sa violence.
Je laverai la souillure de ma pudeur
en versant mon sang.

THÉSÉE
Qui est, dis-moi, le fossoyeur de mon honneur ?

PHÈDRE
Celui auquel tu penses le moins.

THÉSÉE
J'exige d'entendre dire qui il est.

PHÈDRE
Cette épée le dira, qu'effrayé par le bruit
le séducteur abandonna, de vos sujets
craignant la brutale irruption.

THÉSÉE
Hélas ! quel acte abominable j'entrevois !
Quelle chose monstrueuse sous mes yeux :
cet ivoire royal, gravé de figures, qui brille
sur la garde – c'est l'insigne des rois d'Athènes [1] !

Thésée accable alors Hippolyte (absent de la scène : jamais celui-ci n'aura, dans la pièce de Sénèque, l'occasion de se justifier des accusations de Phèdre). Il le bannit d'Athènes, et en appelle à Neptune pour punir le crime de ce fils hypocrite, qui cachait sous une vertu affectée les plus sombres desseins. Une troisième intervention du Chœur vient déplorer l'injustice régnant chez les hommes, qui laisse prospérer l'intrigant et condamner l'innocent. L'action reprend avec l'annonce de la mort d'Hippolyte par le Messager, en un long

1. Sénèque, *Phèdre*, v. 886-900.

récit épique (114 vers !) qui forme l'essentiel du *quatrième épisode*. Nouveau retour au Chœur, qui médite cette fois sur l'inconstance de la Fortune, pour préluder au déchirement imprévu que va constituer, pour Thésée, la révélation de son injustice. C'est maintenant Phèdre qui fait irruption sur scène, torturée par le remords : elle révèle à Thésée la fausseté de ses accusations, et la monstruosité de ses propres désirs, avant de se percer le corps d'une épée. La tragédie se clôt avec la lamentation de Thésée, et sa déploration sur le corps déchiqueté d'Hippolyte que l'on vient de porter dans le palais.

⁂

Ce résumé et ces quelques extraits auront donné une idée de la dette de Racine envers la tragédie de Sénèque : malgré sa volonté affichée d'en revenir aux sources grecques en s'inspirant avant tout d'Euripide, c'est sans doute au dramaturge latin qu'il est le plus redevable – tant pour la marche de l'action dramatique que pour la peinture des tourments et du conflit moral de son héroïne, comme aussi pour le détail de l'ornementation poétique de cette intrigue. Il serait cependant simplificateur de situer *Phèdre* uniquement par rapport à ses modèles antiques. En 1677, Racine n'était certes pas le premier à porter une version renouvelée du mythe sur la scène française : son œuvre se définit aussi par certaines options poétiques et dramaturgiques qu'elle partage avec ses proches prédécesseurs – et plus encore peut-être par celles qu'elle rejette.

2 — *Phèdre sur la scène française (1573-1677)*

Un relais humaniste : Garnier

• *Sénèque était la figure tutélaire de la tragédie humaniste : rien d'étonnant à ce que Garnier suive de près, et souvent même imite, le dramaturge latin.*

Il revient à Robert Garnier [1] (1545-1590), magistrat, poète et dramaturge, d'avoir le premier transposé en notre langue le sujet légué par Euripide et Sénèque. La vie de Garnier se confond avec l'une des périodes les plus sombres de l'histoire de France : le temps des guerres de Religion. Comme en consonance avec ce climat, les tragédies d'alors étaient marquées par une atmosphère oppressante : apparitions, songes, présages et pressentiments y dramatisaient à l'envi des sujets volontiers terribles et sanglants. Dans son *Hippolyte*, et tout en suivant de très près la pièce de Sénèque•, Garnier se plaît à créer une telle atmosphère : il insiste sur la dimension sacrificielle de l'intrigue – en ouverture de la pièce, l'ombre d'Égée sortie des Enfers vient révéler, en un monologue solennel et prophétique, quel coup le destin réserve à Thésée, pour punition de sa légèreté légendaire ; puis Hippolyte paraît, et raconte un songe de mauvais augure qui vient de l'assaillir. Avant même que l'intrigue ne s'amorce, le ton est donné.

Sentencieuse et exemplaire, la tragédie de Garnier est marquée par le stoïcisme. Sentencieuse : elle est semée de préceptes

1. Pour une présentation synthétique de cet auteur et de son œuvre, on consultera : Jacques Morel, *De Montaigne à Corneille*, GF-Flammarion n° 959, série « Histoire de la littérature française », p. 189-212.

moraux – alexandrins frappés comme autant de maximes, discours méditatifs plus étendus tenus par les personnages eux-mêmes ou par un chœur à l'antique (qui ici ne dialogue pas avec les protagonistes, se contentant de contempler l'action pour en commenter et déplorer le décours fatal). Exemplaire : elle met en scène des êtres qui incarnent la condition humaine dans sa fragilité, sa déréliction (Phèdre soumise à l'empire de la passion, Thésée victime de son emportement) comme dans sa grandeur héroïque (Hippolyte qui lutte contre un sort adverse avant de s'y résigner)•.

• *Même si Racine présente, lui aussi, une vision théâtrale de la condition humaine insistant sur les ravages causés par la passion, il ne délivre pas de moralité* explicite *: il se contente de peindre les êtres dans leur complexité intérieure.*

Racine avait sans doute lu Garnier, et s'en est inspiré pour deux épisodes que l'on ne trouve pas dans les modèles antiques : le violent remords qui conduit la nourrice au suicide, et le monologue halluciné dans lequel Phèdre, déterminée à mourir, croit déjà voir les Enfers apprêter son supplice (IV, VI). Outre cela, Racine doit peut-être à son prédécesseur, ici et là, telle expression, telle image ; même s'il est bien éloigné du style très orné, maniéré, que Garnier emploie un siècle avant lui, il aura sûrement été marqué par l'accent mis sur la tonalité de l'élégie et de la plainte, par l'intensité poétique au service d'une peinture psychologique raffinée. Que l'on en juge en lisant la scène de l'aveu amoureux de Phèdre à Hippolyte.

PHÈDRE

L'amour consomme enclos [1]
L'humeur de ma poitrine et dessèche mes os,
Il rage en ma moelle, et le cruel m'enflamme
Le cœur et les poumons d'une cuisante flamme.
Le brasier étincelle, et flamboie âprement [...]

1. Comprendre : un amour secret consume...

HIPPOLYTE
C'est l'amour de Thésée qui vous tourmente ainsi.

PHÈDRE
Hélas ! voire, Hippolyte, hélas ! c'est mon souci.
J'ai misérable, j'ai la poitrine embrasée
De l'amour que je porte aux beautés de Thésée,
Telles qu'il les avait lorsque bien jeune encor
Son menton cotonnait d'une frisure d'or,
Quand il vit, étranger, la maison dédalique
De l'homme mi-taureau, notre monstre crétique [1].
Hélas que semblait-il ? ses cheveux crespelés,
Comme soie retorse en petits annelets,
Luy blondissaient la tête, et sa face étoilée
Était entre le blanc de vermillon mêlée.
Sa taille belle et droite avec ce teint divin
Ressemblait, égalée, à celle d'Apollin,
À celle de Diane, et surtout à la vôtre,
Qui en rare beauté surpassez l'un et l'autre.
Si nous vous eussions vu, quand votre géniteur
Vint en l'île de Crète, Ariane ma sœur
Vous eût, plutôt que lui, par son fil salutaire,
Retiré des prisons du roi Minos mon père.
Or quelque part du ciel que ton astre plaisant
Soit, ô ma chère sœur, à cette heure luisant,
Regarde par pitié moi ta pauvre germaine
Endurer comme toi cette amoureuse peine.
Tu as aimé le père, et pour lui tu défis
Le grand monstre de Gnide, et moi j'aime le fils.
O tourment de mon cœur, Amour qui me consommes !
O mon bel Hippolyte, honneur des jeunes hommes,
Je viens la larme à l'œil me jeter devant vous,
Et, d'amour enivrée, embrasser vos genoux,
Princesse misérable, avec constante envie
De borner à vos pieds mon amour, ou ma vie :
Ayez pitié de moi.

HIPPOLYTE
O grand Dieu Jupiter,
Peux-tu voir une horreur si grande, et l'écouter [2]• ?

• On comparera cette tirade (démarquée de Sénèque) avec celle qui lui correspond chez Racine (II, v, p. 106-107) : si l'on y trouve déjà l'identification d'Hippolyte à Thésée en son plein éclat, il y manque encore celle, hallucinée, de Phèdre à sa sœur Ariane, rêvant de se perdre avec le jeune héros dans le labyrinthe de la passion.

---

1. Ces deux vers font référence au labyrinthe construit par Dédale, prison dans laquelle est enfermé le Minotaure – monstre de la Crète.
2. Robert Garnier, *Hippolyte*, III, [III], v. 1399-1440, texte reproduit au t. IV de ses *Œuvres complètes*, éd. Raymond Lebègue, Les Belles Lettres, 1974, p. 165-167.

DEUX PHÈDRE DU XVIIe SIÈCLE

Guérin de La Pinelière (*ca.* 1615-*ca.* 1643), dramaturge angevin, était sans doute fasciné par le théâtre de Sénèque, notamment par ses pièces les plus noires : on connaît de lui une traduction de la *Médée* du poète latin, ainsi qu'une variation plus personnelle sur le sujet de Phèdre et Hippolyte. Il fit représenter cette dernière tragédie à l'Hôtel de Bourgogne en 1634, sans grand succès apparemment. Le cadre mythologique de l'intrigue y est conservé : dans le Prologue, Vénus paraît et annonce qu'elle soumettra Hippolyte, ou le fera périr. L'intrigue humaine s'ouvre sur un monologue de Phèdre, grande tirade lyrique, rythmée – procédé habile – par un refrain. On y trouve déjà formulés avec une belle intensité poétique quelques éléments qui reparaîtront chez Racine (outre la « flamme si noire » qui ravage le cœur de Phèdre) : la fatalité héréditaire, le poids du silence, l'horreur de l'héroïne devant ses propres sentiments, ses inquiétudes nocturnes…

PHEDRE, *seule*

AMOUR, cruel Amour, tyrannique vainqueur
Que ne me tuais-tu quand tu blessas mon cœur ?
Tu me brûles le sein d'une flamme si noire
Qu'elle offusque [1] déjà tout l'éclat de ma gloire ;
J'aime, hélas et ma voix n'ose le révéler,
Je tremble en respirant, je crains tout jusqu'à l'air,
J'ai peur que des poumons alors que je respire
Il sorte en soupirant de mon cruel martyre,
Et qu'il aille trahir ce détestable amour
Qui fait que sans rougir je ne puis voir le jour.
Quoi, Phèdre veut se faire un mari d'Hippolyte ?
O l'horrible dessein que mon âme médite ?
AMOUR, cruel Amour, tyrannique vainqueur
Que ne me tuais-tu quand tu blessas mon cœur ?

1. *Offusque* : voile, obscurcit.

Depuis que de ce coup je me sentis blessée
Mille cuisants soucis occupent ma pensée,
Et pendant que ma Cour nage dans les plaisirs
Je gêne [1] mon esprit d'impudiques désirs,
Je plains [2] seule en ces lieux le feu qui me dévore,
Et j'arrose ces fleurs au défaut de l'Aurore [3] :
Quand d'un grand voile noir la nuit couvre les cieux, [...]
Je veille, je me plains, et je songe en ma peine,
Et de mon lit souvent je fais une fontaine ;
AMOUR, cruel Amour, tyrannique vainqueur
Que ne me tuais-tu quand tu blessas mon cœur ?
Tu n'allumes chez nous que de honteuses flammes,
Tu noircis notre honneur quand tu brûles nos âmes,
Et jamais chez Minos [4] on ne peut sans pécher
Être frappé des traits que tu sais décocher.
T'en souvient-il cruel ? tu fis aimer ma mère
Et ce fut un Taureau qui fut son adultère ;
Mais ta rigueur pour elle est bien moindre en ce point
Que son objet [5] aimait et le mien n'aime point.
C'est trop nourrir ces feux, c'est trop longtemps se plaindre
Dût-ce être avec mon sang tu les verras éteindre,
O Dieux ! mettre son fils au lit de son mari,
Non, on verra plutôt tout l'Océan tari
Que de voir chez Thésée une telle aventure
Qui déjà fait horreur à toute la nature.
AMOUR, cruel Amour, tyrannique vainqueur
Que ne me tuais-tu quand tu blessas mon cœur ?
Mais quoi, mon Hippolyte a de si puissants charmes,
Mes yeux avec plaisir pour lui versent des larmes,
Mon mal me semble mieux un plaisir qu'un tourment,
Mon feu sans me brûler m'échauffe doucement,
C'est moi si je languis qui cause mon martyre,
Et je l'allégerais si je le pouvais dire.
AMOUR, puissant Amour, j'ai tort de te blâmer,
Jamais un plus beau feu ne pouvait m'enflammer [6].

Au XVIIe siècle, Guérin de La Pinelière n'est pas le seul à avoir devancé Racine en traitant le sujet de Phèdre et Hippolyte : un

Dossier

1. *Je gêne* : je torture.
2. *Je plains* : je déplore.
3. Comprendre : c'est moi, et non l'Aurore qui arrose ces fleurs (de mes pleurs).
4. *Chez Minos* : dans la famille de Minos.
5. *Son objet* : celui qu'elle aimait ; *le mien* : celui que j'aime.
6. Guérin de La Pinelière, *Hippolyte. Tragédie*, I, I, v. 73-126 ; reproduit dans *Le Mythe de Phèdre. Les Hippolyte français du XVIIe siècle*, éd. Allen G. Wood, Champion, coll. « Sources classiques », 1996, p. 78-81.

autre dramaturge de second plan, Gabriel Gilbert (*ca.* 1620-*ca.* 1680), qui fut le secrétaire de la reine Christine de Suède et reçut la protection de quelques puissants, fit publier en 1647 une tragédie intitulée *Hippolyte, ou le Garçon insensible* [1]. On ignore quand et où elle fut représentée. Cette pièce atténue, autant que possible, la noirceur du sujet, et transforme même profondément l'intrigue traditionnelle. Phèdre n'y est pas encore l'épouse de Thésée, qui a seulement *promis* de l'épouser ; en réalité celui-ci, enflammé d'amour pour Céphise, ne songe qu'à trahir sa promesse, et Phèdre le déteste secrètement. Pareilles « circonstances » atténuent sa culpabilité et la nature incestueuse, monstrueuse, de son amour pour Hippolyte (davantage que la mort prétendue de Thésée chez Racine). Bien plus étonnant : pour Gilbert, le farouche Hippolyte, qu'on dit insensible à l'amour, est en fait épris de Phèdre ; il ne cèle ses sentiments que par respect des fiançailles de son père. Ainsi Gilbert tempère-t-il l'injustice qui caractérise d'ordinaire la vengeance de Thésée, frappant un Hippolyte innocent de tout crime.

Cette pièce est un excellent révélateur de la liberté que certains dramaturges du milieu du XVIIe siècle s'accordaient à l'égard des données premières des sujets qu'ils traitaient : elle n'est en rien une « source »

1. Il faudrait mentionner encore l'*Hippolyte* (1675) de Mathieu Bidar (1649-1727) : Racine a-t-il eu connaissance de cette pièce représentée et publiée à Lille ? On y voit déjà une Phèdre jalouse de l'amour qu'Hippolyte éprouve pour une jeune princesse nommée Cyane ; c'est en outre la première version où l'héroïne se donne la mort en s'empoisonnant. Hors cela, guère de points communs entre cette médiocre tragédie galante et la *Phèdre* racinienne…
On peut lire la pièce de Bidar dans le volume *Le Mythe de Phèdre. Les Hippolyte français du XVIIe siècle.*

• *C'est devant de telles dérives, et pareil affadissement du sujet, que l'intention de revenir aux sources antiques exprimée par Racine dans sa Préface (voir p. 67) prend tout son sens. En 1676, dans la seconde Préface d'*Andromaque, *il observait : « il y a bien de la différence entre détruire le principal fondement d'une fable, et en altérer quelques incidents, qui changent presque de face dans toutes les mains qui les traitent. »*

de la *Phèdre* de Racine, qu'elle éclairerait plutôt par contraste•. Tout au plus, dans la scène de l'aveu de Phèdre à sa nourrice Achrise, voit-on poindre un hémistiche (« c'est toi qui l'as nommé ») qui revient, à l'identique chez Racine (v. 264). Souvenir ou coïncidence [1] ?

PHÈDRE
Si je romps mon silence, au moins tu m'y contrains.

ACHRISE
J'écoute.

PHÈDRE
Malgré moi, ta voix me sollicite ;
Je révère le fils d'Antiope.

ACHRISE
Hippolyte !

PHÈDRE
Ne m'en accuse point, c'est toi qui l'as nommé.

ACHRISE
Comment, du fils du Roi son cœur est enflammé.
Ah ! que m'avez-vous dit !

PHÈDRE
Ce que je devais taire :
Tu m'as fait déclarer ce dangereux mystère,
Et d'un nouvel amour découvrir le flambeau,
Qui luira seulement pour me mettre au tombeau.
Pourquoi m'écoutais-tu, que n'étais-je muette ?
Ah rends-moi mon secret, confidente indiscrète [2].

PHÈDRE ET FAUSTE, CHRISPE ET HIPPOLYTE

La postérité dramatique du mythe de Phèdre et Hippolyte, enfin, ne se limite pas aux pièces qui reprennent explicitement les personnages mis en scène par

1. Le trait était déjà présent chez Euripide, qui fait dialoguer ainsi Phèdre et la Nourrice : « Cet homme, tu le connais ?… ce fils de l'Amazone ? / Parles-tu d'Hippolyte ? / C'est toi qui prononces son nom » (*Hippolyte*, v. 351-352, traduction citée).
2. Gabriel Gilbert, *Hippolyte ou le Garçon insensible*, I, II, v. 128-138, dans *Le Mythe de Phèdre. Les Hippolyte français du XVIIe siècle*, p. 166-167.

Euripide et Sénèque ; l'intrigue mythologique connut en effet, au début du XVIIe siècle, une transposition chrétienne•. Elle est au départ l'œuvre d'un jésuite, le père Bernardino Stefonio (1562-1620), qui fit représenter en 1597 une pièce latine intitulée *Crispus* [1]. L'action se situe au début du IVe siècle de notre ère. Le héros éponyme, Chrispe, guerrier jeune et valeureux, est le fils du premier empereur chrétien, Constantin ; la seconde épouse de celui-ci, Fausta, brûle d'un désir monstrueux pour son beau-fils. Devant le refus horrifié que Chrispe oppose à ses avances, Fausta résout la perte du jeune homme en le calomniant ; Constantin, abusé, ordonne son exécution. La fourberie de son épouse lui est révélée trop tard, au moment même où un messager vient lui rapporter la mort héroïque et chrétienne de son fils.

• Ce type de réécriture consistait à reprendre un canevas mythologique en substituant aux héros païens des héros chrétiens, et en en dégageant une moralité plus explicite.

On reconnaît assez exactement l'intrigue de *Phèdre*, transposée de l'espace de la mythologie païenne dans celui de l'histoire – ce qui permet d'écarter certaines invraisemblances pour un spectateur chrétien, comme l'influence de Vénus ou l'intervention de Neptune. Stefonio revendique pourtant le lien entre sa pièce et la tragédie antique par un artifice frappant : dans le prologue paraît l'ombre de Phèdre, qu'un démon ramène des Enfers afin qu'elle insuffle dans l'âme de Fausta sa flamme incestueuse. La leçon morale est évidente : c'est le démon, c'est l'esprit du Mal qui anime l'héroïne et lui inspire un désir monstrueux ; cependant que Chrispe apparaît, plus nettement que l'Hippolyte

1. Sur cette pièce, on peut consulter l'étude de Marc Fumaroli, « Le *Crispus* et la *Flavia* du P. Bernardino Stefonio S.J. », dans son recueil *Héros et orateurs*, Genève, Droz, 1990, p. 138-166.

antique, comme une victime pure et innocente – presque un martyre chrétien.

Racine n'a sans doute jamais eu connaissance de la tragédie latine du jésuite Stefonio ; mais celle-ci avait inspiré, dans la première moitié du XVIIe siècle, plusieurs tragédies en français. L'une de celles-ci, *La Mort de Chrispe ou les Malheurs domestiques du grand Constantin* (1645), est l'œuvre du poète Tristan L'Hermite (*ca.* 1600-1655). On n'en résumera pas ici l'intrigue complexe. Racine a pu la lire, et y puiser peut-être un trait essentiel de sa *Phèdre* : Tristan a eu en effet l'idée d'opposer, à la passion noire de Fauste pour Chrispe, l'amour pur de Chrispe pour Constance, la fille du rival vaincu de Constantin. Ce couple de jeunes amants préfigure le couple Hippolyte/Aricie : dans les deux cas, le jeune héros – Hippolyte ou Chrispe – éprouve quelque culpabilité de son amour pour la descendante d'une lignée ennemie• ; et l'héroïne – Phèdre ou Fauste – voit l'amour interdit qu'elle essaie de contenir renflammé par la jalousie. Les allusives sources antiques convoquées par Racine pour justifier l'« invention » d'Aricie [1] cèlent donc peut-être une inspiration beaucoup plus proche. Malgré ces possibles rapprochements, la pièce de Tristan tranche sur celle de Racine par sa manière relativement « archaïque » : on ne trouverait pas dans *La Mort de Chrispe* les touchants aveux amoureux des jeunes gens qui éclairent les deux premiers actes de Phèdre ; quant à Fauste, malgré la noblesse de son discours, la façon dont elle exprime, dès la scène

• On se souvient que chez Racine, Aricie est la dernière des Pallantides, c'est-à-dire des descendants de Pallante, qui disputaient à Thésée le trône d'Athènes.

1. Voir la Préface, p. 68, et les notes 9 et 10.

d'exposition, le conflit moral qui la tourmente se caractérise par des balancements et des antithèses [1] proches de la rhétorique cornélienne. Fauste sait garder de la logique et de la raison dans sa fureur• ; l'héroïne racinienne saura exprimer la flamme qui la dévore avec plus d'abandon, et une passion dont l'éloquence joue davantage sur le trouble.

• Il faut ainsi noter que la sévère héroïne de Tristan ne déclare pas son amour à Chrispe, ni ne le calomnie : elle se contente de machiner la perte de sa rivale, en lui envoyant des gants empoisonnés qui causeront par erreur la mort du jeune homme.

FAUSTE

Ne revenez donc plus, tragiques rêveries [2] ;
Sans doutes vous sortiez de l'esprit des Furies ;
Du feu de leurs tisons je m'allais consumer,
Car le flambeau d'Amour ne pouvait l'allumer ;
Que ne dois-je pas craindre, et qu'est-ce que j'espère
Si j'ose aimer le fils étant femme du père ?
Quel crime à celui-ci se pourrait comparer ?
En quels gouffres de maux serait-ce s'égarer ?
Ce prodige de mal tous les autres enserre,
C'est la haine du Ciel et l'horreur de la terre ;
C'est le plus noir poison dont l'honneur soit taché,
C'est un Monstre effroyable et non pas un péché.
Mon âme toutefois est encore flattée
De ces mêmes horreurs qui l'ont épouvantée :
Je m'en sens tour à tour et brûler, et glacer,
Et je ne les saurais ni souffrir ni chasser.
O passion trop forte ! ô loi trop rigoureuse !
J'ai trop de retenue et suis trop amoureuse ;
Le Devoir et l'Amour avec trop de rigueur,
S'appliquent à la fois à déchirer mon cœur :
Je frémis tout ensemble et brûle pour ce crime ;
La raison me gourmande et mon amour m'opprime.
Mais il faut noblement achever son destin ;
Il faut vivre et mourir femme de Constantin [3]...

1. « Que je le hais, grands dieux, ou plutôt que je l'aime » ; « Mes yeux, qu'il est charmant ! Mon cœur, qu'il est horrible ! » dira plus loin la Fauste de Tristan L'Hermite (III, III).
2. Fauste évoque ici l'image de Chrispe qui obsède son esprit ; ces rêveries amoureuses sont tragiques parce qu'elles sont marquées du sceau de l'infamie.
3. Tristan L'Hermite, *La Mort de Chrispe*, I, I, v. 21-44, dans l'édition de son *Théâtre complet* par Claude Abraham, University of Alabama Press, 1975, p. 446-447.

***

On peut retirer de ce rapide parcours dans les variations sur la fable tragique de Phèdre et Hippolyte une sorte de vertige : derrière chaque épisode de la *Phèdre* racinienne, et presque derrière chaque réplique, chaque image, chaque vers, faut-il chercher une « source » – et ainsi restreindre sans cesse, au fil des rapprochements, l'importance du travail créateur de Racine ? Certes pas. Les valeurs qui régissaient, en son temps, la création littéraire, ne sont plus les nôtres : chez beaucoup de grands écrivains classiques, le génie est moins un génie de l'invention pure que de la synthèse, un génie de l'*appropriation* de récits et de formes qui étaient alors un bien commun à tous. Ce n'était pas déchoir que de se confronter à un de ces puissants sujets dont la richesse avait déjà été exploitée par d'autres, y compris par les plus grands des Anciens, afin d'en donner une version renouvelée, personnelle, et qui conserve cependant la part d'universalité du mythe. Il faut un jugement très sûr pour sélectionner, parmi des matériaux surabondants, hétéroclites, les éléments qui sauront se fondre en un tout harmonieux et cohérent ; il faut une sensibilité extrême pour effacer toute trace de cet assemblage savant afin de produire, comme Racine a su le faire avec *Phèdre*, une œuvre d'une belle simplicité, et puissamment émouvante.

3 — *La création de* Phèdre *: cabale et scandale*

La création de *Phèdre*, en janvier 1677, fut à l'origine d'une cabale qui ne tarda pas à se métamorphoser en une guerre d'épigrammes satiriques ou scandaleuses. Ces affrontements n'ont que peu à voir avec les grandes querelles suscitées, un peu plus tôt dans le siècle, par d'autres pièces novatrices – *Le Cid* de Corneille en 1637, deux ans avant la naissance de Racine, *L'École des femmes* puis *Le Tartuffe* de Molière dans les années 1663-1667. Ces querelles renvoyaient à de véritables enjeux esthétiques et idéologiques, et elles permirent à Corneille comme à Molière, en faisant face aux attaques, d'affiner et d'exposer avec netteté les ambitions de leur théâtre. La cabale qui accompagne la création de *Phèdre* n'a d'intérêt que sociologique : elle ne révèle guère les motivations esthétiques ou éthiques de Racine ; elle éclaire seulement d'un jour peu flatteur certains ressorts de la vie littéraire, théâtrale et mondaine de son temps.

LA CABALE : LES DEUX *PHÈDRE*

Reprenons les faits [1]. Racine, à l'apogée de son succès, fait représenter pour la première fois *Phèdre et Hippolyte* au théâtre de l'Hôtel de Bourgogne le 1er janvier

1. On en trouvera la chronologie détaillée dans l'ouvrage de Raymond Picard, *La Carrière de Jean Racine*, Gallimard, « Bibliothèque des idées », édition revue et augmentée, 1961, p. 231-252.

1677. Or presque dans le même temps, le 3 janvier, un théâtre rival, le théâtre Guénégaud, crée une pièce traitant le même sujet – intitulée elle aussi *Phèdre et Hippolyte* –, signée d'un dramaturge de second ordre, Jacques Pradon (1632-1698). Semblables stratégies de « doublage » n'étaient pas rares au XVIIe siècle. Elles pouvaient répondre à divers motifs : abuser le public en profitant d'une possible confusion avec une pièce à la mode ; nuire à cette pièce en lui faisant concurrence ; au mieux, appeler la comparaison, susciter un débat dans les milieux lettrés et mondains – lequel des deux auteurs a traité le sujet avec le plus d'habileté et de talent, lequel en a tiré le meilleur parti ?... C'était en tout cas, pour un auteur obscur, un moyen efficace – mais périlleux – de se faire connaître.

En l'occurrence, quelles motivations ont déterminé Pradon à composer cette *Phèdre* rivale en trois mois – dès que le bruit a couru que Racine préparait une pièce traitant de ce sujet ? Ne fut-il que l'instrument d'une sorte de conjuration ? On peut penser qu'il a d'abord agi de son propre mouvement : auteur déjà de deux tragédies – un relatif succès, *Pyrame et Thisbé*, suivi d'un échec, *Tamerlan* –, Pradon se plaignait de l'ombre que les triomphes de Racine avaient faite à ses pièces. Et puis, il entrait sans doute dans cette démarche l'ambition de se rendre célèbre par un coup d'éclat.

En s'en prenant à l'auteur dramatique le plus en vue du moment, Pradon pouvait être sûr de trouver des soutiens, grâce à la guerre des théâtres parisiens et à l'affrontement de factions littéraires et mondaines. Il a été soutenu par le théâtre Guénégaud, qui avait déjà représenté ses deux autres pièces, et, assez vite semble-t-il, par l'entourage de la Duchesse de Bouillon. On ignore pourquoi cette nièce de Mazarin, dont plusieurs écrivains de valeur fréquentaient le salon – entre autres La Fontaine, Madame Deshoulières… – en voulait à Racine.

Après divers épisodes peu clairs (Racine, averti de ce qu'un théâtre rival voulait doubler sa *Phèdre*, aurait tout fait pour empêcher la pièce de Pradon de voir le jour : intervention à la Cour, pression sur deux actrices pressenties pour en jouer le rôle-titre, qui finissent par le refuser), l'affrontement finit par avoir lieu. Le public, semble-t-il, se partagea d'abord entre les deux œuvres : c'est bien ce qui fut intolérable à Racine, qui entendait triompher sans nuance. Il faut voir dans ce partage du public le reflet de la profonde différence des deux œuvres. La *Phèdre* de Pradon s'inscrit dans la lignée des pièces de Gilbert, de Bidar [1] : elle sacrifie au goût « moderne* », tente de s'accommoder aux bienséances – Phèdre, ainsi, n'est pas encore mariée à Thésée lorsqu'elle convoite Hippolyte… –, quand celle de Racine renoue avec le véritable sujet, rude, scandaleux, traité par Euripide et Sénèque. Finalement, vers le mois de mars, la supériorité de la *Phèdre* racinienne finit par s'imposer. C'est, évidemment, l'effet du génie de Racine ; c'est aussi la preuve que la violence passionnée de l'intrigue originale pouvait captiver le public du temps mieux qu'une transposition édulcorée, polie, affadie en simple drame de jalousie.

• *Ces escarmouches s'inscrivent en effet dans les prémices de la fameuse Querelle des Anciens et des Modernes, qui, à partir de 1687, oppose ceux qui croient à la suprématie absolue de la littérature antique (Boileau, Racine, La Fontaine, La Bruyère) à ceux qui jugent la littérature moderne capable de l'égaler, voire de la dépasser (Perrault, Fontenelle, Thomas Corneille).*

1. Voir ci-dessus, p. 168-171.

Le parallèle est établi avec beaucoup de finesse et de justesse par Donneau de Visé, le rédacteur du *Mercure galant*• :

• *Ce périodique fondé en 1672 par Jean Donneau de Visé était une revue mondaine destinée à un public largement féminin. Rédigé sous forme de lettres hebdomadaires recueillies en volumes trimestriels,* Le Mercure *accordait une large place à l'actualité artistique, littéraire et théâtrale.*

[les deux Phèdre] ont attiré la curiosité de tout Paris, mais j'ai peine à concevoir d'où vient qu'on s'est avisé d'en vouloir juger par comparaison de l'un à l'autre, puisqu'elles n'ont rien de commun que le nom des personnages qu'on y fait entrer ; car je tiens qu'il y a une forte différence à faire, de Phèdre amoureuse du fils de son mari, et de Phèdre qui aime seulement le fils de celui qu'elle n'a pas encore épousé. Il est si naturel de préférer un jeune prince à un Roi qui en est le père, que pour peindre la passion de l'une, on n'a besoin que de suivre le train ordinaire des choses ; c'est un tableau dont les couleurs sont faciles à trouver [...] mais quand il faut représenter une femme qui, n'envisageant son amour qu'avec horreur, oppose sans cesse le nom de belle-mère à celui d'amante, qui déteste sa passion, et ne laisse pas de s'y abandonner par la force de sa destinée, qui voudrait se cacher à elle-même ce qu'elle sent, et ne souffre qu'on lui en arrache le secret que dans le temps où elle se voit prête d'expirer ; c'est ce qui demande l'adresse d'un grand maître ; et ces choses sont tellement essentielles au sujet d'*Hippolyte*, que c'est ne l'avoir pas traité, que d'avoir éloigné l'image de l'amour incestueux qu'il fallait nécessairement faire paraître. Ainsi, [...] je ne vois point qu'on ait eu aucune raison d'examiner laquelle des deux pièces intéresse plus agréablement l'auditeur, puisqu'elles n'ont aucun rapport ensemble du côté de la principale matière. Il est vrai qu'il n'y a pas la même horreur dans le sujet de la *Phèdre* du Faubourg Saint-Germain [la *Phèdre* de Pradon] ; mais comme je vous ai déjà dit, ce n'est pas le véritable sujet que l'auteur de cette dernière a traité ; et puisqu'il s'est permis d'y changer ce qu'il y avait de plus essentiel, il est d'autant plus responsable de tout ce qui a pu blesser les délicats [1].

Il est piquant que Pradon, désireux comme Racine d'équilibrer l'intrigue traditionnelle par un épisode galant de tonalité plus sereine, ait aussi nommé dans sa pièce l'amante d'Hippolyte Aricie. Cette Aricie fut puisée aux mêmes sources érudites, s'il

1. Donneau de Visé, *Le Nouveau Mercure galant*, 1er avril 1677 ; texte reproduit par Raymond Picard dans son *Nouveau Corpus Racinianum (Recueil-inventaire des textes et documents du XVIIe siècle concernant Jean Racine)*, CNRS, 1976, p. 105.

faut en croire la Préface (« J'ai tiré mon épisode d'Aricie des Tableaux de Philostrate ») ; mais une indiscrétion a aussi bien pu fournir à Pradon le nom de la jeune héroïne racinienne. Quoi qu'il en soit, cette princesse Aricie, qui est une compagne de Phèdre, n'a rien à voir avec la sœur des Pallantides, et son « invention » ne permet certes pas à Pradon de conjoindre enjeux amoureux et enjeux politiques avec la subtilité propre à la conduite de l'action chez Racine. Pour se faire, enfin, une idée du style de cette *Phèdre* rivale, voici les aveux mutuels échangés par le couple de jeunes gens, dès la scène II du premier acte• :

HIPPOLYTE

Assez, et trop longtemps, d'une bouche profane
Je méprisai l'amour, et j'adorai Diane ;
Solitaire, farouche, on me voyait toujours
Chasser dans nos forêts les lions et les ours ;
Mais un soin plus pressant m'occupe et m'embarrasse,
Depuis que je vous vois j'abandonne la chasse.
Elle fit autrefois mes plaisirs les plus doux,
Et quand j'y vais, ce n'est que pour penser à vous.
Tous nos Grecs m'accusant d'une triste indolence,
Font un crime à mon cœur de mon indifférence,
Et je crains que vos yeux qui le trouvaient si fier
Ne prennent trop de soin de le justifier ;
Mais le sang dont je sors leur devait faire croire
Que le fils de Thésée était né pour la gloire,
Madame, et vous voyant ils devaient présumer
Que le cœur d'Hippolyte était fait pour aimer.

ARICIE

Seigneur, je vous écoute, et ne sais que répondre,
Cet aveu surprenant ne sert qu'à me confondre.
Comme il est imprévu, je tremble que mon cœur
Ne tombe un peu plus tôt dans une douce erreur ;
Mais puisque vous partez je ne dois plus me taire,
Je souhaite, Seigneur, que vous soyez sincère ;
Peut-être j'en dis trop, et déjà je rougis
Et de ce que j'écoute et de ce que je dis ;
Ce départ cependant m'arrache un aveu tendre
Que de longtemps encor vous ne deviez entendre,
Et dont mon cœur confus, d'un silence discret,

• *Racine, pour sa part, ajuste une habile gradation dans la révélation de cet amour mutuel : Hippolyte s'ouvre d'abord de ses sentiments à Théramène (I, I), puis c'est Aricie qui se confie à Ismène (II, I) ; l'aveu d'Hippolyte à Aricie (II, II) est bien moins assuré que chez Pradon, et l'on a plaisir à suivre les timidités et les hésitations de ces amants qui se cherchent l'un l'autre ; l'Aricie racinienne n'avoue d'ailleurs son propre amour qu'allusivement (II, III).*

En soupirant tout bas m'avait fait un secret ;
Je ne sais dans quel trouble un tel aveu me jette,
Mais enfin, loin de vous je vais être inquiète,
Et si vous consultiez ici mes sentiments,
Vous pourriez bien, Seigneur, n'en partir de longtemps [1].

Le scandale : la guerre des sonnets

La cabale, cependant, ne se limita pas à cette seule concurrence dramatique. Elle s'accompagna d'offensives satiriques, visant à peindre sous un jour ridicule la pièce de Racine, et à caricaturer la façon dont celui-ci avait représenté le caractère des personnages. En janvier 1677, un sonnet se mit à courir Paris, qui prétendait fournir ainsi une sorte de compte rendu burlesque de la *Phèdre* racinienne :

Dans un fauteuil doré, Phèdre tremblante et blême
Dit des vers où d'abord personne n'entend rien.
La nourrice lui fait un sermon fort chrétien
Contre l'affreux dessein d'attenter à soi-même.

Hippolyte la hait presque autant qu'elle l'aime.
Rien ne change son air ni son chaste maintien.
La nourrice l'accuse – elle s'en punit bien.
Thésée a pour son fils une rigueur extrême.

Une grosse Aricie au cuir rouge, aux crins blonds,
N'est là que pour montrer deux énormes tétons,
Que malgré sa froideur Hippolyte idolâtre.

Il meurt enfin, traîné par des coursiers ingrats,
Et Phèdre, après avoir pris de la mort aux rats,
Vient en se confessant mourir sur le théâtre [2].

Ce sonnet, évidemment, était anonyme. Mais on pouvait bien penser qu'il émanait du cercle soutenant Pradon dans son offensive contre Racine : le salon de la Duchesse de Bouillon. N'aurait-il pas été composé par le frère de celle-ci, le Duc de Nevers,

1. Jacques Pradon, *Phèdre et Hippolyte* (I, II, v. 121-152), édition critique par O. Classe, University of Exeter, « Textes littéraires », 1987.
2. Texte reproduit dans le *Nouveau Corpus Racinianum*, p. 96.

qui ne dédaignait pas rimer des épîtres, et aimait à passer pour un bel esprit ? C'est ce que laisse entendre, en tout cas, un second sonnet qui réplique vivement au premier (en réutilisant les mêmes rimes, selon le procédé des « bouts-rimés »...) par une série d'allusions malveillantes, insultantes même, dirigées contre le Duc.

Dans un palais doré, Damon, jaloux et blême,
Fait des vers où jamais personne n'entend rien.
Il n'est ni courtisan, ni guerrier, ni chrétien,
Et souvent pour rimer se dérobe à lui-même.

La Muse par malheur le hait autant qu'il l'aime.
Il a d'un franc poète et l'air et le maintien ;
Il veut juger de tout, et n'en juge pas bien.
Il a pour le phébus [1] une tendresse extrême.

Une sœur vagabonde aux crins plus noirs que blonds
Va par tout l'Univers étaler deux tétons
Dont malgré son pays Damon est idolâtre [2].

Il se tue à rimer pour des lecteurs ingrats ;
L'Énéide est pour lui pis que la mort aux rats,
Et selon lui, Pradon est le roi du théâtre [3].

Le sonnet est aussitôt attribué à Racine lui-même, assisté de son ami Boileau• (dont la verve satirique est bien connue). Les allusions perfides qu'il contient indignent, dirigées contre un gentilhomme par deux écrivains certes bien en Cour, mais roturiers tout de même. « Jamais il n'y eut rien de si insolent que ce sonnet : deux auteurs reprochent à un officier de la couronne qu'il n'est ni courtisan, ni guerrier, ni chrétien ; que sa

• *De Nicolas Boileau-Despréaux (1636-1711), on a trop souvent l'image figée d'un législateur du classicisme – voir son célèbre* Art poétique *(1674). Le poète sait aussi s'exprimer d'une voix familière et pittoresque dans ses* Épîtres *et ses* Satires. *Fidèle ami de Racine, il lui rendra hommage en plusieurs de ses œuvres ; ensemble, ils seront nommés historiographes du Roi en octobre 1677.*

1. *Phébus* : « On dit proverbialement, qu'un homme parle *phébus*, lorsqu'en affectant de parler en termes magnifiques, il tombe dans le galimatias et l'obscurité » (*Dictionnaire* de Furetière).
2. Selon une accusation colportée antérieurement à ce sonnet, on laisse entendre ici que le Duc de Nevers nourrissait pour une de ses sœurs un amour incestueux... Et ce « malgré son pays », c'est-à-dire malgré le penchant pour l'homosexualité que l'on avait tendance à attribuer à tous les Italiens (Nevers, rappelons-le, est un neveu de Mazarin).
3. Texte reproduit dans le *Nouveau Corpus Racinianum*, p. 97.

sœur, la Duchesse de Mazarin, est une coureuse et qu'il a de l'amour pour elle, quoiqu'il soit italien. Et bien que ces injures fussent des vérités [*sic* !], elles devraient attirer mille coups d'étrivières à des gens comme ceux-là », écrit Bussy-Rabutin (le spirituel cousin de Madame de Sévigné) dans une lettre [1] datée du 30 janvier 1677… L'affaire s'envenime, en même temps qu'elle fait plus de fracas ; Racine et Boileau finissent par désavouer ce sonnet (dont ils n'étaient du reste pas directement les auteurs). « L'affaire fut accommodée », conclut Bussy-Rabutin ; mais plusieurs nouveaux sonnets, toujours bâtis sur les mêmes rimes, se moquèrent encore des deux poètes piteux qui auraient bien mérité la bastonnade.

Racine et Despréaux, l'air triste et le teint blême,
Viennent demander grâce et ne confessent rien.
Il faut leur pardonner parce qu'on est chrétien.
Mais on sait ce qu'on doit au public, à soi-même.

Damon, pour l'intérêt de cette sœur qu'il aime,
Doit de ces scélérats châtier le maintien :
Car il serait blâmé de tous les gens de bien,
S'il ne punissait pas leur insolence extrême.

Ce fut une Furie, aux crins plus noirs que blonds,
Qui leur pressa du pus de ses affreux tétons,
Ce sonnet, qu'en secret leur cabale idolâtre.

Vous en serez punis, satiriques ingrats,
Non pas, en trahison, d'un sou de mort-aux-rats,
Mais de coups de bâton donnés en plein théâtre [2].

ÉPILOGUE : LAISSER AUX LECTEURS ET AU TEMPS…

Il fallait savoir s'élever au-dessus de ces polémiques de plus en plus viles. Boileau,

1. Texte cité dans le *Nouveau Corpus Racinianum*, p. 96.
2. Texte reproduit dans le *Nouveau Corpus Racinianum*, p. 97-98.

dans son *Épitre VII*•, « À M. Racine », sut prendre de façon éclatante la défense de son ami. Il lui rappelle l'exemple des deux plus illustres dramaturges de leur siècle, Molière et Corneille, essuyant d'âpres querelles à la création de leurs meilleures pièces : ainsi l'envie s'attache-t-elle toujours au génie, comme un puissant aiguillon qui oblige un auteur à produire le meilleur de lui-même. Il faut donc mépriser les réactions basses, inspirées par l'envie, et s'en remettre au jugement de la postérité… Boileau exhortait ainsi son ami à reprendre confiance en son génie poétique, en dépit des attaques.

• Publiée seulement en 1684, cette épître fut composée dès mars 1677. De telles œuvres étaient d'abord divulguées par des lectures dans des cercles choisis ; elles circulaient aussi en manuscrit.

Que tu sais bien, RACINE, à l'aide d'un acteur
Émouvoir, étonner, ravir un spectateur ! […]
Ne crois pas toutefois, par tes savants ouvrages,
Entraînant tous les cœurs gagner tous les suffrages.
Sitôt que d'Apollon un génie inspiré
Trouve loin du vulgaire un chemin ignoré,
En cent lieux contre lui les cabales s'amassent,
Ses rivaux obscurcis autour de lui croassent,
Et son trop de lumière importunant les yeux,
De ses propres amis lui fait des envieux.
La mort seule ici-bas, en terminant sa vie,
Peut calmer sur son nom l'injustice et l'envie,
Faire au poids du bon sens peser tous ses écrits,
Et donner à ses vers leur légitime prix. […]
Toi donc, qui t'élevant sur la scène tragique,
Suis les pas de Sophocle, et seul de tant d'esprits
De Corneille vieilli sais consoler Paris,
Cesse de t'étonner, si l'envie animée,
Attachant à ton nom sa rouille envenimée
La calomnie en main quelquefois te poursuit.
En cela, comme en tout, le Ciel qui nous conduit,
RACINE, fait briller sa profonde sagesse.
Le mérite au repos s'endort dans la paresse :
Mais par les envieux un génie excité
Au comble de son art est mille fois monté.
Plus on veut l'affaiblir, plus il croît et s'élance. […]
Imite mon exemple ; et lorsqu'une cabale,
Un flot de vains auteurs follement te ravale,
Profite de leur haine, et de leur mauvais sens :
Ris du bruit passager de leurs cris impuissants.
Que peut contre tes vers une ignorance vaine ?

Le Parnasse français [1] anobli par ta veine
Contre tous ces complots saura te maintenir,
Et soulever pour toi [2] l'équitable Avenir.
Et qui voyant un jour la douleur vertueuse
De Phèdre malgré soi perfide, incestueuse,
D'un si noble travail justement étonné,
Ne bénira d'abord le siècle fortuné,
Qui, rendu plus fameux par tes illustres veilles,
Vit naître sous ta main ces pompeuses [3] merveilles ?
Cependant laisse ici gronder quelques censeurs,
Qu'aigrissent de tes vers les charmantes douceurs [4].

Le conseil semble avoir été entendu. Peu après que Boileau eut composé cette épître, en mars 1677, Racine publie le texte de *Phèdre*. La Préface aurait pu être l'occasion de produire justifications, défenses, réponses aux attaques, nouvelles piques. Avec un peu de hauteur, le dramaturge se contente de s'en remettre au jugement de la postérité : « Au reste, je n'ose encore assurer que cette pièce soit en effet la meilleure de mes tragédies. Je laisse et au lecteur et au temps à décider de son véritable prix. » Racine se place ainsi bien au-dessus de la cabale et du scandale qui venaient de faire rage. Une question, cependant, reste ouverte : ces affrontements violents ont-il eu part dans sa décision d'abandonner le théâtre après *Phèdre* ?

1. Le Parnasse est une montagne, sise près de Delphes, dont la mythologie faisait le séjour ordinaire d'Apollon et des Muses : c'est, métaphoriquement, le royaume de la Poésie. Le *Parnasse français* désigne donc la tradition littéraire et poétique de langue française, dans ce qu'elle a de plus noble et de plus élevé ; selon Boileau, cette tradition aura été *anoblie* – ennoblie, dirait-on plutôt aujourd'hui – par l'inspiration racinienne.
2. *Soulever pour toi* : animer en ta faveur.
3. *Pompeuses* : pleines d'éclat et de magnificence.
4. Boileau, *Épître VII*, « À M. Racine », v. 1-2, 7-18, 40-51 & 71-86.

4 — Phèdre *et la mythologie*

« J'ai tâché de conserver la vraisemblance de l'histoire, sans rien perdre des ornements de la Fable qui fournit extrêmement à la poésie », écrit Racine dans sa Préface. Cette seule phrase témoigne de l'attitude ambivalente des dramaturges du XVIIe siècle lorsqu'ils sont confrontés, dans les œuvres des Anciens, au merveilleux de la « Fable », c'est-à-dire de la mythologie. Pour un écrivain *chrétien*, les dieux païens n'existent évidemment qu'en imagination : les rendre responsables des actions accomplies par les personnages humains d'une intrigue serait invraisemblable•, inacceptable même. La démarche classique consistant à imiter les Anciens se heurtait donc à une contradiction : comment transposer des intrigues fondées sur une conception verticale de la tragédie (mettant aux prises des mortels avec des forces supérieures, transcendantes : les Dieux, le Destin) dans une dramaturgie fondée au contraire sur une conception horizontale, tout humaine, de l'action tragique (où les hommes sont responsables de leurs actes) ? Par ailleurs, les seuls noms de ces divinités – Vénus, Neptune… – possédaient un extraordinaire pouvoir d'évocation pour un public pétri de culture antique : la qualité poétique des pièces de Sophocle ou d'Euripide repose pour une large part sur la représentation mythologique des grandes forces qui tourmentent les hommes, ou qui les assistent. Comment

• *Dans la Préface d'*Iphigénie, *Racine expose les difficultés qu'il a rencontrées en traitant un autre sujet où la mythologie est essentielle : « …quelle apparence encore de dénouer ma tragédie par le secours d'une Déesse […], et par une métamorphose qui pouvait bien trouver quelque créance du temps d'Euripide, mais qui serait trop absurde et trop incroyable parmi nous ? »*

s'en dispenser ? On va voir que Racine a su concilier d'une façon originale les données mythologiques de sa tragédie avec les exigences de son temps, et surtout avec un souci aigu d'expressivité poétique.

« Les Dieux nous manquent… » ?

Dans un bref essai intitulé *De la tragédie ancienne et moderne* (publié en 1692, mais composé sans doute vers 1674), Saint-Évremond• souligne à quel point les divinités de la mythologie font défaut aux pièces du XVIIe siècle, alors qu'elles étaient les véritables forces agissantes du théâtre antique :

• Pour avoir osé critiquer Mazarin, Saint-Évremond (1613-1703) vécut un long exil à Londres, de 1661 à sa mort. Il y composa une soixantaine de brefs essais en prose : réflexions morales, esthétiques ou historiques sur des sujets divers. En matière de critique littéraire, Saint-Évremond se montre très au fait de ce que l'on écrivait en France ; admirateur de Corneille, il a plus d'une fois jugé sévèrement les ouvrages de son jeune rival Racine.

> Les Dieux et les Déesses causaient tout ce qu'il y avait de grand et d'extraordinaire sur le théâtre des Anciens, par leurs haines, par leurs amitiés, par leurs vengeances, par leurs protections ; et de tant de choses surnaturelles, rien ne paraissait fabuleux au peuple, dans l'opinion qu'il avait d'une société familière entre les Dieux et les hommes. Les Dieux agissaient presque toujours par des passions humaines ; les hommes n'entreprenaient rien sans le conseil des Dieux, et n'exécutaient rien sans leur assistance. Ainsi dans ce mélange de la divinité et de l'humanité, il n'y avait rien qui ne se pût croire. Mais toutes ces merveilles aujourd'hui nous sont fabuleuses. Les Dieux nous manquent, et nous leur manquons [1]…

Ce dernier constat n'est qu'un trait d'esprit, car Saint-Évremond se félicite en définitive de la disparition de telles superstitions : elles faisaient de la tragédie « une école de frayeur et de compassion », à l'origine, dit-il encore, d'un esprit de lamentation qui « fit qu'on se contenta de pleurer les malheurs, au lieu d'y chercher quelque remède ». Pour lui, comme pour la plupart des hommes de son temps, la

1. Saint-Évremond, « De la tragédie ancienne et moderne », dans les *Œuvres en prose*, édition de René Ternois, STFM, t. IV, 1969, p. 172.

tragédie doit se fonder au contraire sur la responsabilité morale des personnages qu'elle met en scène : elle suppose, de la part de ceux-ci, le libre exercice de la volonté, qui leur permet par exemple de déployer avec éclat leurs qualités héroïques pour susciter l'admiration des spectateurs – mais qui les rend aussi entièrement coupables de leurs crimes. Il s'agit là, appliquée à la fiction dramatique, d'une vision profondément chrétienne de toute action humaine. C'est précisément pour cette raison que le personnage même de Phèdre put apparaître profondément scandaleux au critique anonyme [1] qui publia en 1677 une *Dissertation sur les tragédies de Phèdre et Hippolyte* (de Racine et de Pradon) : nulle fatalité, nulle influence mauvaise de Vénus ne pouvait plus atténuer les fautes de la pécheresse, comme pouvait encore l'imaginer le public des pièces antiques.

Ce qui peut encore excuser la Phèdre d'Euripide et de Sénèque, et ce qui doit condamner celle de MM. Racine et Pradon, c'est que chez ces Anciens elle est entraînée malgré elle dans le précipice, selon le principe de leur religion, elle se trouve forcée par le Ciel à commettre ce crime ; c'est une Divinité qui tyrannise son cœur, c'est une puissance absolue qui l'enflamme ; c'était un article de foi parmi eux, de croire qu'elle n'avait, ni le pouvoir, ni la liberté de résister à ses impulsions dominantes ; et comme ils faisaient leur théologie de ces fables, cet amour ne leur semblait pas si horrible qu'à nous, qui peu sensibles à ce qu'on nous dit de la colère de Vénus, peu soumis à ce que l'on nous conte de la toute-puissance de ces Dieux imaginaires, savons qu'il est toujours libre et toujours honteux de

1. On a souvent attribué ce texte à Subligny, déjà auteur d'une *Critique d'Andromaque*. Georges Forestier a récemment suggéré qu'il pourrait être plutôt l'œuvre de Donneau de Visé (voir *supra*, p. 179), sans soutenir formellement cette attribution et sans l'étayer davantage. La *Dissertation* est intégralement reproduite dans son édition du *Théâtre* de Racine, p. 877-904 ; on en trouve aussi quelques extraits dans le *Nouveau Corpus Racinianum*, p. 101-103.

commettre des crimes, et qui attachant le vice à la seule volonté du criminel, regardons toujours cette horrible action, sans prétexte, sans voile et sans excuse.

De la mythologie comme ornement

En dépit de la défiance des hommes du XVIIe siècle envers les fables païennes, on constate pourtant que les références à la mythologie abondent dans la *Phèdre* de Racine. L'héroïne voit encore dans son délire amoureux l'œuvre de « Vénus tout entière à sa proie attachée », elle évoque complaisamment la fatalité qui pèse sur les amours familiales – des monstruosités de sa mère Pasiphaé jusqu'au sort malheureux de sa sœur Ariane. Quelle est donc la valeur de ces allusions mythologiques, puisque Racine ni son public ne peuvent plus croire en ces fictions ? On peut suggérer une première réponse : lorsque Racine concède que la Fable « fournit extrêmement à la poésie », cela peut vouloir dire qu'elle est un simple ornement, une convention culturelle qui confère noblesse et dignité aux fictions. Tel est en tout cas le point de vue défendu par son ami Boileau au chant III de son *Art poétique* (1674). Pour lui la tragédie, tout comme la poésie épique, « se soutient par la Fable, et vit de fiction » :

Là pour nous enchanter tout est mis en usage.
Tout prend un corps, une âme, un esprit, un visage.
Chaque Vertu devient une Divinité.
Minerve est la Prudence, et Vénus la Beauté.
Ce n'est plus la vapeur qui produit le tonnerre ;
C'est Jupiter armé pour effrayer la terre.
Un orage terrible aux yeux des matelots,
C'est Neptune en courroux qui gourmande les flots.
Écho n'est plus un son qui dans l'air retentisse :
C'est une Nymphe en pleurs qui se plaint de Narcisse.
Ainsi, dans cet amas de nobles fictions,
Le poète s'égaye en mille inventions,

Orne, élève, embellit, agrandit toutes choses,
Et trouve sous sa main des fleurs toujours écloses [1].

Ainsi l'œuvre littéraire est-elle embellie, rehaussée, par ces images sublimes que lui fournissent les croyances anciennes ; comme celles-ci n'ont valeur que de convention, de code, leur utilisation ne heurte pas la vraisemblance. Vénus et les Dieux, si souvent invoqués par Phèdre (v. 249-250, 256-257, 306, 679-680…), ne seraient donc qu'une façon évocatrice de dire la tyrannie du désir qui s'empare de son esprit. Le merveilleux mythologique peut ainsi subsister à la *surface* du texte ; il doit en revanche être soigneusement effacé de l'*action*• même de la pièce.

• *Dans le théâtre français du XVII*e *siècle, la* représentation *des divinités antiques est confinée dans l'univers de la comédie, qui en propose une dégradation burlesque (voir l'*Amphitryon *de Molière), et, pour le registre sérieux, dans l'univers des pièces « à machines » et des opéras : leur caractère spectaculaire et merveilleux les affranchit partiellement de la vraisemblance, et autorise cette mythologie de convention.*

Racine et la rationalisation du mythe

Quoique s'inspirant d'Euripide, Racine évite toute représentation des divinités évoquées dans les paroles de ses personnages••. La mythologie a pourtant un rôle essentiel à jouer dans l'intrigue de *Phèdre* : c'est, notamment, l'intervention de Neptune pour exaucer la malédiction imprudente de Thésée qui scelle la mort d'Hippolyte. Mais quand Théramène rapporte la fin de son maître, la présence agissante du Dieu marin n'est qu'un témoignage rapporté, incertain – une vision difficile à croire, qui contraste avec la précision du reste du récit (v. 1539-1540) :

On dit qu'on a vu même en ce désordre affreux
Un Dieu, qui d'aiguillons perçait leurs flancs poudreux.

Ainsi l'apparition du monstre marin qui déchire Hippolyte, dont la forme même

•• *On comparera avec la présence d'Aphrodite et d'Artémis dans le prologue et le dénouement de la pièce d'Euripide (voir p. 157-158).*

1. Boileau, *Art poétique*, III, v. 163-176.

est imprécise – un dragon, un taureau ? (v. 1515-1520) – pourrait-elle être, à la limite, quelque prodige de la nature, que les seuls témoins *attribuent* à Neptune. La vraisemblance est sauve. De même, quand Phèdre, dans ses derniers instants, se voit déjà comparaître devant Minos aux Enfers, c'est dans un monologue quasi halluciné : seule son imagination lui fait entrevoir ce royaume des Ombres de la Fable païenne…

Il est un exemple plus frappant encore de rationalisation du merveilleux mythologique : la rumeur de la mort de Thésée. S'inspirant de Sénèque, Racine laisse d'abord entendre que le héros téméraire a pu s'aventurer jusque dans les Enfers, où il demeurerait captif. C'est ce que sous-entend, d'abord, dans l'exposition de la pièce, Théramène (« J'ai demandé Thésée aux peuples de ces bords / Où l'on voit l'Achéron se perdre chez les morts », v. 11-12) ; c'est ce que précise un peu plus loin, au début de l'acte II, un dialogue entre Aricie et Ismène (v. 380-391), introduit cependant par une formule prudente (« On sème de sa mort d'incroyables discours »…) ; c'est enfin ce que veut croire Phèdre (v. 623-626). Quand Thésée reparaît, s'est-il donc échappé des Enfers ? Le récit qu'il fait lui-même de ses aventures à la fin de l'acte III (v. 955-970) dissipe cette rumeur, et rétablit la vraisemblance : si le bruit a pu courir de sa descente aux Enfers, c'est seulement qu'il était enfermé « dans des cavernes sombres, / Lieux profonds, et voisins de l'empire des Ombres ». Racine, dans sa Préface, se justifie longuement de cet artifice. Il avoue en être redevable à Plutarque : celui-ci lui a en effet ouvert, de façon plaisante, la voie d'une relecture rationnelle et « vraisemblable » de la Fable. Dans la première de ses célèbres *Vies*, consacrée à Thésée, Plutarque évoque l'amitié qui unissait Thésée à Pirithoüs. Parmi d'autres aventures galantes, Pirithoüs a aidé Thésée à enlever Hélène ;

& afin de rendre la pareille à Pirithoüs, selon qu'il avait été accordé entre eux, il s'en alla quant à lui pour ravir la fille de Ædoneus roi des Molossiens, lequel avait surnommé sa femme [*Perséphone* [1]], *sa fille Proserpine*, & son chien *Cerberus*•, contre lequel il faisait combattre ceux qui venaient demander sa fille en mariage, promettant de la donner à celui qui demeurerait vainqueur : mais étant lors averti que Pirithoüs était venu non pour requérir sa fille en mariage, ains [2] pour la lui ravir, il le fit arrêter prisonnier avec Theseus : & quant à Pirithoüs, il le fit incontinent défaire [3] par son chien, & fit serrer Theseus en étroite prison [...]
Mais Ædoneus Roi des Molossiens festoyant Hercules un jour qu'il passa par son royaume, tomba d'aventure en propos de Theseus & Pirithoüs, comment ils étaient venus pour lui ravir d'emblée sa fille : & comme ayant été découverts, ils en avaient été punis. Hercules fut bien déplaisant [4] d'entendre que l'un était déjà mort, & l'autre en danger de mourir, & pensa bien que s'en plaindre à Ædoneus ne servirait de rien : si le pria seulement de vouloir délivrer Theseus pour l'amour de lui, ce qu'il lui octroya [5].

• *Perséphone était la déesse des Enfers dans la mythologie grecque ; chez les Romains, elle se confondait plus ou moins avec Proserpine, fille de Cérès et de Jupiter enlevée par Pluton, dieu infernal, qui en fit son épouse. Cerbère était le chien à trois têtes qui gardait le royaume des Ombres. Plutarque joue de ces noms mythologiques, qu'il attribue comme* surnoms *à des êtres* réels, *pour donner une explication « historique » à la légende de Thésée revenu des Enfers.*

Sans reprendre telle quelle cette incroyable équivoque, Racine a effacé de son intrigue toute note d'invraisemblance par une « explication » similaire. (On notera que dans sa version de l'histoire, Thésée se libère seul, sans que le secours

1. L'édition de 1567, édition définitive revue par Amyot, donne le même nom de *Proserpine* à la mère et à la fille. Les rééditions du XVIIe siècle choisissaient souvent de nommer la mère Perséphone, pour les distinguer.
2. *Ains* : mais.
3. *Défaire* : déchiqueter.
4. *Déplaisant* : au déplaisir.
5. Plutarque, *Les Vies des Hommes illustres, grecs et romains, comparées l'une avec l'autre, translatées par maître Jacques Amyot*, 1567 ; « Theseus », XXXIX-XLII.

d'Hercule lui soit nécessaire.) Il parvient cependant à conserver l'*aura* merveilleuse de la Fable, pour rendre le retour de Thésée aussi frappant et imprévu qu'une apparition d'outre-tombe, et en faire une péripétie frappante dans le cours de son intrigue. C'est toujours de la sorte – pour ainsi dire *en trompe l'œil* – que la mythologie se déploie dans le texte de *Phèdre*.

MYTHOLOGIE ET « TRAGIQUE DE L'ALIÉNATION »

Ainsi l'on voit que la Fable « fournit extrêmement à la poésie » de façon beaucoup plus riche et profonde que par la seule ornementation du discours poétique : elle participe de l'atmosphère qui nimbe toute l'intrigue, et sa présence obsédante dans le discours des personnages ne peut être réduit à un simple effet de surface. Elle est en effet constitutive de leur caractère, de leur « psychologie » fictive telle que le dramaturge veut la faire percevoir au spectateur. Si les paroles de Phèdre sont tissées de références aux divinités anciennes, à la fatalité, à l'hérédité fabuleuse qui pèse sur ses amours, c'est une façon pour Racine de figurer les leurres et les illusions auxquels se laisse prendre la conscience coupable de son personnage ; cet aveuglement est en lui-même un aspect essentiel de la dimension morale de la pièce. Christian Delmas, dans son étude « La mythologie dans Phèdre [1] », a finement analysé cette construction.

1. Christian Delmas, « La mythologie dans *Phèdre* », dans *Mythologie et mythe dans le théâtre français (1650-1676)*, Genève, Droz, coll. « Histoire des idées et critique littéraire », 1985, p. 241-275.

> ... pour ce qui est de la conception de l'intrigue, *Phèdre* perpétue la tradition de la tragédie classique, qui se déroule sur un plan exclusivement humain. L'inconsistance de l'univers de dieux est rendue plus sensible encore par la divergence des conceptions que s'en font les divers personnages : le pieux Hippolyte a foi en la providence divine et adresse des vœux à Diane et à Junon [V, I, v. 1403-1406], tandis qu'Aricie les soupçonne de se jouer des hommes, malgré le pacte personnel qui lie Neptune à Thésée [V, III, v. 1435-1438] ; Phèdre, elle, les sent ouvertement attachés à la perte des mortels [IV, VI, v. 1289], alors qu'Œnone les voit à son image, complaisants aux amours illégitimes, qu'ils ne détestent pas pour leur propre compte [IV, VI, v. 1304-1306]. La même philosophie de la liberté sous-tend la dramaturgie racinienne et la dramaturgie cornélienne : ce qui était fatalité est devenu hasard, hasard qui place Phèdre sous la protection de celui qu'elle avait exilé, hasard des rumeurs incontrôlées qui font mourir puis ressusciter Thésée, selon un procédé éprouvé dans *Mithridate*. En toute objectivité, Phèdre conserve à tout moment le pouvoir d'agir sur son destin. Elle a résisté à l'amour, elle a exilé Hippolyte, aujourd'hui elle se cache de lui et peut à tout instant mourir pour échapper à sa passion : cette décision, prise à l'acte I, elle l'exécute à l'acte V – le retard ne peut être imputé qu'à elle-même. [...]. Elle est le jouet de hasards malheureux, des conseils pernicieux d'Œnone, mais d'abord de son défaut de volonté qui la porte à temporiser dans un moment perpétuel de fuite en avant. Dans ces conditions, la mythologie ne saurait être au sens traditionnel du terme un élément constitutif de la tragédie, qui est une tragédie psychologique sur fond historique à l'instar d'*Andromaque* ou de *Britannicus* [1].

Les divinités de la mythologie ne sont donc pas des éléments *actifs* de l'intrigue ; l'image qui transparaît d'elles dans les évocations et les invocations des différents personnages n'est pas parfaitement cohérente, même – comme pour bien signifier aux spectateurs du XVIIe siècle que la Fable n'est qu'une illusion, et n'existe que dans l'imaginaire des personnages. Elle a cependant un rôle crucial à jouer : dans le discours de Phèdre, le réseau des allusions mythologiques, d'une extrême densité, tra-

1. Christian Delmas, « La mythologie dans *Phèdre* », p. 247-248.

duit la violence de la passion qui règle la conduite du personnage, et il est en même temps la marque de sa faiblesse – Phèdre recourt aux Dieux pour décharger sa conscience du poids de la faute, en la rejetant sur une fatalité imaginaire.

... la mythologie, qui tout à l'heure n'était qu'ornement poétique, devient pour Phèdre une réalité redoutable ; son discours en est imprégné, car pour elle les dieux existent réellement et leur puissance s'exerce impitoyablement sur les mortels ; en ce qui la concerne, « C'est Vénus tout entière à sa proie attachée ». Nombreux sont les vers où s'exprime ce sentiment d'impuissance, d'une fatalité cachée qui, inexplicablement, s'acharne contre elle et sa famille à travers l'enchaînement suspect d'événements naturels : « Tout m'afflige et me nuit et conspire à me nuire », d'où la fréquence de ces adjectifs vagues par eux-mêmes, mais chargés de résonances affectives, comme fatal, funeste, triste, affreux, cruel... Phèdre est littéralement obsédée par la présence invisible d'un dieu caché [...] On voit bien ici, toutefois, que cette transcendance est toute imaginaire : Phèdre projette ses propres phantasmes sur la création, et l'ennemi qu'elle sent en elle, cette passion qui la dévore et qu'elle ne reconnaît pas, c'est par l'effet de la parole qu'il prend, quasi inconsciemment, la consistance d'une réalité étrangère, d'une puissance surnaturelle. [...] Ainsi la mythologie, sans accéder à une existence objective qui lui a été refusée dans le cadre de la tragédie rationnelle, revient en force dans la conscience de Phèdre, réelle quoique imaginaire, en tant qu'objectivation d'une passion toute subjective [1].

La mythologie n'est donc plus ici le principe d'explication de toute l'intrigue, comme chez Euripide ; elle n'est pas non plus réduite au rang de simple ornement conventionnel où Boileau voudrait la cantonner. Racine l'a subtilement utilisée pour construire le caractère tragique de Phèdre : personnage qui s'abandonne à la faute, à son penchant pour le mal, en forgeant une illusion qui l'affranchit de sa

1. Christian Delmas, « La mythologie dans *Phèdre* », p. 253-254.

responsabilité. Ainsi Christian Delmas peut-il conclure :

Le tragique de *Phèdre* n'a pas, à la différence de la tragédie grecque, de réalité objective ; restant subjectif, ce tragique imaginaire n'est que pathétique, dû à l'imagination et à la parole de Phèdre. La mythologie vaut, ici encore, par sa valeur évocatrice : personnage passif, qui se consume en lamentations d'un lyrisme pathétique, parfois simplement élégiaque, *Phèdre* ne renoue avec la tragédie des anciens que par son lyrisme douloureux de l'adversité. [...] Phèdre est une femme qui refuse d'assumer sa liberté et cède à la tentation sécurisante d'une fatalité externe. Par là, elle est le premier exemple accompli du tragique très moderne de l'aliénation [1].

1. Christian Delmas, « La mythologie dans *Phèdre* », p. 257-258.

5 — *Figures de la passion & esthétique du sublime*

Au XVIIe siècle, une pièce de théâtre est qualifiée de *poème dramatique*, et l'on peut bien dire alors que *Phèdre* est un extraordinaire poème des passions : l'œuvre exprime avec une énergie et une intensité hors de pair ces troubles et ces mouvements de l'âme, qui tourmentent les personnages en se heurtant à leur raison ; qui sont donc à l'origine des conflits intérieurs, des dilemmes que la tragédie affectionne ; et dont le pouvoir d'émotion participe, pour une large part, du plaisir que les spectateurs prennent à la représentation tragique. Une anecdote tardive, d'authenticité incertaine, rapporte que Racine aurait composé cette pièce afin d'offrir à Mademoiselle Champmeslé, cette grande tragédienne qui était alors sa maîtresse, « un rôle où toutes les passions qui peuvent agiter le cœur féminin fussent exprimées [1] ». Vrai ou faux, ce témoignage a au moins le mérite d'insister sur le fait que la réussite majeure de *Phèdre* est une réussite d'ordre esthétique et poétique, liée à la capacité d'exprimer et de communiquer des émotions variées et puissantes ; ce qui suppose, de la part du dramaturge, une grande finesse dans l'analyse de ces émotions, et une maîtrise stylistique par-

1. Anecdote rapportée par les frères Parfaict dans leur *Histoire du théâtre français* (1734-1749), t. XIV, p. 517.

faite pour les restituer à travers les paroles de ses personnages.

AIMER, BRÛLER, LANGUIR

Le péril qui guette tout dramaturge de la fin du XVIIe siècle, c'est en effet de tomber dans une représentation stéréotypée, et donc parfaitement fade, de la passion amoureuse. Pour éviter l'écueil des facilités d'un style « galant » de pure convention, il faut être capable de caractériser finement les différents mouvements du cœur humain. Saint-Évremond, dans un essai *Sur le caractère des tragédies* (composé sans doute vers 1672), s'attache ainsi à préciser les nuances du sentiment amoureux tel qu'il peut s'exprimer sur le théâtre :

Je m'étonne que dans un temps où l'on tourne toutes les pièces de théâtre sur l'amour, on en ignore assez et la nature et les mouvements. Quoique l'amour agisse diversement selon la diversité des complexions [1], on peut rapporter à trois mouvements principaux tout ce que nous fait sentir une passion si générale : *Aimer, Brûler, Languir.*

Aimer simplement est le premier état de notre âme, lorsqu'elle s'émeut par l'impression de quelque objet agréable. Là il se forme un sentiment secret de complaisance [2] en celui qui aime et ensuite un attachement à la personne qui est aimée.

Brûler est un état violent, sujet aux inquiétudes, aux peines, aux tourments, quelquefois aux troubles, aux transports, au désespoir, en un mot à tout ce qui nous inquiète ou qui nous agite.

Languir est le plus beau des mouvements de l'amour ; c'est l'effet délicat d'une flamme pure qui nous consume doucement ; c'est une maladie chère et tendre, qui nous fait haïr la pensée de notre guérison. On l'entretient secrètement au fond de son cœur ; et si elle vient à se découvrir, les yeux, le silence, un soupir qui nous échappe, une larme

1. *Complexions* : tempéraments, caractères.
2. *Complaisance* : agrément, plaisir.

qui coule malgré nous, l'expriment mieux que ne pourrait faire toute l'éloquence du discours [1].

Dans *Phèdre,* Racine a choisi d'employer toutes les nuances de cette palette de sentiments. L'amour naissant et les langueurs tendres, on les trouvera dans l'amour délicat qui unit Hippolyte et Aricie : le dramaturge, on l'a dit, a sacrifié au goût de son temps en aménageant les données initiales du mythe, il a adouci le caractère de « l'insensible Hippolyte• » (v. 400) et inventé « la charmante Aricie » (v. 137), second personnage féminin, afin de donner un contrepoint galant et lumineux à l'intrigue centrale, sombre et tourmentée. Le spectateur verra d'abord chacun d'eux faire pudiquement confidence de sa flamme : Hippolyte à Théramène, dans un aveu à demi mot (« Si je la haïssais, je ne la fuirais pas », v. 56), puis Aricie à Ismène (v. 415 *sq.*), avec plus d'assurance, mais avec aussi la crainte de n'être pas aimée en retour de l'adolescent insensible… Enfin ils se déclarent l'un à l'autre, dans une touchante entrevue ; c'est l'amour qui se découvre lui-même, un amour marqué par l'innocence, et dont la timidité même a ses charmes : « Songez que je vous parle une langue étrangère » (v. 558), s'excuse Hippolyte…

• *La surprenante métamorphose en amoureux mal assuré du chasseur insensible campé par Euripide apparaît de manière frappante, dans l'exposition de la pièce, par l'évocation d'un Hippolyte délaissant ses occupations favorites pour s'abandonner à une douce langueur (v. 128-134) : « Il n'en faut point douter, vous aimez, vous brûlez », diagnostique justement Théramène…*

Phèdre et la « maladie d'amour »

Mais ces douceurs et ces langueurs, on le sent bien, ont pour fonction essentielle de faire ressortir, par contraste, la passion qui tourmente Phèdre. Passion d'une tout autre

1. Saint-Évremond, « Sur les caractères des tragédies », dans les *Œuvres en prose*, édition de René Ternois, STFM, t. III, 1966, p. 330.

nature : la façon dont Saint-Évremond décrit l'ardeur inquiète de ceux qui « brûlent » d'amour est en deçà de la « flamme si noire » qui consume l'héroïne racinienne. Le plus frappant, c'est la façon dont Racine décrit cette passion comme un mal affectant à la fois l'esprit et le corps de son personnage, un mal qui se traduit tantôt par un état d'extrême abattement, tantôt par une exaltation hallucinée, et toujours par l'irrésolution, le change perpétuel de la volonté. C'est presque un tableau *clinique* de la passion à son plus haut degré d'incandescence : et justement, dans la peinture de la passion de Phèdre, Racine rejoint la médecine de son temps. À l'aboutissement d'une longue tradition qui remonte au médecin grec Hippocrate, celle-ci analyse la santé du corps et de l'esprit en termes d'équilibre de certaines *humeurs* (substances fluides) qui composaient (croyait-on) le mélange sanguin d'un individu ; parmi les désordres possibles de ces humeurs, l'un des plus redoutables était la surabondance de la bile noire, ou *mélancolie*, qui s'accompagne de crainte, de tristesse, d'inappétence, d'abattement, de pleurs et de soupirs, du désir de mourir. La passion amoureuse participe d'une catégorie particulière de ces affections mélancoliques : la *mélancolie érotique*, vulgairement nommée maladie d'amour. Voici comment un médecin du tout début du XVIIe siècle pouvait en décrire les symptômes :

L'amour ayant donc abusé les yeux, comme vrais espions et portiers de l'âme, se laisse tout doucement glisser par des canaux, en cheminant insensiblement par les veines jusques au foie, imprime soudain un désir ardent de la chose qui est, ou paraît aimable ; allume cette concupiscence, et commence par ce désir toute la sédition [1] : mais

1. *Sédition* : le dérèglement général du corps.

craignant d'être trop faible pour renverser la raison, partie souveraine de l'âme, s'en va droit gagner le cœur, duquel s'étant une fois assuré comme de la plus forte place, attaque après si vivement la raison, et toutes les puissances nobles, qu'elle se les assujettit, et rend du tout esclave. Tout est perdu pour lors, c'en est fait de l'homme, les sens sont égarés, la raison est troublée, l'imagination dépravée, les discours sont fols, le pauvre amoureux ne se représente plus rien que son idole : toutes les actions du corps sont pareillement perverties : il devient pâle, maigre, transi, sans appétit, ayant les yeux caves et enfoncés, et ne peut, comme dit le poète, voir la nuit ni des yeux ni de la poitrine. Tu le verras pleurant, sanglotant et soupirant sur coup, en une perpétuelle inquiétude, fuyant toutes les compagnies, aimant la solitude pour entretenir ses pensées. La crainte le combat d'un côté et le désespoir bien souvent de l'autre. Il est, comme dit Plaute, là où il n'est pas, ores il est tout plein de flammes, et en un instant il se trouve plus froid que glace. Son cœur va toujours tremblottant, il n'y a plus de mesure à son pouls, il est petit inégal, fréquent, et se change soudain, non seulement à la vue, mais au seul nom de l'objet qui le passionne [1].

De tels désordres, qui participent à la fois de la *psyché* et de la *physis*, de l'âme et du corps, étaient alors expliqués par l'excès de la mélancolie dans le mélange sanguin. Cette humeur noire et épaisse était censée résulter de la combustion des autres humeurs dans le corps : par sa nature fuligineuse, elle est comme la traduction concrète de la « flamme si noire » que Phèdre sent se consumer en elle ; et l'héroïne reconnaît bien l'origine physique de la passion quand elle parle d'« une ardeur dans ses veines cachée » (v. 305)… Le poison que, pour se punir de ses crimes, elle fera couler dans ses « brûlantes veines » (1637) n'est au fond que le double de cet autre poison qui tue lentement, l'humeur mélancolique. Loin d'être employés ici comme de simples images

1. André Du Laurens, *Second Discours auquel est traité des maladies mélancoliques et du moyen de les guérir* (1597), chap. x.

lexicalisées, des métaphores réifiées, le *feu*, la *flamme*, le *sang* et les *veines* retrouvent ainsi leur charge concrète pour exprimer la sombre ardeur intérieure dont Phèdre est possédée [1]. Semblable représentation de la passion doit peut-être autant à l'imaginaire médical de l'époque [2] qu'à la poésie lyrique•…

• *On a en particulier relevé, dans les notes du texte, ce que Racine doit à l'évocation de Didon embrasée d'amour pour Énée, au chant IV de l'*Énéide *de Virgile.*

Le Sublime, une éloquence passionnée

Mais il ne suffit pas au dramaturge de savoir analyser la passion, ni même de disposer de modèles cohérents pour la représenter : il faut aussi savoir l'*exprimer*, la faire parler elle-même dans le discours des personnages. La rhétorique, cet art de la parole réglée, régulée, est-elle ici de quelque secours ? Bien sûr, tous les orateurs ont insisté sur la nécessité d'émouvoir l'auditoire ; mais c'est en général par l'emploi maîtrisé de quelques *traits* pathétiques seulement, et non par le déchaînement de la passion dans le discours, qui peut aller jusqu'à en altérer la belle ordonnance••.

•• *Saint-Évremond, que l'on citait tout à l'heure, le disait bien : « le silence, un soupir qui nous échappe, une larme qui coule malgré nous, l'expriment mieux [*i.e. *la passion] que ne pourrait faire toute l'éloquence du discours »…*

En contrepoint aux règles de la rhétorique traditionnelle, guère appropriées à la figuration littéraire des passions violentes, les théoriciens de la littérature au XVIIe siècle avaient souligné l'importance d'un précieux petit ouvrage : le *Traité du Sublime* attribué à un rhéteur grec du IIIe siècle de

1. Voir l'étude de Jean-Michel Pelous, « Métaphore et figures de l'amour dans la *Phèdre* de Racine », *Travaux de linguistique et de littérature*, XIX, 2 (1981), p. 71-81.

2. Sur cette question, on peut lire deux articles de Patrick Dandrey, « L'amour est un mal, le guérir est un bien » : la nature du mal d'amour au XVIIe siècle », *Littératures classiques*, n° 17 (1992), p. 275-294 ; et surtout « Le Sang de Don Gormas et les yeux d'Hippolyte », *XVIIe Siècle*, n° 182 (janvier-mars 1994), p. 53-64.

notre ère, Longin. Boileau, ami et défenseur passionné de Racine, en avait donné une traduction française en 1674 [1]. Qu'est-ce que le Sublime ? Boileau le caractérise déjà par le sous-titre de sa traduction, *Du merveilleux dans le discours* ; c'est, dit-il dans sa préface, « ce qui fait qu'un ouvrage enlève, ravit, transporte » ; c'est le principe d'une éloquence vraie qui se moque de l'éloquence régulière, et vise en particulier à transposer dans les discours soigneusement composés par les poètes quelque chose de la vigueur tumultueuse de ces paroles improvisées qui nous viennent sous le coup d'une émotion véritable. Le traité de Longin en propose de nombreux exemples ; et l'on peut penser que Racine aura sûrement retenu et médité celui-ci, qui se rapporte à la passion amoureuse.

... quand Sapho veut exprimer les fureurs de l'amour, elle ramasse de tous côtés les accidents qui suivent et qui accompagnent en effet cette passion : mais où son adresse paraît principalement, c'est à choisir de tous ces accidents, ceux qui marquent davantage l'excès et la violence de l'amour, et à bien lier tout cela ensemble. [...]

Je sens de veine en veine une subtile flamme
Courir par tout mon corps sitôt que je te vois :
Et dans les doux transports où s'égare mon âme,
Je ne saurais trouver de langue, ni de voix.

Un nuage confus se répand sur ma vue.
Je n'entends plus : je tombe en de douces langueurs ;
Et, pâle, sans haleine, interdite, éperdue,
Un frisson me saisit, je tremble, je me meurs. [...]

N'admirez-vous point comment elle ramasse toutes ces choses, l'âme, le corps, l'ouïe, la langue, la vue, la couleur, comme si c'étaient autant de personnnes différentes, et prêtes à expirer ? Voyez de combien de mouvements contraires elle est agitée. Elle gèle, elle brûle, elle est folle,

1. Voir à ce propos l'article de Roger Zuber, « La tragédie sublime : Boileau adopte Racine », dans son ouvrage *Les Émerveillements de la raison*, Klincksieck, 1997, p. 251-254.

elle est sage ; ou elle est entièrement hors d'elle-même, ou elle va mourir. En un mot on dirait qu'elle n'est pas éprise d'une simple passion, mais que son âme est un rendez-vous de toutes les passions. Et c'est en effet ce qui arrive à ceux qui aiment [1].

Ce trouble extrême où nous plonge la passion, qui fait de notre esprit le lieu où se rencontrent tant d'impressions et de sensations contradictoires, ne peut être restitué poétiquement que par un certain désordre : on s'en convaincra aisément en relisant tout le début de la scène II de l'acte premier de *Phèdre*, et en observant, dans le discours éclaté en répliques brèves, ponctué d'exclamations, l'instabilité des émotions et des volontés exprimées par l'héroïne.
À l'extrême, l'esthétique du Sublime peut même inviter à mimer, par une apparente incohérence du discours, le flux des passions contradictoires dans la conscience : ruptures étudiées que Longin, d'un terme technique, nomme *hyperbates*.

L'Hyperbate n'est autre chose que *la transposition des pensées ou des paroles dans l'ordre et la suite d'un discours.* Et cette figure porte avec soi le caractère véritable d'une passion forte et violente. En effet, voyez tous ceux qui sont émus de colère, de frayeur, de dépit, de jalousie, ou de quelque autre passion que ce soit : car il y en a tant que l'on n'en sait pas le nombre ; leur esprit est dans une agitation continuelle. À peine ont-ils formé un dessein qu'ils en conçoivent aussitôt un autre, et au milieu de celui-ci s'en proposant encore de nouveaux, où il n'y a ni raison ni rapport, ils reviennent souvent à leur première résolution. La passion est en eux comme un vent léger et inconstant qui les entraîne, et les fait tourner sans cesse de côté et d'autre : si bien que dans ce flux et ce reflux perpétuel de sentiments opposés, ils changent à tout moment de pensée et de langage, et ne gardent ni ordre ni suite dans leurs discours.
Les habiles écrivains, pour imiter ces mouvements de la nature, se servent des hyperbates. Et à dire vrai, l'art n'est

1. Longin, *Traité du Sublime*, traduction de Boileau, chapitre VIII. Une édition récente de cet ouvrage a été procurée par Francis Goyet, Le Livre de Poche, « Bibliothèque classique », 1995.

jamais dans un plus haut degré de perfection, que lorsqu'il ressemble si fort à la nature, qu'on le prend pour la nature même ; et au contraire la nature ne réussit jamais mieux que quand l'art est caché [1].

On dirait presque ici que Longin a composé, par avance, une description de la grandes tirade de Phèdre à la scène VI de l'acte IV (v. 1252-1294), avec ses revirements et ses ruptures… Il faut admirer d'ailleurs comment Racine varie les mouvements du discours pour restituer à chaque passion qui agite fugitivement le cœur de l'héroïne son caractère particulier. C'était là une préoccupation stylistique qui, sous l'influence du traité de Longin, s'était imposée même à la rhétorique ; dans son traité *La Rhétorique ou l'Art de parler* (1675), le père Bernard Lamy écrivait ainsi :

les passions ont des caractères particuliers avec lesquels elles se peignent elles-mêmes dans le discours. Comme on lit sur le visage d'un homme, ce qui se passe dans son cœur ; que le feu de ses yeux, les rides de son front, le changement de couleur de son visage, sont les marques évidentes des mouvements extraordinaires de son âme ; les tours particuliers de son discours ; les manières de s'exprimer éloignées de celles que l'on garde dans la tranquillité, sont les signes et les caractères des agitations, dont son esprit est ému dans le temps qu'il parle [2].

Un Sublime visionnaire

Dans un autre ordre du discours littéraire, le *Traité du Sublime* s'attache à valoriser pour la poésie épique l'art de la description-évocation, de l'image de paroles qui « fait une peinture à l'esprit » au point que « par un enthousiasme ou un mouvement

1. Longin, *Traité du Sublime*, traduction de Boileau, chapitre XVIII.
2. Bernard Lamy, *La Rhétorique ou l'Art de parler*, édition de 1688, livre I, chap. VII.

extraordinaire de l'âme, il semble que nous voyons les choses dont nous parlons, et [que] nous les mettons devant les yeux de ceux qui écoutent [1] ». Cet effet baptisé plus tard *hypotypose* gouverne le récit de Théramène (V, VI, v. 1498 *sq.*). Certains écrivains grecs de ce courant tardif qu'on a qualifié de « seconde sophistique » se sont plu à composer de tels tableaux évocateurs : feignant de décrire l'œuvre d'un peintre, ils s'appliquaient à en faire exister l'image par le seul secours des mots. Racine connaissait sans doute• cet *Hippolyte* qui figure dans le recueil de Philostrate popularisé à la fin du XVIe siècle par une traduction de Blaise de Vigenère, les *Images ou Tableaux de plate-peinture* (1578).

• *La Préface de* Phèdre *laisse penser que Racine a puisé dans les notes de l'ouvrage de Philostrate les allusions que les poètes anciens avaient fait à une certaine Aricie, épouse d'Hippolyte.*

Quant à la bête que vous voyez, c'est une malédiction de Thésée ; et [elle] se jette sur les chevaux d'Hippolyte sous la ressemblance [2] d'un Taureau blanc, de la même impétuosité et vitesse que feraient des dauphins. Mais c'est sans raison qu'elle vient ainsi de la mer contre le jouvenceau : car Phedra sa marâtre ayant controuvé [3] un faux et calomnieux propos contre lui, qu'il voulait lui faire l'amour [4], là où c'était elle-même qui en était éprise à outrance, Theseus abusé [5] de cela prochasse [6] le désastre à son fils, tel que l'on peut l'apercevoir ici. De fait vous voyez fort bien comme les chevaux rejetant le timon [7] ont les crins hérissés, et ne bondissent pas en la sorte pour corps et adresse qu'ils aient, mais éperdus d'épouvantement et frayeur. De façon que semant toute la campagne d'écume, l'un se retourne devers la bête, et néanmoins fuit tant qu'il peut cependant : l'autre a déjà regimbé à l'encontre ; cettui-ci la regarde en travers ; celui-là se transporte et court vers la mer ; ne se ressouvenant plus ni de la terre ni de soi-même. Et tous fronçant les naseaux hennissent très âprement ; si d'aventure vous n'êtes trop paresseux d'écouter la peinture. Des roues puis-

1. Longin, *Traité du Sublime*, traduction de Boileau, chap. XIII.
2. *La ressemblance* : l'apparence.
3. *Controuvé* : inventé.
4. *Lui faire l'amour* : la séduire, seulement, dans la langue classique.
5. *Abusé* : trompé.
6. *Prochasse* : poursuit, recherche.
7. *Le timon* : l'attelage.

après du chariot, l'une a les rais tous faussés parce qu'il s'est renversé dessus ; l'autre s'étant déboîtée de son essieu roule à part soi ; l'ébranlement dont elle a été agitée la tournant encore. Et si les cheveux de ceux qui le suivent ne sont pas moins effrayés ; les uns jetant leur homme à bas ; les autres l'emportant à travers champs malgré lui. Mais toi, noble et gentil adolescent trop soigneux de la modestie et pudicité [1], certes c'est bien une chose injuste que tu reçois de ta marâtre, et plus injuste beaucoup encore ce que tu souffres de ton père. Au moyen de quoi la peinture, qui en a pitié, compose en ta faveur je ne sais quel deuil et lamentation poétique. [...] À toi néanmoins ni ta force et vigueur, ni ton robuste bras n'ont prêté secours au besoin : car tes membre partie ont été tronçonnés, partie débrisés et rompus, et la chevelure toute souillée ; mais la poitrine respire encore comme ne voulant abandonner l'âme ; et l'œil regarde par-ci par-là ses blessures. Ah quelle beauté, et comme elle n'a pu être offensée, qui même à cette heure ne quitte pas l'adolescent, ains [2] en octroie je ne sais quoi à ses plaies.

On aura admiré le tableau frappant que composent ici le surgissement du monstre, l'effroi et le désordre des chevaux, le char brisé, et l'étrange beauté qui s'attarde sur le corps démembré et mourant de l'adolescent : composition picturale dont la puissance d'évocation et la force pathétique, comparables à celles du récit de Théramène, participent bien du Sublime.

Ces rapprochements ne sont que quelques suggestions d'analyses précises, techniques, qu'il conviendrait que chaque lecteur attentif mène par lui-même pour bien saisir la virtuosité stylistique de Racine dans l'ordre de l'expression des passions : car ce sont ces qualités qui confèrent au texte sa puissance poétique, sa force d'évocation, et ce sont elles aussi en fin de

1. Comprendre : trop soucieux de modération, de tempérance, et de pudeur. L'auteur feint ici de s'adresser à Hippolyte (effet de *prosopopée*).
2. *Ains* : mais.

compte qui font exister personnages et situations dans l'esprit des spectateurs, et les font s'attacher à l'intrigue que le dramaturge a choisi de représenter.

Tragédie et passions

Cet aspect est évidemment essentiel dans l'art du théâtre en général, mais peut-être davantage encore dans la tragédie, genre que ses théoriciens définissent par l'excitation de certaines passions chez le spectateur. Il faut rappeler la célèbre définition proposée par Aristote dans sa *Poétique* : on ne la citera pas ici de façon exacte, mais dans la traduction glosée que Racine en a consigné un jour, apparemment pour son propre usage.

> [La Tragédie] ne se fait point par un récit, mais par une représentation vive qui, excitant la pitié et la terreur, purge et tempère ces sortes de passions. C'est-à-dire qu'en émouvant ces passions, elle leur ôte ce qu'elles ont d'excessif et de vicieux, et les ramène en un état modéré et conforme à la raison [1].

La pitié, ou plus exactement la *compassion*, est un ressort essentiel de l'art dramatique : elle est cette sympathie par laquelle les passions fictives des personnages, leurs troubles, leurs inquiétudes et leurs attentes, se communiquent pour une part aux spectateurs. La leçon de *Phèdre*, cependant, c'est que les passions, pour peu qu'on se laisse aveugler par elles, finissent par nous détruire : celles qu'éprouvent les personnages, et d'abord Phèdre elle-même, ont cette puissance dévastatrice et redoutable. Mais filtrées par l'émotion théâtrale, replacées à distance de loge, mo-

1. Racine, *Principes de la tragédie en marge de la Poétique d'Aristote*, édition d'Eugène Vinaver, Nizet, 1951, p. 11-12.

dérées, elles sont objet d'une jouissance élaborée qui constitue le plaisir particulier du spectacle tragique. C'est de ce point de vue que l'on pourrait, à la rigueur, prendre au sérieux les intentions morales exprimées par Racine dans le dernier paragraphe de sa Préface. La tragédie la plus accomplie apparaîtrait alors comme une sorte d'exercice spirituel qui, par les ressources de l'expression poétique, nous enseignerait à considérer avec une certaine distance intérieure les sentiments qui nous agitent, afin d'en tirer du plaisir, et une sorte de joie intellectuelle. Descartes avait finement décrit ce processus au détour d'un article de son traité des *Passions de l'âme* (1644) :

> Et lorsque nous lisons des aventures étranges dans un livre, ou que nous les voyons représenter sur un théâtre cela excite quelquefois en nous la tristesse, quelquefois la joie, ou l'amour, ou la haine, et généralement toutes les passions, selon la diversité des objets qui s'offrent à notre imagination ; mais avec cela nous avons du plaisir, de les sentir exciter en nous, et ce plaisir est une joie intellectuelle, qui peut aussi bien naître de la tristesse, que de toutes les autres passions [1].

1. Descartes, *Les Passions de l'âme*, article CXLVII, « Des émotions intérieures de l'âme ».

BIBLIOGRAPHIE

La langue du XVIIe siècle

Antoine Furetière, *Dictionnaire universel* (1690) ; fac-similé, Le Robert, 1978.

Pierre Richelet, *Dictionnaire français, édition augmentée* (1693) ; fac-similé, Nîmes, Christian Lacour, 1995.

Nathalie Fournier, *Grammaire du français classique*, Belin, coll. « Belin Sup Lettres », 1998.

Eugène Green, *La Parole baroque*, Desclée de Brouwer, coll. « Texte et voix », 2001.

Le contexte historique, politique, religieux, littéraire, artistique

François Bluche, éd., *Dictionnaire du Grand Siècle*, Fayard, 1990.

Jacques Truchet, éd., *Le XVIIe siècle*, Berger-Levrault, 1992.

La littérature française du XVIIe siècle, généralités

Paul Bénichou, *Morales du Grand Siècle*, Gallimard, 1948, rééd. coll. « Folio Essais », 1988.

Alain Génetiot, *Le Classicisme*, PUF, coll. « Quadrige », 2005.

Roger Zuber et Micheline Cuénin, *Le Classicisme. 1660-1680*, Arthaud, 1983, rééd. GF-Flammarion, 1998.

Roger Zuber, éd., *Littérature française du XVIIe siècle*, PUF, coll. « Premier Cycle, 1992 [la partie consacrée au théâtre est due à Liliane Picciola].

La tragédie classique, textes de référence et études générales

Aristote, *Poétique*, introduction, traduction et annotation de Michel Magnien, LGF, Le Livre de Poche classique, 1990.

Pierre Corneille, *Trois Discours sur le poème dramatique*, éd. Bénédicte Louvat et Marc Escola, GF-Flammarion, 1999.
Christian Delmas, *La Tragédie de l'âge classique (1553-1770)*, Le Seuil, coll. « Écrivains de toujours », 1994.
Bénédicte Louvat, *La Poétique de la tragédie classique*, SEDES, coll. « Campus Lettres », 1997.
Jacques Morel, *La Tragédie*, Armand Colin, coll. « U », 1964.
Pierre Nicole, *Traité de la Comédie*, et autres pièces d'un procès du théâtre, éd. Laurent Thirouin, Champion, coll. « Sources classiques », 1998.
Jean Rohou, *La Tragédie de l'âge classique*, SEDES, 1995.
Jacques Scherer, *La Dramaturgie classique en France*, Nizet, 1950.
Laurent Thirouin, *L'Aveuglement salutaire. Le réquisitoire contre le théâtre dans la France classique*, Champion, coll. « Lumières classiques », 1997.
Jacques Truchet, *La Tragédie classique*, PUF, 1975.

Éditions des Œuvres de Racine

Racine, *Œuvres complètes*, I : *Théâtre. Poésie*, éd. Georges Forestier, Gallimard, « Bibliothèque de la Pléiade », 1999.
Racine, *Œuvres complètes*, II : *Prose*, éd. Raymond Picard, Gallimard, « Bibliothèque de la Pléiade », 1966.
Racine, *Théâtre complet*, éd. Philippe Sellier, Imprimerie nationale, coll. « La Salamandre », 1995.
Racine, *Principes de la tragédie en marge de la Poétique d'Aristote*, éd. Eugène Vinaver, Nizet, 1951.

La vie de Racine : documents et récits

Raymond Picard, éd., *Nouveau Corpus Racinianum. Recueil-inventaire des textes et documents du XVIIe siècle concernant Jean Racine*, éd. cumulative, CNRS, 1976.
Louis Racine, *Mémoires contenant quelques particularités sur la vie et les ouvrages de Jean Racine* (1747), reproduits en appendice des *Œuvres complètes* de Racine, t. I : *Théâtre. Poésie*, éd. cit.
Georges Forestier, *Jean Racine*, Gallimard, coll. « Biographies NRF », 2006.
André Le Gall, *Racine*, Flammarion, coll. « Grandes Biographies », 2004.
Raymond Picard, *La Carrière de Jean Racine*, éd. revue et augmentée, Gallimard, « Bibliothèque des idées », 1961.

Jean Rohou, *Jean Racine entre sa carrière, son œuvre et son Dieu*, Fayard, 1992.
Jean Rohou, *Album Racine*, Le Livre de Poche, coll. « La Pochothèque », 1998.

L'ŒUVRE DE RACINE

Jean-Louis Backès, *Racine*, Le Seuil, coll. « Écrivains de toujours », 1981.
Roland Barthes, *Sur Racine*, Le Seuil, 1963, rééd. coll. « Points Essais », 1979.
Christian Biet, *Racine*, Hachette, coll. « Portraits littéraires », 1996.
Emmanuel Bury, « Les antiquités de Racine », *Œuvres et critiques*, XXIV, 1 : *Présences de Racine*, 1999.
Gilles Declercq, « À l'école de Quintilien : l'hypotypose dans les tragédies de Racine », *Op. Cit., revue de littérature française et comparée*, n° 5, novembre 1995.
Maurice Delcroix, *Le Sacré dans les tragédies profanes de Racine*, Nizet, 1970.
Jean Dubu, *Racine aux miroirs*, SEDES, 1992.
Jean Émelina, *Racine et notre temps*, SEDES, 1998.
Peter France, *Racine's Rhetoric*, Oxford, Clarendon Press, 1965.
Lucien Goldmann, *Le Dieu caché. Étude sur la vision tragique dans les Pensées de Pascal et dans le théâtre de Racine*, Gallimard, 1955, rééd. coll. « Tel », 1976.
Marcel Gutwirth, *Racine, un itinéraire poétique*, Presses de l'Université de Montréal, 1970.
René Jasinski, *Vers le vrai Racine*, Armand Colin, 1958, 2 vol.
Jean Racine, 1699-1999. Actes du Colloque du Tricentenaire réunis par Gilles Declercq et Michèle Rossellini, PUF, 2003.
R.C. Knight, *Racine et la Grèce*, Nizet, 1974.
Charles Mauron, *L'Inconscient dans l'œuvre et la vie de Jean Racine*, Ophrys, 1957.
Jacques Morel, *Racine*, Bordas, coll. « En toutes lettres », 1992.
Alain Niderst, *Racine et la tragédie classique*, PUF, coll. « Que sais-je ? », 1978.
Jean Pommier, *Aspects de Racine*, suivi de *L'Histoire littéraire d'un couple tragique*, Nizet, 1954.
Jean Rohou, *L'Évolution du tragique racinien*, SEDES, 1991.
Jean Rohou, *Jean Racine. Bilan critique*, Nathan, coll. « 128 », 1994.

Jean-Jacques Roubine, *Lectures de Racine*, Armand Colin, 1971.
Jacques Scherer, « La liberté du personnage racinien », in *Le Théâtre tragique*, études réunies et présentées par Jean Jacquot, CNRS, 1962.
Jacques Scherer, *Racine et/ou la cérémonie*, PUF, 1982.
Leo Spitzer, « L'effet de sourdine dans le style classique : Racine », in *Études de style*, Gallimard, 1970, rééd. coll. « Tel ».
Jean Starobinski, « Racine et la poétique du regard », in *L'Œil vivant*, Gallimard, 1961, rééd. coll. « Tel », 1999.
Eugène Vinaver, *Racine et la poésie tragique*, Nizet, 1951.
Roger Zuber, « La tragédie sublime : Boileau adopte Racine », in *Les Émerveillements de la raison*, Klincksieck, coll. « Théorie et critique à l'âge classique », 1997.

PHÈDRE : CHOIX D'OUVRAGES ET D'ÉTUDES

Paul Bénichou, « Hippolyte requis d'amour et calomnié », in *L'Écrivain et ses travaux*, José Corti, 1967.
Le Choix de l'absolu. Racine, Phèdre, Réunion des musées nationaux-Musée des Granges de Port-Royal, 1999 [avec en particulier une étude de Philippe Sellier, « *Phèdre* et Port-Royal »].
Patrick Dandrey, « Le sang de Don Gormas et les yeux d'Hippolyte », *XVIIe Siècle*, n° 182, janvier-mars 1994 ; repris dans *Les Tréteaux de Saturne. Scènes de la mélancolie à l'époque baroque*, Klincksieck, coll. « Le génie de la mélancolie », 2003.
Patrick Dandrey, *Phèdre de Jean Racine. Genèse et tissure d'un rets admirable*, Champion, coll. « Unichamp », 1999.
Daniela Della Valle, « Le mythe de Phèdre et l'histoire de Fauste : superposition et mélange », in *Horizons européens de la littérature française*, Tübingen, Gunter Narr, 1988.
Christian Delmas, « La mythologie dans *Phèdre* » et « Poésie et folklore d'après *Phèdre* », in *Mythologie et mythe dans le théâtre français (1650-1676)*, Genève, Droz, coll. « Histoire des idées et critique littéraire », 1985.
Marc Fumaroli, « Entre Athènes et Cnossos : les dieux païens dans *Phèdre* », *Revue d'histoire littéraire de la France*, 1993, n°s 1-2 ; repris dans *Exercices de lecture*, Gallimard, « Bibliothèque des idées », 2006.
Laurence Giavarini, « La mélancolie, le sang les signes. Notes sur le trouble dans *Pyrame et Thisbé* de Théophile de Viau et *Phèdre* de Racine », in *La Traversée de la mélancolie*,

textes réunis par Évelyne Grossmann et Nathalie Piégay-Gros, Anglet, Atlantica, 2002.

Jean Gillibert, *Phèdre et l'inconscient poétique*, L'Harmattan, « Espaces littéraires », 2001.

Gaston H. Hall, « À propos de *Phèdre*. Quatre schémas mythologiques », in *La Mythologie au XVIIe siècle*, Actes du colloque de Nice (janvier 1981) organisé par Claude Faisant, publiés par Louise Godard de Donville, Marseille, CMR 17, 1982.

Emmanuel Martin, « L'intertexte baroque du "récit de Théramène" ou la beauté du leurre », in *L'Autre et le même. Pratiques de réécritures*, études réunies et présentées par Chantal Foucrier et Daniel Mortier, Presses universitaires de Rouen, 2001.

Charles Mauron, *Phèdre*, José Corti, 1968.

Jean-Michel Pelous, « Métaphore et figures de l'amour dans la *Phèdre* de Racine », *Travaux de linguistique et de littérature*, XIX, 2, 1981.

Philippe Sellier, « De la tragédie considérée comme une liturgie funèbre : *Phèdre* », *L'Information littéraire*, 1979, n° 1.

Le mythe de Phèdre

Euripide, *Hippolyte*, trad. Marie-Delcourt-Curvers, in *Tragiques grecs/Euripide*, Gallimard, « Bibliothèque de la Pléiade », 1962.

Robert Garnier, *Hippolyte*, in *Œuvres complètes*, IV, éd. Raymond Lebègue, Les Belles Lettres, 1974.

Le Mythe de Phèdre. Les Hippolyte français du XVIIe siècle [pièces de Guérin de la Pinelière, Gabriel Gilbert, Mathieu Bidar], éd. Allen G. Wood, Champion, coll. « Sources classiques », 1996.

Jacques Pradon, *Phèdre et Hippolyte*, éd. O. Classe, Exeter, University of Exeter, coll. « Textes littéraires », 1987.

Tristan L'Hermite, *La Mort de Chrispe*, éd. Daniela Della Valle, in *Œuvres complètes*, t. IV : *Les Tragédies*, Champion, coll. « Sources classiques », 2001.

LEXIQUE

On trouvera dans ce glossaire le sens de quelques mots difficiles, ou dont la signification s'est modifiée depuis le XVIIe siècle ; et la valeur de ceux, très nombreux, que Racine emploie dans une acception subtilement différente de celle qui leur est usuelle. Le sens indiqué vaut donc *dans le contexte précis* des vers indiqués entre parenthèses : on ne pouvait proposer une définition exhaustive des termes retenus. Dans le texte de la pièce, ces précisions de vocabulaire sont appelées par un astérisque.
Pour élucider le sens de certains mots ou expressions employés ici dans une acception rare ou particulière, on a recouru aux deux grands dictionnaires publiés à la fin du XVIIe siècle : le *Dictionnaire universel* d'Antoine Furetière (1690), réimprimé en 1984 par Le Robert avec une préface d'Alain Rey, et le *Dictionnaire français* de Pierre Richelet (1693) réimprimé en 1995 par Christian Lacour, à Nîmes.
On consultera aussi avec profit l'ouvrage d'Anne Sancier-Chateau, *Introduction à la langue du XVIIe siècle*, t. 1 *(Vocabulaire)*, Nathan, « 128 », 1993 – en particulier le chapitre 2, « L'expression du sentiment et de la passion amoureuse ». Le t. 2 *(Syntaxe)* de cette excellente synthèse rendra également bien des services, tout comme l'ouvrage de référence de Nathalie Fournier, *Grammaire du français classique*, Belin, « Lettres sup », 1998.

A

ABUSÉ (v. 321, 369, 1599) : trompé ; jouet d'une illusion, d'un espoir vain.
ACCÈS (v. 808) : facilité pour approcher quelqu'un, ou pour se faire écouter de lui.
ADRESSE (v. 997, 1321) : finesse, ruse, subtilité d'esprit.
AFFLIGER (v. 161) : faire souffrir, accabler. Le *Dictionnaire* de Richelet atteste aussi un sens plus concret : « C'est maltraiter par des austérités et faire souffrir son corps : c'est le mortifier. »
AFFREUX (v. 1132, 1143) : terrible, redoutable, effroyable.
AILLEURS (D') (Préface) : par ailleurs.
AIMABLE (v. 53) : digne d'être aimé.

ALARME (v. 586, 1021, 1249) : trouble, inquiétude ; « se dit aussi figurément de toutes sortes d'appréhensions bien ou mal fondées » (*Dictionnaire* de Furetière).

APPAS (v. 55) : « Charmes puissants. Grands attraits. Beauté » (*Dictionnaire* de Richelet). Les *appas* désignent dans le lexique de la passion amoureuse les grâces physiques.

APPUYER (v. 876) : étayer, confirmer.

ASSURER (v. 941, 1334) : rendre sûr ; placer « hors de péril » (*Dictionnaire* de Furetière). – S'ASSURER SUR (v. 1423) : se fier à.

AUGUSTE (v. 1042) : « majestueux, vénérable, sacré » (*Dictionnaire* de Furetière).

AVENTURE (v. 379) : accident, événement imprévu.

AVIS (v. 899, 1195) : révélation ; « Avertissement, instruction qu'on donne à quelqu'un de quelque chose qu'il ignore, ou à quoi il ne prend pas garde » (*Dictionnaire* de Furetière).

AVOUER (v. 811) : « approuver ce qu'on a donné charge de faire » (*Dictionnaire* de Furetière), endosser la responsabilité de ce que l'on commande (*cf.* l'antonyme : désavouer).

B

BALANCER (v. 1372) : hésiter.

BORDS (v. 11, 35, 254, 268, 358, 389, 388, 534, 600, 624, 648) : rives, rivages (et parfois, par métonymie : contrée). Le terme appartient à un registre poétique assez solennel, et son emploi est souvent lié à l'évocation de la frontière entre le monde des morts et celui des vivants (les rives des fleuves des Enfers).

BRIGUE (v. 329) : cabale, complot.

BRUIT (v. 383, 407, 409, 729, 733, 943, 1305) : renommée, réputation, ou rumeur ; « une sorte de nouvelle qui se dit et qui court » (*Dictionnaire* de Richelet).

C

CHAGRIN : inquiétude, mélancolie, contrariété, dans un sens fort (v. 33), – mais aussi parfois humeur chagrine, aigreur (v. 294), – voire humeur farouche, austère (v. 1111).

CHAGRINER (v. 38) : « Donner du chagrin, de la fâcherie, de l'inquiétude. Les afflictions secrètes *chagrinent* plus que les autres » (*Dictionnaire* de Furetière).

CHARGER (v. 887) : accuser (sens juridique).

CHARME : le sens premier, sortilège, est employé à l'occasion (v. 1231), – et même au sens figuré, le terme garde, au XVIIe siècle, une signification très souvent proche d'enchantement : « se dit figurément de ce qui nous plaît extraordinairement, qui nous ravit en admiration », selon le *Dictionnaire* de Furetière (v. 190, 391, 523, 545, 689, 1298). – L'adjectif CHARMANT (v. 137, 639, 657) dérive de ce sens : il qualifie tout ce qui attache de façon presque irrésistible.

Cher (v. 1622) : précieux, compté.

Combattu (v. 907) : attaqué, menacé.

Combler : porter à son comble (v. 1085) ; outrepasser (v. 1269).

Commettre (v. 905) : exposer, risquer de compromettre ou d'abaisser.

Confier (se) sur (v. 1351) : s'en remettre à.

Confondre (v. 878) : contredire ; « Convaincre, fermer la bouche à son adversaire » (*Dictionnaire* de Furetière). – se Confondre (v. 410) : se troubler. – Confondu (v. 814) : dénote l'état d'humiliation de ceux « qu'on surprend en quelque action honteuse qui les fait rougir » (*Dictionnaire* de Furetière).

Confus (v. 509, 1607) : troublé, bouleversé.

Confusion (Préface) : honte.

Connaître (v. 1581) : reconnaître.

Coup (v. 943) : « se dit [...] des actions héroïques, hardies et extraordinaires » (*Dictionnaire* de Furetière). – Tout d'un Coup (v. 1086) : du même coup, en même temps.

Courage (v. 123, 357, 413, 449, 862, 1417) : cœur, fermeté.

D

Décevant (v. 523) : trompeur, propre à décevoir ; qui donne une espérance illusoire.

Découvrir (v. 1628) : révéler.

Déplorable (v. 257, 266, 529, 1014, 1318) : digne d'être déploré, qui appelle la pitié et la plainte.

Dérober (se) (v. 1380) : « S'échapper. S'enfuir secrètement et sans être aperçu. Se sauver de quelque chose de fâcheux » (*Dictionnaire* de Richelet).

Désabuser (v. 856, 1563) : détromper (*cf.* abusé).

E

Éblouir (v. 1453) : « Ce mot se dit au figuré, et signifie Tromper, surprendre l'esprit par de fausses raisons » (*Dictionnaire* de Richelet).

Éclaircir (v. 1339, 1459, 1647) : « instruire de quelque chose que l'on ne savait pas » (*Dictionnaire* de Richelet).

Éclater (faire) (v. 1107) : manifester avec éclat.

Effet (en) (Préface) : effectivement, réellement.

Embarrassé (v. 1544) : entravé, empêtré.

Empire (v. 211, 761) : pouvoir, en un sens très général, qui peut être aussi bien politique que moral.

Empressement (v. 916) : « Témoignage d'ardeur, d'affection » (*Dictionnaire* de Furetière).

Encenser les autels (v. 64) : honorer, louer.

Enfin (v. 1095) : à la fin, pour finir.

Ennemi (v. 49, 272, 293, 303) : dans *Phèdre*, le terme est souvent employé à double sens – à la fois pour désigner un adversaire, et dans le sens figuré que signale le *Dictionnaire* de Furetière : « *Ennemi*, se dit quelquefois en galanterie par antiphrase. Un amant appelle sa maîtresse, sa douce *ennemie.* »

ENNUI (v. 255, 299, 459, 1091) : le terme a au XVIIe siècle un sens très fort ; c'est une tristesse, un tourment dont peuvent donner idée les épithètes suggérées par le *Dictionnaire* de Richelet : « Ennui fâcheux, sensible, sombre, noir, obscur, mortel, cuisant ».

ENTRAILLES (v. 1162) : le cœur, l'affection. Dans la langue classique, le terme appartient au registre noble (voire sacré).

ENVI (À L') (v. 546) : « à qui mieux mieux » (*Dictionnaire* de Furetière), « par émulation, et pour voir qui fera, ou réussira le mieux » (*Dictionnaire* de Richelet).

ENVIER (v. 708) : refuser (il s'agit d'un latinisme).

ÉPROUVER (S') (v. 541) : se mettre à l'épreuve, se soumettre à des épreuves ; résister.

ESSAYER (v. 120) : faire l'expérience. – ESSAI (v. 1230) : expérience, avant-goût.

ÉTONNÉ (v. 451, 509) : frappé de stupeur. – Le verbe ÉTONNER (v. 1457) a au XVIIe siècle un sens fort, sensible dans son étymologie (frapper de la foudre, du tonnerre) : « causer à l'âme de l'émotion, soit par surprise, soit par admiration, soit par crainte » (*Dictionnaire* de Furetière).

EXCITER (v. 209, 1139) : animer ; inciter, encourager, donner des forces.

EXPLIQUER (v. 57) : « Interpréter. Découvrir le sens d'une chose » (*Dictionnaire* de Richelet) ; « Donner l'intelligence de sa pensée. Éclaircir, déclarer nettement sa volonté » (*Dictionnaire* de Furetière). – Ce verbe a parfois plus simplement le sens d'*exposer* (v. 586).

F

FATAL (v. 25, 51, 144, 249, 261, 300, 652, 680, 789, 1217, 1298) : au sens strict, étymologique, cet adjectif caractérise ce qui est marqué par le destin (*fatum*, en latin), ou par la mort : « Ce qui doit arriver nécessairement, [par un] arrêt de la destinée » (*Dictionnaire* de Furetière). Mais dans l'usage, l'adjectif prend un sens plus diffus, assez proche de FUNESTE.

FIDÈLE (v. 1485) : digne de foi.

FIEL (v. 1245) : amertume.

FIERTÉ (v. 407) : insensibilité, attitude de celui qui est rebelle à l'amour et aux passions.

FIXER (v. 25) : borner, arrêter.

FLAMME (v. 117, 308, 310, 429, 841, 957, 1118, 1625) : cette image lexicalisée de la passion amoureuse retrouve dans *Phèdre* sa puissance primitive, en revenant de façon obsédante dans les paroles des personnages, avec le réseau métaphorique de l'ardeur et du feu caché.

FLATTER (v. 739, 1471) : adoucir.
FLATTEUR (v. 771) : trompeur.
FOI (v. 84, 198, 233, 1043, 1204, 1390, 1406) : serment, promesse ; fidélité, fermeté.
FORMIDABLE À (v. 1394) : qui doit être craint, redouté par. – Employé absolument, l'adjectif a un sens très fort : terrifiant, qui inspire l'effroi (v. 1509).
FUNESTE (v. 175, 208, 226, 245, 365, 747, 991, 1145, 1195, 1248, 1325, 1359, 1483, 1615, 1625) : « Qui cause la mort, ou qui en menace, ou quelque autre accident fâcheux, quelque perte considérable » (*Dictionnaire* de Furetière).
FUREUR (v. 189, 259, 422, 672, 741, 792, 853, 989, 1076, 1185, 1217, 1228, 1254, 1290, 1627, 1650) : le sens excède de beaucoup, au XVIIe siècle, la seule colère violente ; il trahit tout déchaînement et toute agitation intérieure, quelle qu'en soit l'origine : « Emportement violent causé par un dérèglement d'esprit et de la raison [...] se dit aussi de toutes les passions qui nous font agir avec de grands emportements [...] se dit aussi des violents mouvements de l'âme, des enthousiasmes qui la mettent hors de son assiette ordinaire » (*Dictionnaire* de Furetière). – FURIEUX (v. 1015, 1155, 1467) se dit de quelqu'un qui est possédé par une telle fureur.

G

GÊNE (METTRE À LA) (1454) : au sens propre, soumettre à la torture (*cf. géhenne*, qui a exactement la même origine). Le *Dictionnaire* de Furetière précise que *gêne* « se dit aussi de toute peine ou affliction de corps ou d'esprit ».
GÉNÉREUX (v. 443, 482, 499, 572) : qui témoigne de la grandeur d'âme, de la noblesse et de la vertu. (Descartes a donné une célèbre définition de la Générosité dans son traité des *Passions de l'âme* (1649), § CLIII.)
GLACE (v. 1374) : froideur.
GLOIRE (v. 309, 666, 1385) : honneur.

H

HEUREUSEMENT (v. 889) : par un heureux hasard, de manière heureuse.
HORRIBLE (v. 720, 751, 1064, 1285, 1350, 1426, 1427) doit s'entendre dans son sens exact : ce qui est digne d'inspirer de l'horreur.
HYMEN (v. 110, 270, 300, 612, 1391) : le mariage, dans la langue soutenue du XVIIe siècle, est souvent associé à l'image des feux ou des flambeaux de l'hymen – le dieu Hymen, dans la mythologie grecque, était le dieu du mariage.

I

IMPOSTURE (v. 1270) : mensonge, calomnie.
INJUSTE (v. 1295) : sans fondement.

INQUIET (v. 148) : qui ne trouve pas de repos (sens fort, au XVIIe siècle).
INSULTER À (v. 532) : s'emporter avec ardeur contre quelqu'un, ou quelque chose ; « affliger quelqu'un qui est déjà affligé, lui reprocher sa misère, et s'en réjouir » (*Dictionnaire* de Furetière).
IRRITER (v. 117, 453) : exciter, animer. – L'adjectif IRRITÉ reçoit le plus souvent son sens ordinaire : mû par la colère.

J

JALOUX (v. 917) : contraire, hostile.
JOUG (v. 60, 444, 452, 762, 1303) : au sens figuré, le terme désigne les liens, l'emprise de la passion amoureuse, conçus comme un asservissement de la volonté. – Mais il peut désigner aussi tout pouvoir tyrannique qui pèse sur quelqu'un, en un sens politique (v. 200).
JUSTE (v. 361, 465, 1167, 1354) : légitime, fondé, mérité.
JUSTIFIER (Préface ; v. 62, 1128, 1352) : rendre justice ; « absoudre d'une accusation » (*Dictionnaire* de Furetière) ; « montrer qu'une personne n'est point coupable » (*Dictionnaire* de Richelet).

L

LICENCE (v. 1098) : dépravation ; « Désordre. Trouble. Dérèglement de vie » (*Dictionnaire* de Richelet).
LIT (v. 1048, 1340) : « se dit figurément en choses morales, et signifie le mariage » (*Dictionnaire* de Furetière). L'image possède évidemment une grande force expressive.
LUMIÈRE (v. 229, 1589) : « Ce mot au figuré signifie *la vie* » (*Dictionnaire* de Richelet). – Il a aussi dans la pièce le sens d'éclaircissement, de révélation (v. 1602).

M

MAISON (v. 424, 992) : famille, dans une acception relevée : « se dit d'une race noble, d'une suite de gens illustres venus de la même souche, qui se sont signalés par leur valeur, ou par leurs emplois, ou par les grandes dignités qu'ils ont eues par leur naissance » (*Dictionnaire* de Furetière).
MÂNES (v. 378, 1652) : les ombres ou les âmes des Morts. (Ce mot masculin pluriel est invariable.)
MÉCHANT (v. 1148) : un homme mauvais, perfide, pervers (sens fort).
MISÉRABLE (v. 258) : « Qui est dans la douleur, dans la pauvreté, dans l'affliction ou l'oppression » (*Dictionnaire* de Furetière).

N

NOM (v. 860) : renom, réputation.
NOURRI (v. 782) : élevé.
NOUVEAU (v. 333, 340) : soudain, imprévu.

O

ODIEUX (Préface ; v. 152, 211, 594, 685, 699, 779, 867, 1115,

1260, 1343, 1431, 1602) : « qui excite l'aversion, le mépris » (*Dictionnaire* de Furetière).

OPPRIMER (v. 867, 893) : accabler.

P

PARFAIT (v. 816) : complet, achevé.

PASSER (v. 514) : dépasser, surpasser.

PEINE (À) (v. 1054) : avec peine, difficilement.

PERFIDIE (v. 849) : déloyauté, manque de parole, trahison.

PERSÉCUTÉ DE (v. 1607) : poursuivi par.

PESANTEUR (v. 939) : force, vigueur.

POMPEUX (v. 32) : plein d'éclat, de solennité, de magnificence. Le terme n'a pas nécessairement, au XVIIe siècle, de valeur dépréciative ; mais on sent qu'il est employé négativement quand Hippolyte évoque le « tumulte pompeux » de la Cour.

PORT (v. 641) : allure, prestance ; « se dit de la manière de marcher, et de porter son corps » (*Dictionnaire* de Furetière) ; « mine, air et façon d'une personne » (*Dictionnaire* de Richelet).

POUDREUX (v. 1540) : couvert de poussière.

PRESSANT (v. 219) : accablant.

PRÊT À (v. 215, 316) : sur le point de (par une confusion, fréquente au XVIIe siècle, avec la locution près de). – Inversement, on trouve aussi la construction PRÊT DE pour prêt à (v. 1482).

PRINCIPE (v. 1115) : origine, source, cause.

PUDEUR (v. 1449) : retenue, réserve, discrétion.

R

RAPPELER (v. 853) : rappeler quelque chose en sa mémoire, *i.e.* se rappeler.

RÉCITER (v. 83, 405) : faire le récit, raconter, rapporter.

RESPIRER (v. 745) : « Au figuré, il signifie, Désirer avec ardeur » (*Dictionnaire* de Richelet).

RETARDER (v. 932) : retenir.

RIGOUREUX (v. 1435) : sévère, impitoyable.

S

SANG : doit souvent être pris dans un sens figuré, désignant alors l'hérédité, la parenté ; la race, la famille (v. 51, 203, 212, 256-257, 278, 421, 503, 680, 755, 862, 1102, 1151, 1171, 1260, 1288). Parfois, par un effet de syllepse, Racine l'emploie *en même temps* dans cette acception figurée et dans son sens concret, pour évoquer le destin sanglant d'une lignée (v. 503-504, 1175).

SÉDUIRE (v. 1233) : tromper, abuser.

SENSIBLE (v. 1203) : capable d'être touché par l'amour.

SEXE (v. 402, 789, 1208) : dans la langue classique, *le sexe* désigne les femmes.

SOIN : « se dit [...] des inquiétudes qui émeuvent, qui troublent l'âme » (*Dictionnaire* de Furetière) ; souci (v. 482, 617, 667, 1491). – précaution (v. 432), – effort (v. 547, 687, 756), – obligation (v. 932).

SUPERBE (v. 58, 127, 272, 406, 488, 538, 776, 821, 1503) : plein d'orgueil, de fierté ; altier. (Dans *Phèdre*, cet adjectif est souvent utilisé pour caractériser la présomption ou l'affectation d'insensibilité d'Hippolyte.)

SUPPRIMER (v. 1089) : taire ; « Cacher, dérober, empêcher qu'une chose ne vienne à la connaissance des autres » (*Dictionnaire* de Furetière).

T

TENTER (v. 1054) : provoquer, exciter.

TIMIDE (v. 1410) : retenu, pudique.

TOURMENT (v. 1226, 1294) : dans la langue classique, le terme a un sens très fort : souffrance physique ou (surtout) morale proche de la torture.

TRANSPORT (v. 915, 971, 1227, 1263, 1462) : mouvement causé par la passion ; c'est le plus souvent une manifestation d'amour, mais parfois aussi l'emportement de la colère (v. 1183).

TRAVAUX (v. 467) : actions notables, exploits (*cf.* les Travaux d'Hercule).

TRIBUTAIRE (v. 573) : soumis à.

TRISTE : l'adjectif, au XVIIe siècle, a un sens plus fort qu'aujourd'hui : il qualifie tout ce qui évoque le deuil, l'affliction (v. 317, 387, 1584). – Il peut aussi prendre le sens de malheureux, infortuné (v. 861, 1292), – ou funeste (v. 897).

V

VAIN (v. 825) : chimérique, inutile, en pure perte.

VÉRITABLE (v. 1442) : sincère.

VŒUX (v. 25, 559, 644, 1123, 1267) : désirs amoureux. « Tous les *vœux* et tous les soins d'un amant sont pour sa maîtresse » (*Dictionnaire* de Furetière).

Z

ZÈLE (v. 894) : dévouement ardent, passionné.